NADA ES LO QUE PARECE

LAS DOCE PUERTAS LIBRO 2

Vicente Raga

addvanza books

Vicente Raga

Nacido en Valencia, España, en 1966. Actualmente residiendo en Irlanda, pero mañana ¿quién sabe? Jurista por formación, político en la reserva, ávido lector, escritor por pasión, guionista, articulista de prensa, viajante impenitente y amante de su familia. Viviendo la vida intensamente.
Carpe diem.

Autor superventas de la serie de éxito mundial de ***«Las doce puertas»***, traducida a varios idiomas. Número 1 en los Estados Unidos, México y España. TOP 25 en Europa, Canadá, Australia y Nueva Zelanda.

AVISO IMPORTANTE

Esta novela es el segundo libro
de la colección de ***Las doce puertas***

Para poder disfrutar de una mejor experiencia, **es necesario respetar el orden de lectura de las novelas:**

LIBRO 1 LAS DOCE PUERTAS

LIBRO 2 NADA ES LO QUE PARECE → LIBRO ACTUAL

LIBRO 3 TODO ESTÁ MUY OSCURO

LIBRO 4 LO QUE CREES ES MENTIRA

LIBRO 5 LA SONRISA INCIERTA

LIBRO 6 REBECA DEBE MORIR

LIBRO 7 ESPERA LO INESPERADO

LIBRO 8 EL ENIGMA FINAL

LIBRO 9 MIRA A TU ALREDEDOR

LIBRO 10 LA REINA DEL MAR

En cada una de las novelas se desvelan hechos, tramas y personajes que afectan a las posteriores. Si no respeta este orden, a pesar de que hay un breve resumen de los acontecimientos anteriores, es posible que no comprenda ciertos aspectos de la trama

Primera edición, abril de 2019
Segunda edición, diciembre de 2019
Tercera edición, junio de 2020
Cuarta edición, enero 2022
Quinta edición, marzo 2022
Sexta edición. Febrero 2023

Fotocomposición y maquetación: Addvanza
Ilustraciones: Leyre Raga y Cristina Mosteiro

ISBN: 978-84-1201891-2

A mi familia, amigos, compañeros del colegio y las universidades. De forma consciente o inconsciente, todos habéis contribuido a crear el universo de ***Las doce puertas***.

ÍNDICE

NOTA DEL AUTOR

En la parte histórica de la presente novela, correspondiente a los siglos XIV, XV y XVI, todos los personajes que aparecen son reales y existieron en su exacto contexto histórico. No obstante, los hechos que se narran son ficticios y no tuvieron por qué ocurrir de la manera descrita. En la parte actual de la novela, todos los personajes y los hechos narrados son ficticios. Los acontecimientos históricos que se describen en ambas partes se corresponden con la realidad.

En toda la novela se utilizan las fechas de acuerdo con el calendario gregoriano. A efectos de claridad y homogeneidad no se usa el calendario hebreo. También, por el mismo motivo, utilizo las fracciones de tiempo de horas y minutos.

0 RESUMEN LAS DOCE PUERTAS PARTE I

NOTA DEL AUTOR: Si ya has leído la primera parte de *Las doce puertas*, no es necesario que leas este capítulo. Tan solo es un breve resumen de todo lo acontecido hasta ahora, aunque nunca viene mal recordar ciertos detalles. Yo mismo lo recomiendo. Igual reparas en alguna cuestión que se te puede haber escapado.

Los judíos de finales del siglo XIV en la península ibérica, habían acumulado una ingente cantidad de conocimientos en multitud de materias, pero los tenían dispersos en diferentes lugares. Ante el cariz que estaba tomando su relación con los cristianos en aquella época, y ante el temor de perder ese gran tesoro, decidieron protegerlo, reuniéndolo y ocultándolo en un único emplazamiento. Eligieron la judería de Valencia. No era tan importante como las de Sevilla, Córdoba o Toledo, por ejemplo, pero la escogieron precisamente por ello. Tenía un tamaño medio, no era demasiado conflictiva y estaba bien comunicada. En definitiva, era discreta en comparación con otras mayores. Crearon una especie de confraternidad, formada por diez personas, cuya misión era preservar ese tesoro a través de los siglos, y lo llamaron Gran Consejo. El tesoro era conocido entre ellos por el nombre de «el árbol».

La máxima autoridad religiosa en la judería era Isaac Ben Sheshet Perfet, rabino de Valencia. Su nieto, un niño de doce años llamado Samuel, descubre que su abuelo es miembro de ese Gran Consejo que protege el árbol. Junto con dos amigos más, Gabriel y Jucef, espían las reuniones de ese extraño consejo. Descubren que algo muy malo está a punto de suceder, aunque desconocen de qué se trata. Samuel escucha a su abuelo decir que él mismo desempeñará un papel muy importante en el Gran Consejo. Samuel está confundido y perplejo, al igual que sus amigos.

La situación del pueblo judío es muy complicada, no olvidemos que estamos a finales del siglo XIV, en concreto en el año 1390. La escalada de violencia parece imparable. El arcediano de Écija, Ferrand Martínez, aprovecha la ausencia de arzobispo en Sevilla para arengar a sus seguidores, conocidos como matadores de judíos. Sus incendiarias proclamas encuentran eco en la mayoría de las aljamas del reino de Castilla y de la corona de Aragón. Viven temerosos encerrados dentro de los muros de las juderías. La chispa definitiva puede hacer estallar el polvorín social, en cualquier momento.

Fray Vicente Ferrer interviene en la historia con un papel destacado. Todos los hechos históricos son ciertos y los personajes existieron en la realidad, incluso los niños.

Mientras tanto, en la época actual, Rebeca Mercader es una joven de veintiún años, estudiante del último curso del grado de Historia. Para sufragarse sus estudios, trabaja a tiempo parcial en el periódico *La Crónica*, estando a cargo de la sección de relatos históricos.

Rebeca es huérfana, ya que sus padres fallecieron en un accidente de tráfico cuando apenas tenía ocho años. En aquel momento se fue a vivir con su único familiar vivo, su tía Margarita Rivera, a quién todo el mundo conoce como Tote. Es comisaria de policía y su pareja, desde hace tres años, es Joana Ramos, profesora de Historia del Arte. Rebeca las presentó. Las tres forman una familia muy feliz.

Rebeca estudió en el colegio Albert Tatay. Desde que el grupo de amigos terminaron sus estudios, hacía más de tres años, y antes de que cada uno de ellos partiera hacia una Facultad diferente para continuar su formación o al mercado laboral, Rebeca y sus compañeros se confabularon para no perder el contacto. Se habían criado unidos durante muchísimos años y no querían perder esa complicidad tan sana. Así, decidieron institucionalizar una reunión semanal, todos los martes, en un lugar fijo, en este caso en el *pub* irlandés Kilkenny's en la plaza de la Reina. Cada uno acudía cuando podía, pero con el paso del tiempo, incluso se habían ido incorporando al grupo personas ajenas al colegio. Fue el camarero inglés del *pub*, llamado Dan, el que les bautizó como el *Speaker's Club*, porque, según él, «mucho hablar y poco beber».

Charly, piloto de línea aérea, era el cachondo del grupo, junto a Fede, estudiante del doble grado de Derecho y Ciencias Políticas. En ocasiones se les unía el antisistema de Xavier, que era jefe de ventas de una empresa. Los tres formaban el trío calavera. Tenían mucho peligro. Almu era la amiga del alma de Rebeca, llevaban estudiando juntas desde los seis años y ahora eran compañeras en la Facultad de Geografía e Historia. Bonet estudiaba robótica y todos pensaban que podría pasar por uno de ellos. Carlota era la más impredecible de todos, una mente privilegiada, cuyas reacciones le daban miedo hasta la propia Rebeca, aunque eran grandes amigas. Su madre estaba muy enferma, por lo que no siempre podía acudir a las reuniones. Para completar el grupo, se había incorporado, ajena al colegio, Carmen, una mujer divorciada de cuarenta y seis años que trabajaba en el archivo del ayuntamiento de Valencia.

Una mañana se presenta en el periódico dónde trabaja Rebeca la condesa de Dalmau, dos veces grande de España y lectora habitual de la sección de Rebeca. Le hace entrega de dos extraños dibujos que ha encontrado en una caja fuerte oculta, que pertenecía a su difunto marido, el conde de Ruzafa. Le pide que resuelva su significado, ya que ella lo desconoce.

Al día siguiente de entregarle los dibujos, la condesa es hallada muerta en su palacio. Al principio la policía sospecha que se trata de un crimen, pero la autopsia revela que su fallecimiento fue por causas naturales, un infarto de miocardio fulminante.

Rebeca lleva los dibujos a una reunión del *Speaker's Club* con la intención de que sus amigos le ayuden en la resolución del enigma.

No tienen ni idea de su significado, pero, dado que parecen muy antiguos, deciden incorporar al club a personas con los conocimientos históricos adecuados. Así, acuerdan invitar a Jaume Andreu, experto medievalista y jefe de Carmen en el archivo del ayuntamiento, al igual que a Joana, profesora de Historia del Arte y pareja de Tote, la tía de Rebeca. También se incorpora Abraham Lunel, famoso historiador de origen judío, padre de Rafa Lunel, que había sido compañero de su colegio.

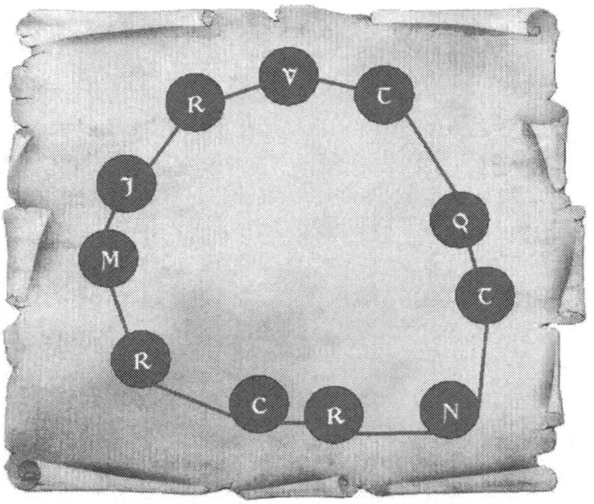

A Carmen le resultaba familiar uno de los dibujos, el de las esferas con las letras, unidas por líneas. Al final lo reconoce.

Su silueta le recuerda al cuadro que tiene colgado justo enfrente de su cama, un plano de la Valencia medieval.

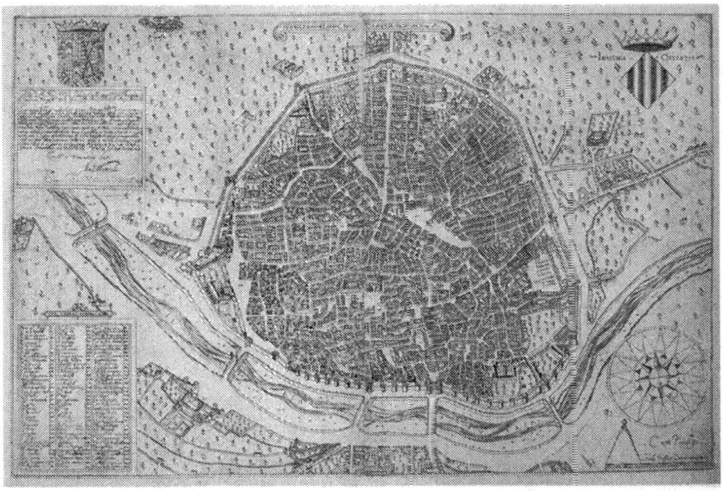

Superponiendo el dibujo de la condesa, se da cuenta de que las líneas se corresponden con el trazado de la muralla y que los círculos encajan a la perfección en el lugar dónde se encuentran los portales de entrada. Aquello era sorprendente y no podía ser casual.

Jaume, el jefe de Carmen, descubre que las iniciales se corresponden con los nombres de cada una de las doce puertas de la muralla que dan acceso a la ciudad. En cuanto al otro dibujo, manifiesta que guarda gran similitud con el árbol de la vida cristiano. Las piezas empiezan a encajar.

Pero, sin duda, la gran pregunta es, ¿qué tienen que ver ambas historias? Parecen completamente inconexas. Por una parte, tres niños en la judería de la Valencia de finales del siglo XIV, y, por otra parte, un grupo de amigos en la época actual, intentando desentrañar el significado de unos extraños dibujos de aparente procedencia cristiana.

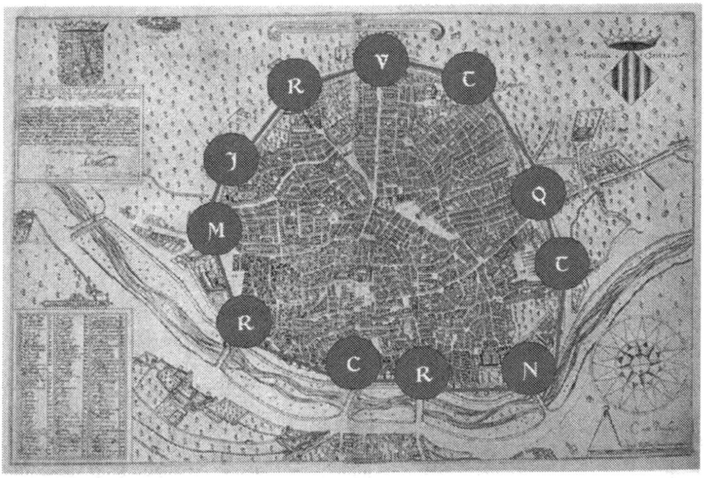

La respuesta a esta gran cuestión nos la aporta Abraham Lunel, el historiador judío incorporado al *Speaker's Club*. Se reúne a solas a Rebeca, ya que tiene que hacerle una gran revelación y no quiere que se enteren el resto de miembros del club. Le explica que los dibujos son de procedencia judía, más concretamente del año 1391. El árbol no es cristiano, se trata del árbol cabalístico judío, con sus diez esferas o sefirot. Si se invertía el dibujo del árbol, también encajaba en el plano de Valencia. Las sorpresas no terminaban.

Abraham Lunel informa a Rebeca acerca de sus autores, un grupo de diez personas que se autodenominaban Gran Consejo. Se organizaban a semejanza del árbol cabalístico y sus diez esferas o *sefirot*. Rebeca se da cuenta de que, en realidad, hay once esferas en el árbol, no diez. Abraham interrumpe repentinamente la reunión sin contestarle, al enterarse de la muerte de la condesa de Dalmau, que desconocía. Emplaza a Rebeca a continuar la conversación en otro momento, pero está muy asustado. Su cara es un reflejo del auténtico terror. Advierte que «nada es lo que parece» y que tenga mucho cuidado. Rebeca está perpleja.

La primera parte de *Las doce puertas* acaba con dos grandes enigmas. El primero en el siglo XIV, Jucef descubre que en la biblioteca de la Sinagoga Mayor suceden cosas muy extrañas fuera de su comprensión. Algo ocurre delante de sus ojos y no lo están sabiendo ver. El segundo gran misterio lo revela Carlota en la época actual, al leer con detenimiento la autopsia de la condesa de Dalmau. Se da cuenta de que murió tres horas antes de que visitara a Rebeca en la redacción del periódico y le entregara los dibujos.

¿Cómo es posible?

Está claro que Abraham Lunel tiene razón. Estas dos historias, separadas por más de seiscientos años, quizá estén relacionadas, aunque en lo único que parecen coincidir es en que nada es lo que parece. Precisamente ese es el título de la novela que tiene en sus manos, la segunda parte de *Las doce puertas*.

1 27 DE DICIEMBRE DE 1390

Samuel estaba comiendo con sus abuelos en la cocina, como todos los días. De repente, oyeron un sonido en la entrada de la casa. Su abuelo se levantó y abrió la puerta. Saludó al visitante, haciéndole pasar a su despacho. Samuel lo vio fugazmente, pero no lo reconoció.

Samuel se preguntó quién sería. Quizá algún compañero de su abuelo, porque vestía ropajes bastante humildes.

De repente, Isaac se dirigió a su nieto desde la puerta del despacho.

—Samuel, ven a mi estudio. Quiero que conozcas a una persona.

Samuel se sorprendió un tanto, no era nada habitual que su abuelo le presentara a nadie en su casa. La actividad docente la realizaba siempre en la escuela de Sinagoga Mayor. Se levantó de la cocina y entró en el despacho.

Sentado en una de las sillas medio desvencijadas se encontró con una persona, delgada y con poco pelo. Vestía ropajes negros viejos, que ni siquiera parecían de su talla. El aspecto era un tanto desaliñado. Aunque estaba claro que no lo era, parecía casi un pordiosero.

Su abuelo tomó la palabra.

—Samuel, te presento a fray Vicente Ferrer.

Samuel casi se cae de la silla de la sorpresa. Las dos ocasiones que había venido a su casa había escuchado su voz, pero jamás le había visto la cara. Aún le sorprendió más su indumentaria tan modesta, ya que sabía que procedía de una familia cristiana adinerada, no en vano su padre era notario.

El fraile se dirigió directamente a Samuel.

—Hola, Samuel, he oído hablar mucho de ti. Me han dicho que eres un estudiante sobresaliente.

No sabía ni que decir. Estaba paralizado por la sorpresa.

«¿Por qué ese fraile cristiano está hablando conmigo?», pensó, sin comprender nada.

—¿Eres tímido? —volvió a preguntar Vicente Ferrer.

—No señor. Estoy encantado de conocerlo —dijo, al fin, Samuel.

—Tu abuelo ya me ha puesto al día del nivel de tus estudios. Es sorprendente para un chico de tu edad. Vas muy avanzado y tu nivel de comprensión, en ciertas materias, es impresionante.

—Le dedico toda la mañana al estudio y por las tardes a las lecturas. Esa es toda mi vida.

—Muy bien. Eres un alumno aplicado.

Samuel seguía aturdido. Isaac continuó con aquella extraña conversación.

—Quiero que sepas que Vicente Ferrer es un gran conocedor de nuestra historia y de nuestras tradiciones. Escribe y habla nuestra lengua, el hebreo, con total soltura. También conoce el *Talmud* con profundidad.

Samuel ya conocía esos sorprendentes datos. Abraham, el bibliotecario, le había informado de ello hacia unos meses. Parece que se confirmaban. No se atrevió a decir nada y esperó a que su abuelo continuara.

—Vicente Ferrer nos ha hecho una propuesta que, para nosotros, es un gran honor —dijo Isaac.

Samuel no comprendía que propuesta podía hacer ese fraile, que odiaba a los judíos, a su abuelo, que era el gran rabino de Valencia.

«¿Un gran honor? ¿Qué honor nos puede hacer a nosotros una persona así, por mucho que hable hebreo y conozca el *Talmud*?», pensó, sin terminar de entender nada.

Su abuelo se lo explicó en pocas palabras.

Samuel se quedó con la boca abierta. No se podía creer lo que estaba escuchando. «Será una broma, ¿no? Esto no puede estar sucediendo de verdad», se dijo.

Últimamente su vida iba de sorpresa en sorpresa.

«¿Qué será lo próximo, que mi abuelo se convierta al catolicismo?», pensó Samuel, sin salir de su asombro.

2 EN LA ACTUALIDAD, DOMINGO 13 DE MAYO

Carlota acababa de soltar una bomba, que había hecho sus efectos, a juzgar por las expresiones de sus amigas.

«Las he dejado aturdidas, como yo estoy ahora mismo», pensaba.

Según la autopsia que había realizado la Policía Nacional, la condesa de Dalmau llevaba, al menos, tres horas muerta, cuando se supone que visitó a Rebeca en el periódico. Las tres estaban pasmadas. Rebeca se había quedado muda y Almu estaba asustada de verdad. Estaban en silencio, mirándose sin saber qué decir. La primera que se decidió a romper el hielo fue Almu.

—¡Ay, Dios! Esto no me gusta nada —dijo, tapándose la boca con sus manos.

Rebeca se levantó del sillón de un salto. Parecía que acababa de tomar conciencia de la revelación de Carlota.

—¡Eso no puede ser!

—Y tanto que puede ser —le contestó Carlota.

—¡Cómo va a poder ser! ¡Pues ya me explicarás! —dijo Rebeca, sin entender nada y visiblemente alterada.

—Lo haré, si me dejáis —dijo, con un tono algo misterioso.

Rebeca se volvió a sentar, pero estaba nerviosa. Intentaba pensar con cierta lógica, aunque no le encontraba ninguna. Aquello era imposible.

—Está claro que la autopsia contiene un error. El médico forense debe haberse confundido con la hora de la muerte —dijo Rebeca, muy segura—. La condesa estuvo en la redacción del periódico entre las nueve y las nueve y media. Os aseguro que estaba viva, y bien viva. Estuvo en el despacho del director

Fornell, ambos la vimos y hablamos con ella. No soy yo sola la que parece haber visto alucinaciones.

Carlota se quedó mirando fijamente a su amiga, con el semblante muy serio.

—Escucha Rebeca, podría ser un error, pero también podría no serlo, ¿lo entiendes?

Rebeca seguía perpleja.

—Lo siento Carlota, no lo entiendo porque, sencillamente, no creo en fantasmas ni en fenómenos paranormales, como ya conoces.

—¿Estás intentando decirnos que el espíritu de la condesa visitó a Rebeca, antes de hacer el tránsito hacia el más allá? —preguntó asustada Almu— ¿Cómo en la película *Poltergeist*? ¡Caroline, corre hacia la luz!

—No digas tonterías Almu. Estoy intentando deciros que, quizá, la persona que visitó a Rebeca en el periódico no fuera en realidad la condesa, que parecéis idiotas y no entendéis nada —dijo Carlota, al fin.

Rebeca y Almu se quedaron en silencio, pensativas. No se les había ocurrido esa posibilidad. Carlota continuó preguntando.

—Rebeca, ¿tú habías visto con anterioridad a la condesa de Dalmau?

—En persona no, pero sí en multitud de reportajes fotográficos y en la televisión. Desde luego me pareció que era la condesa desde el principio. Hablaba y se movía como ella. No tuve ninguna duda.

—¿Cómo iba vestida? ¿No dijiste que llevaba un sombrero y un tocado muy exagerado, que le ocultaban la mitad de la cara?

Rebeca hizo memoria. Es verdad, llevaba un elegante vestido verde de una sola pieza y un sombrero muy llamativo, con una gasa semitransparente que le cubría parte del rostro. Recordaba que le pareció muy exagerado.

—Tienes razón, es cierto. Me acuerdo que iba vestida algo extravagante. Me llamó la atención —contestó Rebeca.

—Quizá fuera tan solo un ingenioso disfraz. ¿No has considerado esa posibilidad? —dijo Carlota.

Almu intervino en la conversación.

—No existen fotos recientes de la condesa, que yo sepa. Desde que falleció su marido, hace siete años, vivía recluida en su palacio de Sintra, cerca de Lisboa, sin acudir a ningún acto social.

—Estamos elucubrando demasiado, lo más lógico es que sea un simple error a la hora de trascribir la hora de la muerte en la autopsia —dijo Rebeca, intentando poner algo de orden en su mente—. No le deberíamos estar dando tantas vueltas a lo que debe ser un error material.

—Es posible, no te lo niego, pero lo que sí te niego con rotundidad es que sea la opción más lógica —dijo Carlota, con una voz muy firme.

Ahora sí que Carlota había captado la atención de Rebeca.

—¿Por qué crees eso? —preguntó intrigada.

—He estado pensando antes de despertaros, y creo que lo más lógico es que se tratara de otra persona diferente a la condesa de Dalmau la que te visitó en el periódico —concluyó Carlota, muy seria.

Rebeca y Almu se quedaron mirando a Carlota, esperando que continuara.

—Reflexionad conmigo. Después de contarle a Abraham Lunel lo que había ocurrido y enseñarle los papeles, ¿qué es lo que más le extrañó de todo el relato? De hecho, dijo que le preocupaba mucho no entender el motivo y que tenía que averiguarlo cuanto antes.

—¡Me acuerdo! —saltó Rebeca de inmediato—. Dijo que no entendía por qué me había visitado la condesa de Dalmau al periódico para preguntarme por el significado de esos dibujos, cuando ella ya lo debía conocer, porque era doctora en Historia, además especializada en esa época en concreto. No lo comprendía y se mostró muy extrañado.

—¡Exacto! Ahí tienes la respuesta a la gran duda de Abraham Lunel —dijo Carlota.

—¿Y cuál es esa respuesta? —dijo Almu, que se había perdido.

—Pues que no era la condesa auténtica la que le preguntó a Rebeca por el significado de esos dibujos, sino una impostora que se hacía pasar por ella y que, evidentemente, ni era doctora en Historia ni conocía el significado de los dibujos. Elemental, querido Watson —dijo Carlota, con cierto regocijo

—, como diría el propio Sherlock Holmes. Arthur Conan Doyle estaría orgulloso de mí.

Rebeca se quedó muy pensativa, en silencio.

Desde luego era perfectamente posible. Como también era perfectamente posible que el médico hubiera cometido un error al apuntar en el informe de la autopsia la hora de la muerte. De todas maneras, se quedó muy preocupada. Tenía que hablar con su tía Tote. No la iba a molestar ahora, era domingo por la mañana y estaba con Joana, disfrutando de un fin de semana juntas.

Aunque Rebeca estaba asustada de verdad, ya lo comentarían cuando volvieran mañana, tranquilamente.

3 27 DE DICIEMBRE DE 1390

—Samuel, empezaremos la semana que viene. Mientras tanto, quiero que vayas leyendo estos libros que te he traído —dijo el fraile.

Sacó del jubón, que llevaba colgado al hombro, dos manuscritos bastante ajados, y se los entregó.

Samuel aún estaba en estado de *shock*, conmocionado. Su abuelo le acababa de comunicar que Vicente Ferrer iba a ser su nuevo maestro particular. El fraile de la orden de predicadores daba clases desde hacía unos cinco años en *La Seu* de Valencia, donde ejercía como profesor de Teología, pero le iba a dar lecciones dos tardes a la semana, con carácter privado y secreto, en su propia casa.

«¡Mi maestro va a ser un fraile cristiano! ¡Mi abuelo se ha vuelto loco!», se decía Samuel, que no entendía para qué necesitaba un maestro diferente a su abuelo, que era la persona más sabia de toda la ciudad.

Samuel miró los dos manuscritos y leyó los títulos. Era imposible, no podía ser. Levantó la vista y se quedó mirando a su abuelo, esperando alguna palabra, incluso algún gesto que pudiera justificar lo que estaba ocurriendo, que no alcanzaba a comprender.

Isaac Ben Sheshet Perfet, rabino de Valencia y una de las máximas autoridades talmúdicas vivas, tenía la vista perdida. No se atrevía ni siquiera a mirar a los ojos a su nieto.

Lo de la cábala ya le supuso una gran sorpresa, pero, al fin y al cabo, se trataba de conocimientos muy antiguos de origen hebreo.

«Pero ¿qué significa esto?», se dijo Samuel, aturdido.

No hacía más que mirar los libros que le había entregado fray Vicente Ferrer. Lo que le había dado eran dos volúmenes de notas manuscritas que se titulaban *Teología, Vicente Ferrer, La Seu.*

«¡Dos libros de teología católica!», pensaba espantado.

Últimamente iba de sorpresa en sorpresa, a cada cual mayor que la anterior.

Ya tenía miedo de pensar cuál sería la próxima.

4 EN LA ACTUALIDAD, DOMINGO 13 DE MAYO

Rebeca estaba tumbada en el sillón. Almu y Carlota se acababan de ir de su casa. Aunque era mediodía, ninguna de las tres había comido, no tenían ni pizca de hambre. El descubrimiento de Carlota las había dejado pasmadas. Por más que pensaba en el asunto, no le encontraba ninguna explicación coherente, más allá de que se tratara de un simple error al trascribir la hora de la muerte de la condesa en el informe de la autopsia.

Estaba reflexionando acerca de la posibilidad que había planteado Carlota. Ella afirmaba que su razonamiento era más lógico, pero Rebeca no le veía el sentido por ningún sitio.

«¿Cómo puede ser más lógico que alguien se disfrace de la condesa de Dalmau y venga a verme al periódico? ¿A mí, a Rebeca Mercader, que no soy nadie? ¿Para qué? ¿Eso tiene alguna lógica?», se preguntaba.

Definitivamente, no entendía la manera de pensar de Carlota.

«Lo que de verdad es lógico es que se trate de un error en la hora de la muerte», pensaba. Todo lo demás era completamente disparatado. Al menos se quería convencer de ello, porque el simple hecho de pensar que el razonamiento de Carlota pudiera ser cierto, le desconcertaba, y también le preocupaba. Con los años había aprendido a no despreciar los razonamientos de su amiga, por extraños que le parecieran, ya que tenía una mente fuera de lo normal, pero aquello era demasiado.

No pudo evitar acordarse de Guillermo de Ockham, que fue un fraile franciscano y filósofo inglés, que vivió a caballo entre los siglos XIII y XIV. Pasó a la posteridad por formular su famoso principio llamado *La navaja de Ockham,* que rezaba que «en igualdad de condiciones, la explicación más sencilla suele ser la más probable». Pues eso, la explicación más sencilla era el error en la autopsia. Ahora mismo Rebeca era una firme partidaria del filósofo inglés, o *muy fan,* como decían sus compañeros y amigos.

A pesar de Ockham y su *navaja,* estaba hecha un manojo de nervios. Ahora mismo no sabía si esperar despierta a que volvieran su tía y Joana del fin de semana en Monòver, y así poder contarles todo lo que había ocurrido.

Tenía la impresión de que era muy importante. Había dos elementos en esta ecuación que le preocupan mucho. El primero era que, aunque quería creerlo, un error de esa envergadura en una autopsia forense policial no debía ser muy usual. El segundo elemento que la perturbaba era Carlota. La conocía muy bien. Era la primera vez que la veía en ese estado, y la conocía desde los ocho años. Ella era capaz de advertir cosas que otros no veían. Y había observado el miedo en sus ojos, no se le olvidaba.

Pensó un poco si esperar a su tía y a Joana. Tampoco le apetecía demasiado permanecer desvelada, porque suponía que la conversación se alargaría más de la cuenta. Estaba cansada de verdad. Carlota las había despertado a Almu y a ella a las cinco de la madrugada y apenas había dormido unas pocas horas.

Ya hablaría con ellas mañana. A ver si la almohada despejaba su mente, que le hacía falta.

5 4 DE ENERO DE 1391

—Gabriel, tengo que enseñarte una cosa esta misma noche. Tengo algo que demostrar —dijo Jucef, nada más llegar a la escuela.

—¿Qué ocurre? —preguntó asustado.

—Tienes que verlo con tus propios ojos, no te lo puedo contar.

—¿Te ha pasado algo?

—No, tranquilo, no me ha pasado nada. Estoy bien.

—¿Entonces?

—Esta noche nos vemos en la puerta de mi casa, a medianoche.

—¿A medianoche? ¿No habrá una reunión del Gran Consejo? —preguntó emocionado Gabriel.

—No, no tiene nada que ver con eso.

Jucef se sentó en su silla en la escuela, dando por terminada la conversación. Gabriel se quedó pensativo, muy extrañado por la actitud de su amigo. Estaba claro que no quería contarle nada, más bien quería enseñarle algo. Pues nada, tendría que esperar a esta medianoche para salir de dudas. No obstante, no podría evitar que la curiosidad lo carcomiera por dentro.

Cuando terminaron la escuela, no hablaron. Cada uno se fue a su casa, en silencio.

A medianoche, como le había indicado Jucef, Gabriel salió de su casa y se dirigió hacia la plaza dónde estaba la carnicería. Enseguida vio a su amigo asomado por la ventana. Bajó a la calle en un minuto.

—Hola, Jucef. Llevo todo el día dándole vueltas a la cabeza. ¿Dónde me vas a llevar? —preguntó Gabriel, que no se podía aguantar la curiosidad.

—Vamos a la Sinagoga Mayor.

—¿A la sinagoga? ¡Si me habías dicho que no había reunión del Gran Consejo!

—Y no la hay.

—Entonces ¿para qué vamos allí a estas horas de la noche? ¿Qué sentido tiene?

—Te lo he dicho esta mañana, tengo que demostrar una teoría.

Gabriel se quedó mirando a Jucef.

—¿No pretenderás devolverme la broma que Samuel y yo te gastamos con los *siniestros*?

Jucef no pudo evitar sonreír.

—No te creas que no tengo ganas, que aún me acuerdo. Pero no, quédate calladito y pronto lo verás.

«¿Qué veré?», pensó Gabriel, que estaba expectante. No se le ocurría qué podían hacer a esas horas en la sinagoga si no era espiar una reunión del Gran Consejo, y Jucef le acababa de decir que no era eso. A medianoche, tan solo iban a la Sinagoga Mayor por ese motivo.

Entraron, cruzaron el patio, pero no se dirigieron hacia el salón principal.

—¿Dónde vamos? —preguntó Samuel, extrañado.

—A la biblioteca.

—¿A la biblioteca? ¡Pero si está cerrada! Sabes que es la única estancia de la sinagoga que no se queda abierta por las noches. Abraham echa la llave a la puerta antes de irse, todos los días. Aprecia mucho los manuscritos y los escasos libros que contiene.

—Eso no importa.

—¿Qué es lo que no importa?

—Nada. Ni los manuscritos ni que esté cerrada por las noches.

«¿Cómo qué no importa? Nos vamos a meter en un buen lío», pensó Gabriel, pero no dijo nada. Le podía más la curiosidad que el miedo.

Llegaron a la biblioteca. Como era de esperar, la puerta estaba cerrada. Para sorpresa de Gabriel, Jucef sacó una especie de gancho y empezó a manipular la cerradura. En apenas unos segundos la puerta crujió, abriéndose ante ellos.

—¿Dónde has aprendido a hacer eso? —preguntó, asombrado por las desconocidas y extrañas habilidades de su amigo. Estaba aturdido.

—Desde luego que en la escuela no.

—¿Sabes lo que nos hará Abraham si nos descubre? Bueno, Abraham o cualquier otro, pero le tengo más respeto a él.

—En estos momentos no me importan las consecuencias.

—Eres un inconsciente —Gabriel se mostraba reticente.

—En todo caso, somos unos inconscientes. Inclúyete a ti. Anda, vamos a entrar —contestó, con media sonrisa en su rostro.

Estaba en penumbra. Jucef encendió una pequeña llama y, de repente, se hizo la luz en el interior de la biblioteca.

—Da miedo, así de vacía y de noche —dijo Gabriel. «Aunque también me da miedo de día», pensó.

Jucef se puso a andar hacia el final de la estancia.

—Sígueme, vamos hasta la primera mesa.

Se acomodaron en el mismo sitio dónde se sentaba Jucef, cuando simulaba leer para espiar a Abraham, el bibliotecario. Gabriel seguía sin entender nada.

De repente, Jucef se levantó y comenzó a andar en silencio hacía la puerta. Luego volvió a la mesa por otro camino diferente, entre los bancos de lectura, todo ello sin mediar palabra.

—¿Se puede saber qué estás haciendo? —preguntó Gabriel, que no comprendía que estaba maquinando su amigo.

Jucef se dirigió a Gabriel. Su rostro reflejaba una perplejidad fuera de lo normal.

—Observa, yo estaba sentado aquí mismo —contestó, señalando el primer banco de la fila—. Imagínate la escena. Delante de mí, en la mesa de Abraham, estaban él y Jacob Abbu, el número uno del Gran Consejo, hablando de sus cosas. Durante unos diez o quince segundos bajé la vista y la posé en el libro, haciendo como si leía. Cuando volví a levantar la cabeza, ya había desaparecido Jacob Abbu.

—Sí, recuerdo que me lo contaste.

—Bueno, pues acabo de demostrar que fue imposible que Jacob Abbu saliera por la puerta de la biblioteca. El recorrido lleva más tiempo, además, no es posible que no escuchara el ruido de las pisadas, ya que son perfectamente audibles desde todos los rincones de la biblioteca.

Gabriel no comprendía a su amigo.

—Entonces, si no salió por la única puerta que tiene esta estancia, ¿cómo pudo desaparecer Jacob Abbu delante de tus narices?

—Para eso estamos aquí esta noche, para averiguarlo. No pienso abandonar esta biblioteca hasta resolver este misterio. Ya sabes que no creo en fantasmas ni en nada parecido.

Gabriel no pudo evitar estremecerse. Él sí que creía y aquello le ponía los pelos de punta.

6 EN LA ACTUALIDAD, LUNES 14 DE MAYO

Rebeca se levantó a las seis y media. Hoy quería llegar pronto a la redacción de *La Crónica* porque, entre unas cosas y otras, no había empezado a escribir su artículo histórico semanal y lo debía entregar mañana mismo.

Salió a la cocina. Estaba desierta, ni rastro de su tía ni de Joana. No las había oído llegar por la noche. Después de que Carlota la despertara ayer a las cinco de la madrugada, se acostó pronto y durmió profundamente toda la noche del domingo.

Se bebió un vaso de leche fresca, y se fue hacia el periódico.

Llegó a la redacción y se dirigió directamente a su mesa. Abrió el cajón donde guardaba los expedientes, con mucho cuidado. El jueves había dejado las carpetas de una determinada forma y había hecho una fotografía con el móvil. Observó cómo estaban dispuestos los expedientes, comparándolos con la foto. Era evidente que no estaban exactamente igual.

Sus sospechas estaban confirmadas, alguien estaba fisgoneando entre sus papeles. No entendía a quién le podía interesar sus notas, no tenían ninguna relevancia, aunque no dejaba de ser curioso, y también inquietante, por qué no decirlo. Tendría que tomar medidas. Lo anotó mentalmente y comenzó a trabajar.

Las horas se le pasaron volando, entre elegir el tema y empezar a documentarse. Mañana empezaría a escribir el artículo. Salió de la redacción a la una y se fue hacia su casa.

«Tengo que hablar con mi tía, no me quito de la cabeza la hora del fallecimiento de la condesa que aparece en el informe de la autopsia», se dijo Rebeca, claramente preocupada. Seguía sin comprenderlo.

Entró en su casa y se fue directa hacia la cocina, como cada mediodía. Estaba desierta, pero oyó hablar en el salón. Se escuchaban tres voces diferentes. Una era de su tía, otra era una voz algo ronca de hombre, que no reconoció, y la tercera, «¿no era la inspectora Sofía Cabrelles?», se preguntó con curiosidad.

«¡Qué raro!», pensó Rebeca. «¿Qué hace en casa?»

Rebeca se asomó al salón. Su tía la vio de inmediato y se levantó a saludarla.

—Hola, Rebeca, pasa, te estábamos esperando.

«¿Me estaban esperando? ¿Para qué?», pensó algo preocupada, sin comprender el motivo de aquella reunión.

—Hola, Rebeca —le saludó la inspectora Sofía Cabrelles, levantándose y dándole dos besos.

Tote se giró hacia el hombre, que se estaba levantando del sillón para saludarla.

—Rebeca, te presento a Ricardo Puig. Es un viejo amigo. Dirige una empresa de investigación privada y de vez en cuando colabora con nosotros.

«¿Un investigador privado? ¿Qué está pasando aquí?», se preguntaba Rebeca, intrigada.

—Hola, encantado de conocerte por fin. Puedes llamarme Richie, nadie me llama Ricardo —dijo el investigador, mientras le daba la mano.

—Como te acabo de decir, Richie es un viejo amigo. Fue compañero hace años, pero nos dejó por la empresa privada. Creo que le ha ido mejor que a nosotras —dijo sonriendo Tote.

—No os quejéis, toda una comisaria y una prometedora inspectora, tampoco os ha tratado mal la vida —dijo Richie, con media sonrisa en el rostro.

Tote vio la sorpresa reflejada en el rostro de su sobrina.

—Os preguntaréis qué hacemos los tres, aquí reunidos. Aunque podría ser perfectamente una reunión de viejos amigos para contarnos batallitas, no se trata de eso.

Tote hizo una pequeña pausa para beber.

—El viernes fui a visitar a Richie. No terminaba de ver claro el caso de la condesa, me parecía que había demasiados cabos sueltos. Comprendía que no había motivos suficientes para reabrirlo desde un punto de vista policial, y menos por Sofía y su Grupo de Homicidios, sobre todo cuando ya se había demostrado su muerte natural. No obstante, nada me impedía acudir a Richie y que hiciera algunas averiguaciones, de forma extraoficial.

—No me comentaste nada —le reprochó Rebeca.

—No quería preocuparte.

Rebeca se giró hacia Richie.

—¿Y has conseguido averiguar algo?

—Tu tía vino a verme con una serie de detalles que no veía claros, sobre todo lo referente a una gargantilla con un diamante rojo. Parece ser que la condesa la nombró, pero no aparecía por ningún lugar, ni siquiera sus hijos parecían conocerla.

—Sí, así es —contestó Rebeca.

—He tenido que hacer muchas preguntas y después de mil patadas y muchas horas dedicadas, he descubierto la verdad.

—¿Y cuál es esa verdad? —preguntó Rebeca, impaciente.

—Pues la verdad es que la condesa tenía razón. Esa gargantilla existe y era propiedad del conde de Ruzafa —contestó Richie, mientras extendía una fotografía encima de la mesa. Aparecía una cadena, con un grueso engarce y un diamante rojo muy llamativo en el centro. La parte metálica estaba grabada, en un lateral, con una inscripción apenas visible, que rezaba «bajo la estrella» y quizá algo más, pero por el ángulo de la fotografía no se podía leer de forma adecuada.

Rebeca se quedó mirando la foto, como hipnotizada.

—La foto tiene catorce años. El sábado pude averiguar que el conde la llevó a reparar a la joyería de Sergio Enguix, en la calle San Vicente. Le hice una visita a su negocio y he conseguido esta imagen, que la tomó el propio joyero —empezó a explicar Richie—. Asegura que ya había pasado por sus manos en otra ocasión, hace unos veinticinco años, en ese caso para su limpieza y mantenimiento. Siempre la llevaba el conde en persona a la joyería, y también la recogía él mismo, nadie más. Pensad que Sergio Enguix tiene más de sesenta años de edad y lleva al frente de la joyería más de treinta de forma ininterrumpida, así que sabe de lo que habla. Es un joyero artesano de los de antes, de los que ya no quedan, para desgracia de la profesión.

—Sorprendente —dijo Rebeca, sin quitar la vista de la fotografía—. Por lo que se entiende de la inscripción parece un regalo de enamorados, y bastante antiguo. Entonces, ¿dónde está? ¿Por qué no aparece en ningún listado, ni siquiera en el de la compañía de seguros? Y, sobre todo, ¿por qué los tres hijos niegan conocerla?

—No sabemos dónde está, esa es la cuestión —contestó la inspectora Cabrelles—. En cuanto a los hijos, mañana mismo los citaremos en comisaría y les mostraremos la foto, a ver si hacen memoria y la recuerdan ahora.

Richie mostró abiertamente su perplejidad.

—Es muy extraño que no se acuerden de una joya así. El diamante rojo es de casi tres quilates y, según el joyero, su valor en el mercado podría superar los dos millones de euros con facilidad, tan solo el diamante, al margen del valor sentimental de una joya familiar de estas características. ¿Cómo se van a olvidar de una cosa así? Está claro que es una familia con muchas y valiosas posesiones, pero olvidar una cosa así, no sé...

—Sí que es extraño —dijo Tote— ¿Es posible que el conde y la condesa hayan ocultado una joya así a sus hijos durante tantos años?

—No lo sé —dijo la inspectora Cabrelles, que estaba pensativa—. Supongo que es una posibilidad, aunque es muy extraño. ¿Con qué sentido harían una cosa así? ¿Para qué ocultar una joya tan peculiar?

Se oyó abrirse la puerta de casa y entró Joana.

—Buenas tardes. Caramba, estáis de reunión, no os molesto —dijo Joana, cuando vio a los cuatro sentados en el salón.

—No molestas, Joana. Pasa —dijo su tía, que le presentó a la inspectora y al investigador. Le explicaron el descubrimiento de Richie. Se quedó mirando con detenimiento la fotografía de la gargantilla. Parecía absorta y pensativa.

—Desde luego es una joya muy curiosa —dijo.

A pesar de la revelación que acababa de hacer Richie, Rebeca no se podía quitar de la cabeza el tema de la hora de la muerte de la condesa. Era un tema muy importante, pero no sabía cómo sacar la cuestión. Ahora vio la oportunidad. Aprovechó la interrupción y el silencio que se había producido con la llegada de Joana para lanzar su pregunta. «Allá va la bomba, a ver cómo reaccionan», pensó.

—¿Cómo son de exactas las autopsias fijando la hora de la muerte? —dijo, al fin.

Los cuatro se quedaron mirando a Rebeca, sin comprender la extraña pregunta, que no venía al caso. Estaban absortos con la joya. No obstante, Sofía le contestó.

—Pues depende del tiempo que lleve muerto el sujeto. Hay tres factores determinantes a la hora de fijar la hora de la muerte. Si el fallecimiento se ha producido de forma reciente, la Policía Científica se suele fijar en el *algor mortis*, es decir, la pérdida de temperatura corporal hasta acercarse a la de ambiente. Se supone que perdemos en torno a grado y medio por cada hora que pasamos muertos, en condiciones normales. Lo habrás visto en series de televisión como C.S.I. Cuando más reciente se ha producido el fallecimiento, más exacto es el cálculo de la hora exacta del óbito. Pero, en cualquier caso, los médicos forenses suelen ser bastante precisos. Los otros dos factores son el *rigor mortis* y el *livor*, pero no te voy a aburrir con más detalles si no los necesitas.

Tote se quedó observando con detenimiento a su sobrina.

—Rebeca, ¿para qué haces, sin venir a cuento, una pregunta tan extraña?

Permaneció callada. No sabía bien cómo continuar la conversación.

—A ti te preocupa algo, te conozco bien —insistió Tote— No hagas una pregunta tan rara y te quedes en silencio.

Rebeca se levantó y se acercó a su habitación, cogió el informe policial y volvió al salón. Los cuatro estaban expectantes, no entendían lo qué estaba haciendo. Abrió el informe de la autopsia de la condesa y señaló la línea dónde ponía: «Hora de la defunción: entre las 5:00 y las 6:00 del día 1 de mayo».

Tote seguía sin comprender a su sobrina.

—¿Y qué más da la hora de su muerte? ¿Importa algo si le dio el infarto a las ocho o a las nueve de la mañana?

—No se trata de la hora, tan solo —le respondió Rebeca.

—¿Ese no fue el día que te visitó en el periódico? —pregunto alarmada la inspectora Sofía Cabrelles, que se dio cuenta enseguida del alcance de lo que estaba leyendo.

—Así es, Sofía.

Se levantó de un salto del sillón, murmuró un «disculpadme» y salió por la puerta del salón, con el teléfono en la mano.

Joana se levantó para ir al baño, aparentemente sin comprender lo que había desvelado Rebeca, como parece que también ocurría con su tía y Richie. Ante las caras de incomprensión, Rebeca se vio obligada a dar explicaciones.

—Vamos a ver, resulta que la señora condesa me visitó en la redacción de *La Crónica* cuando llevaba tres horas muerta, según su propia autopsia.

Su tía y Richie se quedaron mirando la autopsia y luego a Rebeca, con la perplejidad reflejada en su rostro.

—¿Eres consciente de lo que nos acabas de contar? —dijo Tote, cuya expresión había pasado de la sorpresa al enfado— ¿Por qué no me llamaste ayer mismo, insensata? ¿Qué esperabas para darme esta noticia?

7 4 DE ENERO DE 1391

Gabriel y Jucef estaban sentados en la biblioteca de la sinagoga, observando a su alrededor.

—Yo tampoco creo en fantasmas —mintió Gabriel, con la voz temblorosa—. ¿Cuál puede ser la explicación para la desaparición del número uno?

—La respuesta es obvia. En esta estancia tiene que haber otra salida. Jacob Abbu no pudo desvanecerse sin más —respondió muy convencido Jucef—. No es posible.

—Escucha, desde siempre la biblioteca ha tenido una única puerta. Mira sus muros, son muy sólidos. Jamás he conocido otra.

—Tú lo acabas de decir, jamás se ha conocido, pero eso no quiere decir que no exista.

—¿Y dónde está? Porque yo no la veo.

—Esa es la parte buena. Mira a tu alrededor. Tan solo puede estar en un lugar.

—¡Ah! ¿sí? ¿Y cuál es ese lugar? —preguntó Gabriel, que no veía nada de nada.

—Piensa con lógica. No puede estar alejada de la mesa del bibliotecario Abraham, porque, de ser así, hubiera escuchado los pasos de Jacob Abbu alejarse, y ya sabes que no oí nada. Como te decía, la ubicación de la puerta es obvia y tú lo deberías suponer.

Gabriel se quedó mirando a su amigo, sin comprenderlo. Jucef siguió con su razonamiento.

—La puerta secreta debe estar escondida tras el gran armario de la pared del fondo de la biblioteca, justo detrás de la mesa de Abraham. Solo así podría haber salido Jacob Abbu en tan poco tiempo y sin que yo escuchara sus pasos —dijo Jucef, mientras lo señalaba.

Ahora Gabriel se giró hacia el armario. Era una pieza muy grande y estaba completamente pegado a la pared.

—Escucha, Jucef. Ese mueble debe pesar una barbaridad. Si la puerta estuviera escondida detrás de él, supongo que, al desplazarlo, también hubiera hecho un ruido considerable. Es posible que no escucharas los pasos de Jacob saliendo de la biblioteca, pero en ese caso hubieras escuchado el ruido del armario arrastrándose por el suelo. ¿Percibiste algún sonido similar al de movimiento de muebles? ¿Lo recuerdas?

Jucef se quedó mirando a Gabriel, reflexionando.

—No. No oí nada. Ningún ruido.

—Piensa también que, tanto Abraham como Jacob, son dos personas ancianas y no los veo pudiendo mover semejante armatoste. ¿Te los imaginas desplazándolo?

Jucef se giró hacia el armario. La verdad es que era de proporciones muy grandes.

—No, la verdad es que no.

—Entonces, tu teoría tampoco parece tener sentido —concluyó Gabriel.

—Pero la tiene.

—¿Por qué?

—Porque es la única posible, si nos ceñimos a los hechos.

—¿Qué hechos? —Gabriel seguía incrédulo.

—Fundamentalmente dos. El primero, la presencia de Jacob Abbu junto con Abraham. Lo escuché entrar y lo vi, no tengo ninguna duda. Y el segundo hecho es que desapareció, sin salir por la misma puerta que entró, ya que no se escucharon sonidos de pisadas. Tan solo hay una conclusión por extraña que pueda parecer, y es que existe otra puerta y está ahí —dijo Jucef, señalando la pared dónde está el gran armario.

—Si tan convencido estás, salgamos de dudas. Vayamos a buscarla.

Se levantaron y se fueron en dirección al armario. Gabriel se fijó en las patas.

—Mira, Jucef. Este mueble hace mucho tiempo que no se mueve. No existe ninguna marca alrededor de sus patas. No ha sido desplazado en bastantes años —dijo, mientras apuntaba con su dedo al suelo.

Jucef lo miraba con atención, pero no parecía darse por vencido.

—Tiene que haber alguna explicación, aunque ahora mismo no seamos capaces de verla.

—Pues ya me contarás. Este armario no ha sido movido en los últimos tiempos y tú mantienes tu teoría de que esconde una puerta.

Jucef seguía dándole vueltas mientras miraba fijamente el mueble. De las cuatro partes del armario y, descartando la que se encontraba pegada a la pared, que no se veía, destacaba el frontal, dónde estaban las dos grandes puertas que daban acceso a su interior. Los dos laterales eran fijos y ni siquiera tenían ningún adorno.

—Hay que abrir el armario —dijo por fin Jucef.

—Pero está cerrado con llave.

—Sí, como la puerta de la biblioteca. ¿Y cuánto me ha costado abrirla, *gallina*?

«Esto no va a acabar bien», pensó Gabriel, asustado. «Hemos forzado la puerta de entrada y ahora vamos a forzar la cerradura del armario. Tan solo espero que Abraham no se entere jamás».

Jucef sacó el gancho que había utilizado para la cerradura de la biblioteca y se puso a manipular aquel armario. Al poco tiempo hizo un pequeño chasquido y la puerta se abrió de par en par.

—Objetivo conseguido —dijo con satisfacción —¿Ves cómo no ha sido tan difícil?

Se quedaron mirando el interior. Había colgadas varias sayas y unos pocos libros sin aparente importancia.

—¡Mira! —dijo Jucef, señalando una prenda.

Era una capa negra con capucha, como las que utilizaban en las reuniones del Gran Consejo.

Jucef apartó las sayas y los libros, y entró en el armario. Se puso a rebuscar por su interior, a ver si veía alguna cosa interesante.

Gabriel no podía ver lo que estaba haciendo su amigo. La puerta del armario se había entornado y no tenía visión directa del interior.

Esperó con paciencia a que Jucef terminara de revisarlo por dentro, pero estaba tardando bastante en salir. No era tan grande.

«¿Qué estará haciendo?», se preguntó, algo preocupado por la tardanza. «¿Tantas cosas había que comprobar?».

Se quedó mirando el armario y gritó, para advertir a su amigo.

—Jucef, cuidado. Voy a abrir las puertas. Apártate, no sea que te dé un golpe.

Nadie le contestó.

—Voy a entrar —repitió Gabriel en voz alta.

Abrió la puerta y se quedó estupefacto, con la boca abierta de par en par. Estaba completamente vacío. No había nadie en su interior.

Ahora el que había desaparecido era Jucef.

8 EN LA ACTUALIDAD, MARTES 15 DE MAYO POR LA MAÑANA

Rebeca se levantó a las siete. Hoy tenía que entregar su artículo semanal en *La Crónica* y aún no lo había empezado a escribir. Se duchó y salió a la cocina con cierto temor. Ayer se había llevado una buena bronca de su tía Tote, por no haberle contado lo de la autopsia de la condesa, en el mismo momento que se había enterado. No tenía ganas de aguantar otro *chaparrón*.

La cocina estaba desierta. «Mejor», pensó aliviada.

Salió hacia el periódico en bicicleta, como todas las mañanas. Entró, pasó por delante de Alba y se fue hacia su mesa. Le dio los buenos días a Tere, su compañera, dejando en la percha la bandolera que siempre le acompañaba.

Miró su cajonera.

Rebeca llevaba algunos días preocupada. Se sentía espiada en el periódico. Tenía la evidencia que registraban sus cajones y fisgoneaban entre sus notas, incluso le habían desaparecido algunas carpetas, así que ayer, antes de irse, había preparado una pequeña trampa casera.

Puso una tira de celofán en el borde del cajón y en la parte superior de cada carpeta. Rebeca esperaba que, si alguien manipulaba sus cosas, dejara alguna huella dactilar. Era un plan algo chapucero, lo debía de reconocer, pero esperaba que funcionara. Abrió la cajonera con todo el cuidado que pudo, para no dañar ni arrugar el celofán.

«¡Bingo!», pensó, mientras esbozaba una pequeña sonrisa triunfal.

Efectivamente, alguien había estado trasteando. Miró el celofán y observó diferentes marcas. Con mucho cuidado, con la ayuda de unas pinzas que había traído de casa, los arrancó de cada uno de los sitios y se los guardo en un sobre de plástico que también había cogido de casa, intentando que nadie se percatara de lo que estaba haciendo.

Toda la operación apenas le llevó unos minutos, a pesar del cuidado que puso en no tocar las cintas de celofán con sus propios dedos, para no borrar ni contaminar los posibles rastros.

Miró a uno y otro lado de su mesa. Nadie parecía haberse percatado de su maniobra, y eso que resultaba algo extraña. No era nada normal lo que acababa de hacer, pero Tere seguía cara al ordenador, como si nada hubiera ocurrido.

Cuando concluyó, se puso a trabajar como cualquier mañana. Terminó su artículo puntual, a la una, lo entregó y se quedó un rato hablando con Tere, su compañera de mesa. Quería asegurarse de que no hubiera visto nada, sin embargo, se encontró con una sorpresa. Le contó que, ayer por la tarde, estuvo en la redacción una policía hablando con Alba, la secretaria del director Fornell. Tere había visto que la agente había estado manipulando el sistema de grabación de la cámara de seguridad de la entrada.

Rebeca supuso que se habían llevado las imágenes de la condesa del día que acudió al periódico. También supuso que la inspectora Cabrelles no le había hecho partícipe de las dudas sobre la identidad real de la condesa.

«Mucho mejor», pensó, «si no el director Fornell no me dejaría en paz pidiéndome algún tipo de artículo fantástico sobre la condesa fantasma o algo parecido».

Era lo último que le apetecía en estos momentos.

9 4 DE ENERO DE 1391

«¿Qué ha pasado con Jucef?», pensó asombrado Gabriel. «Ha entrado en el armario y se ha desvanecido, parece cosa de magia negra».

Empezó a revolver las sayas y los libros, pero no vio nada de nada. Aquello no era posible, la gente no desaparece sin más. No pudo evitar sonreír cuando pensó que esa misma frase la había pronunciado Jucef, haciendo referencia a Jacob Abbu, número uno del Gran Consejo.

De repente, se escuchó una voz, rompiendo el silencio de la biblioteca.

—¡Hola, *gallina*! ¡Aquí estoy!

Gabriel pegó un brinco. Casi se le sale el corazón por la boca. La voz no provenía del interior del armario, sino de la puerta de entrada a la biblioteca. Se giró y vio a su amigo andando, dirigiéndose hacia él.

—¡Jucef! ¡Pero si ahora mismo estabas dentro del armario!

—¿A qué parece mágico?

—Sí —contestó asustado Gabriel.

—Pues no lo es.

—Me has dado un susto de muerte. ¿Cómo lo has hecho?

—¿Verdad que es sorprendente?

—¿Sorprendente? ¡Anda, explícate ya!

Jucef se sentó en la mesa de Abraham.

—Es muy sencillo, desde el principio tenía razón. Dentro del armario hay una puerta que comunica con el exterior de la sinagoga.

—¿Con el exterior? ¡Pero si la Sinagoga Mayor siempre ha tenido una sola puerta de acceso! Ya te lo dije.

—Dirás que siempre hemos creído que tenía tan solo una, pero no es cierto. La tapa trasera del armario, en realidad, es otra puerta. Comunica con el terreno vacío que hay detrás de la sinagoga. Se puede salir con mucha facilidad.

Gabriel estaba aturdido.

—Es increíble.

—Increíble no, es real. Así salió Jacob Abbu de la biblioteca. Por eso no le escuché andar hasta la puerta, porque no lo hizo. Simplemente se metió en el armario y salió de la sinagoga.

Gabriel estaba dándole vueltas a la cabeza.

—Lo que es increíble es que haya gente que salga y entre de la judería sin ser vista, por el pasadizo que me enseñaste, y ahora nos enteremos que también haya gente que salga y entre de la Sinagoga Mayor en secreto. No me niegues que es muy extraño —dijo, saliendo de sus pensamientos.

—No te lo niego. El pasadizo subterráneo para salir de la judería aún tiene sentido, porque los portales que nos dan acceso suelen estar vigilados y cerrados por la noche, pero esta puerta oculta en el armario es de lo más sorprendente. Todo el mundo puede entrar en la sinagoga por el acceso principal cuando quiera. No pasa absolutamente nada, nadie lo vigila ni se apercibe de ello. ¿Qué sentido tiene una puerta secreta para entrar en un lugar de público y sencillo acceso?

Nada más terminar de hablar, Jucef se quedó pálido. Gabriel se dio cuenta de inmediato.

—¿Qué te pasa, Jucef?

—Yo mismo, hablando, creo que he dado con la respuesta a mi pregunta.

—¿Qué respuesta?

—Escucha, Gabriel, ¿y si esta puerta secreta no es, en realidad, para entrar y salir de la sinagoga?

—No te entiendo, Jucef. Entonces, ¿para qué es?

—Creo que lo comprendo todo, ahora solo tengo que demostrarlo. Tendré que volver otro día, necesito más tiempo y hoy ya se ha hecho tarde.

—¿Demostrar el qué? Como no te expliques mejor, no entiendo nada de lo que estás diciendo.

Jucef se puso serio.

—Gabriel, si no me equivoco, acabo de descubrir algo muy importante. Y créeme que cuando digo importante, quiero decir algo sustancial.

10 EN LA ACTUALIDAD, MARTES 15 DE MAYO POR LA TARDE

Rebeca volvió a su casa. La cocina seguía desierta, como la había dejado esta mañana. No tenía demasiada hambre, así que se preparó su tradicional *sándwich* de pavo con queso chédar y se sirvió un buen vaso de leche. Terminó de comer rápido y se sentó en el sillón del salón, en el mismo sitio dónde ayer estuvo con su tía, la inspectora Cabrelles y el investigador privado Richie.

Hoy, como todos los martes, tenía reunión en el *Speaker's Club*. Carlota le había dicho el domingo que no podría acudir. Almu también se había excusado, era el cumpleaños de su padre y lo iban a celebrar.

«Casi mejor que no vengan a esta reunión», pensó. Había decidido no hacer ninguna referencia a su conversación con Abraham Lunel, al menos de momento, y ellas dos la conocían.

Ahora que pensaba en Abraham, necesitaba contarle la posibilidad de que la condesa fuera una impostora, pero tenía un problema grave, que no sabía cómo localizarle. Tan solo conocía su dirección, pero no tenía ni siquiera su teléfono. Suponía que ya habría vuelto de Chile, pero no se le ocurría la manera de confirmarlo. No tenía ganas de pensar en ello. Estaba algo cansada, aún arrastraba sueño del fin de semana. Se puso cómoda en el sillón y apoyó la cabeza en el reposabrazos.

—¡Rebeca, Rebeca!

—¿Qué pasa? —dijo sobresaltada.

Era Joana. La estaba agitando, literalmente hablando.

—Rebeca, son las seis y media, ¿hoy no hay reunión en el club?

—¡Ostras, me he quedado dormida!

Se levantó de un salto del sillón.

—No me voy ni a cambiar, no me da tiempo, hoy me voy arrugada. ¿Me acompañas?

—Claro, me voy contigo —le contestó Joana.

Tomaron el autobús y llegaron al *pub* Kilkenny's a las siete y cuarto. Entraron a toda prisa, dirigiéndose a su rincón habitual. Vieron sentados en la mesa a Charly, Fede, Bonet, Carmen y Jaume manteniendo una animada conversación con otra persona que estaba de espaldas. Xavier no estaba.

—¿Quién es ese individuo que está sentado en nuestra mesa? —preguntó Rebeca, mientras se acercaban a su rincón.

—Buenas tardes —dijo Joana, saludando a todos.

Rebeca se llevó una buena sorpresa cuando reconoció a la persona que estaba sentada de espaldas. Hacía apenas unas horas que había estado pensando en él. Por lo que estaba viendo, los pensamientos eran recíprocos. Fue al primero que saludó.

—Hola, Abraham, no esperaba verte por aquí.

—Hola, Rebeca. Acabo de llegar desde Madrid con el AVE. Mi avión aterrizó esta mañana.

—¿A qué has venido?

—He decidido pasarme por aquí para disculparme por mi actitud del jueves pasado. Estoy avergonzado, no es propio de mí. Fue algo inadmisible por mi parte. Disculpa también por mi torpe tropezón. Lo siento de verdad.

—No te preocupes, Abraham, no fue nada.

—Hola, Rebeca, ¿a los demás no nos saludas? —dijo Charly sonriendo.

—A ti el primero —dijo Rebeca, sonriendo también.

Dio dos besos a todos los presentes.

—Abraham nos ha explicado el porqué de su reacción de la semana pasada y ahora nos estaba contando su viaje a Chile —dijo Fede.

—¡Ah! ¿sí? —preguntó Rebeca, que no acababa de entender qué hacía en realidad Abraham en la reunión de hoy, porque su pretexto no se lo creía.

—Les he contado que la condesa y yo manteníamos una discreta relación sentimental, por eso me afectó mucho oír hablar de ella. No sabía que había regresado a Valencia, de ahí mi torpe y absurda reacción. Me vi desbordado por un torrente de información que desconocía, y no supe comportarme de una manera adecuada.

«¡Qué mentiroso!», pensó Rebeca, aunque tenía que reconocer que era un buen actor. Parecía que los había engatusado a todos.

—No lo sabía, lo siento —contestó, con la expresión más inocente que fue capaz de fingir.

—Bueno, Rebeca, ¿has hecho algún avance sobre el asunto de la condesa? —preguntó Bonet.

—La verdad es que sí. Tengo algo sorprendente que contaros.

—Pues ya tardas —dijo Charly.

Rebeca notó que Abraham la miraba con especial intensidad. Decidió ir directamente al grano.

—He tenido acceso a la autopsia de la condesa y parece que falleció el martes día 1, entre las cinco y las seis de la mañana.

—¿Eso qué significa? —preguntó Bonet—. No lo entiendo.

—Significa que cuando me visitó en la redacción de *La Crónica* parece que llevaba, al menos, tres horas muerta, aunque no lo pareciera. Olía hasta bien.

—¡Rebeca! ¡Eso es imposible! —dijo Carmen.

—¿Qué oliera bien?

—No seas idiota, si estaba muerta no te pudo visitar —respondió enfadada.

—¿Cómo te puedes tomar a guasa una noticia así? —preguntó Bonet, que, con su mente cuadriculada, no salía de su asombro—. Estás hablando de una persona muerta.

—Una persona muerta, que, a pesar de ello, me visitó en el periódico y pude hablar con ella —contestó Rebeca—. Disculpad el sarcasmo. Este tema me tiene algo saturada y también cansada.

De repente, todo el mundo quería hablar a la vez. Entre el jaleo que se había organizado, Rebeca notó que Abraham le hacía un pequeño gesto, como señalándole las escaleras.

—Disculpadme, voy al aseo. He venido directamente de la estación de tren y no he tenido tiempo —dijo Abraham, mientras se levantaba de la mesa.

—Pues aprovecho y voy yo también, así cuando volvamos, seguimos la conversación y os cuento más novedades —dijo Rebeca.

En la mesa, todos siguieron hablando de forma algo alborotada.

Los aseos estaban en el piso superior del *pub*. Ambos subieron las escaleras en silencio. Cuando llegaron a la puerta del cuarto de baño, ya alejados y fuera de la mirada de sus amigos, Rebeca se dirigió a Abraham.

—¿Qué haces aquí?

—Estaba preocupado. No sabía si ibas a contar nuestra reunión del viernes, como nos despedimos de esa manera tan precipitada y poco convencional...

—No pensaba hacerlo, aunque no hubieras venido, a pesar de no comprender tu actitud.

—¿Es cierto lo que acabas de contar de la hora de la muerte de la condesa? ¿Falleció antes de visitarte?

—Sí, aunque la noticia no es pública todavía. La Policía está haciendo algunas averiguaciones.

Abraham parecía muy pensativo.

—No creas que es tan extraño, en realidad eso explicaría muchas cuestiones que no entendía.

—Pues entonces la que no entiendo nada soy yo.

—Necesito que me consigas una fotografía de la persona que te visitó en el periódico. Yo conocía bien a la condesa, te aseguro que te diré si era ella o no. Así saldremos de dudas de forma definitiva.

—No tengo ninguna foto de ella. Lo único que puedo hacer es intentar pedir una copia de la grabación de la cámara de seguridad del periódico. Hay una instalada en la misma entrada.

—Hazlo. Mañana tengo una comida en la Escuela de Filosofía del Ateneo, terminaré sobre las cinco. Nos vemos allí a esa hora. ¿Podrás estar?

—Supongo que sí.

—Es importante que hablemos de manera urgente. Si se confirmara que no fue la condesa la que te entregó los papeles, las cosas podrían cambiar, y bastante. Y me temo que a peor.

—¿Las cosas podrían cambiar? ¡Y tanto! Alguien se tomó la molestia de disfrazarse de la condesa, porque te aseguro que iba perfectamente caracterizada. Eso no es nada normal y, además, para visitarme a mí, que no soy nadie. Cada vez que lo pienso, le encuentro menos sentido a todo este asunto.

El profesor Lunel la había estado escuchando en silencio.

—Estoy preocupado, y de verdad.

—Continuemos con la conversación mañana en el Ateneo. Vamos a volver a la mesa, se van a extrañar si tardamos más de la cuenta —concluyó Rebeca.

Bajaron las escaleras de forma separada y se dirigieron al rincón habitual del *Speaker's Club*, como si nada hubiera ocurrido.

Nadie parecía haber advertido la casual desaparición de ambos hacia el lavabo, al mismo tiempo.

II 20 DE ENERO DE 1391

Gabriel no se podía aguantar más. Llevaba más de dos meses sin hablar con Samuel. Tenía que idear algún plan para poder quedarse a solas con él, aunque fueran unos pocos minutos. En la escuela era imposible porque siempre estaban vigilados. Tampoco en el camino a casa, porque Samuel siempre iba acompañado de su abuelo.

Se preguntó qué lugares quedaban.

«Tan solo su casa», reconoció.

Tenía que colarse en su habitación sin ser visto, en un momento en que no estuviera con su abuelo presente.

No iba a ser una tarea nada sencilla.

Las casas de las familias de Samuel y Gabriel compartían un patio común. Cada una de ellas tenía una puerta que daba acceso a ese patio. Estas puertas no estaban nunca cerradas. Hasta aquí era la parte fácil. El problema era que la entrada a casa de Samuel daba al pasillo que pasaba justo enfrente de la cocina, y también junto al despacho de su abuelo. Samuel tenía su habitación en el piso superior y solía tener la puerta cerrada, aunque sin llave.

Estudió la situación. Cada vez que reflexionaba más sobre el tema, no podía evitar ponerse más nervioso.

Tendría que entrar en casa de Samuel cuando no hubiera nadie en la cocina, porque quién estuviera dentro le podría ver con facilidad si cruzaba por el pasillo. Después tendría que subir las escaleras sin que nadie se diera cuenta, abrir la puerta de su habitación y acertar que Samuel estuviera solo, sin su abuelo.

Casi nada.

«Es complicado, pero lo tengo que conseguir», se dijo, intentando animarse.

A partir de mañana empezaría a vigilar de forma discreta la casa de Samuel. La parte positiva era que su abuelo es muy organizado, y seguro que tenía rutinas y horarios estrictos. Era muy cuadriculado como para improvisar. Lo malo es que la parte negativa estaba compuesta por todo lo demás, que no era poco.

«Me voy a convertir en una especie de espía, como mi madre», pensó divertido Gabriel. «¡Qué emocionante!»

A pesar de sus intentos, no se conseguía animar lo más mínimo.

12 EN LA ACTUALIDAD, MARTES 15 DE MAYO POR LA TARDE

Rebeca y Abraham se reincorporaron a la reunión del *Speaker's Club*. Como era de esperar, todas las preguntas se dirigieron a Rebeca.

—Os advierto que no sé nada más que lo que os he contado. Supongo que la Policía hará su trabajo y determinará si hubo un error al fijar la hora de la muerte de la condesa en la autopsia, o realmente la persona que me visitó no fue ella. En estos momentos siento deciros que no tengo más información. Ya me gustaría disponer de ella.

Entre todo el bullicio. Carmen se dirigió a Rebeca.

—Has mencionado antes de irte al aseo que tenías alguna novedad más, ¿no? — preguntó con curiosidad.

—Así es, la tengo.

Rebeca les relató todo lo referente a la gargantilla con el diamante rojo, cómo la supuesta condesa le había contado que estaba en la mesa del conde, cómo no apareció en el palacio ni en ningún listado de bienes, cómo ni sus hijos parecían conocerla y cómo Richie, un amigo de su tía, había demostrado su existencia real, con fotografía incluida.

—Asombroso —dijo Jaume, boquiabierto.

Rebeca se quedó mirando a Joana, hacía rato que no la escuchaba hablar. Estaba muy pensativa. Le extrañó un poco.

—La muerte de la condesa se complica cada vez más. Lo que parecía un caso cerrado, ahora está sembrado de dudas — dijo Fede—. Como un campo minado.

—¿Por qué negarían sus hijos la existencia de esa joya? Supongo que, por lo que cuentas, sería muy valiosa —dijo Charly.

—Su precio en el mercado podría superar los dos millones de euros, según le informó Sergio Enguix, el joyero, al investigador privado Richie —contestó Rebeca—, y hablamos tan solo del diamante rojo.

—¡Pues ya tenemos el móvil del crimen! Sus hijos deberían ser los principales sospechosos —dijo Fede—. ¿Qué espera la Policía para intervenir?

—Vamos a ver, Fede, ¿pero qué crimen? ¡Si la condesa murió de un infarto! —exclamó Rebeca.

—Si ha habido un error al fijar la hora del fallecimiento de la condesa, podría existir también un error al determinar la causa de su muerte —dijo muy serio Fede.

—¿Dos errores en una autopsia? Ya es extraño cometer solo uno, ¡no te digo nada de dos! —dijo muy segura Carmen.

Charly decidió cambiar de tema. La conversación no los llevaba a ningún sitio.

—Vamos a volver a ver los dibujos de la condesa, a ver si después de unos días descubrimos algo nuevo. A veces ocurre.

Rebeca sacó el portafolios de su bandolera, abrió el sobre y extendió los dibujos.

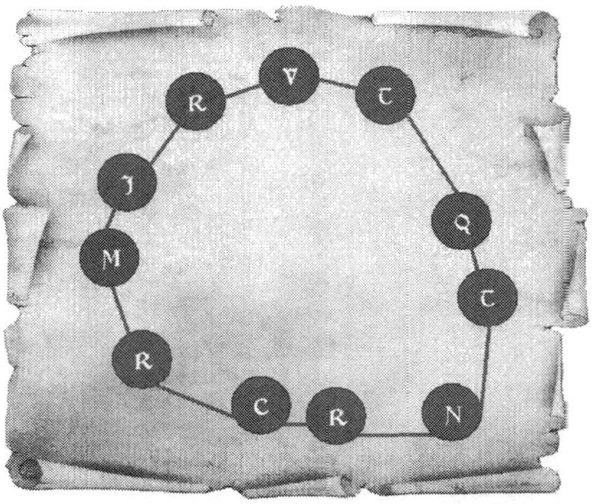

El sobre en blanco que contenía los papeles se cayó a los pies de Bonet, que se agachó y lo cogió.

Todos se quedaron observando los dibujos, excepto Bonet, que, curiosamente, estaba mirando el sobre que acababa de recoger del suelo.

—Pues me parecen igual de enigmáticos —dijo Charly.

—Y a mí —dijo también Fede.

Bonet parecía muy extrañado.

—No sé si tendrá algo que ver, pero desde luego no se trata de un sobre en blanco.

Bonet seguía mirando el sobre. No paraba de darle vueltas, con la mano extendida. Rebeca se fijó en él.

—¿Qué haces, Bonet? El sobre está en blanco, además no tiene nada que ver con los dibujos de la condesa, ya determinamos que era mucho más reciente.

—Aparentemente así es, no tiene nada escrito, es cierto, pero en realidad sí lo tiene —dijo Bonet, algo teatral.

—No te entiendo, explícate mejor —dijo Rebeca.

—Miradlo al trasluz.

Bonet repitió el gesto que llevaba haciendo durante un rato, extendiendo la mano, con el sobre en un extremo.

—Fijaos, aparecen unas letras marcadas en la parte delantera, como desordenadas.

Todos se quedaron mirando el sobre. Era cierto, algo había marcado en él, aunque apenas se veían, y aún menos se entendían.

—¿Tenéis un papel en blanco y un bolígrafo? —preguntó Bonet.

—Yo tengo un cuaderno en el bolso —contesto Carmen, mientras lo abría y acercaba a Bonet una pequeña libreta con un lápiz en el lomo.

Bonet abrió la libreta y, mientras mantenía extendido el sobre con la mano izquierda, con la derecha escribía unas letras en la libreta de Carmen.

U	D				
	S		D	A	
R		J	M		N
B			N	M	
					J

—He tratado de trascribir las letras lo más fielmente posible, tal y como aparecen marcadas en el sobre —dijo Bonet.

Todos se quedaron mirando la libreta de Carmen.

—No tiene ningún sentido, parece una sopa de letras desordenada —dijo Charly, mientras le hacía una foto con el móvil. Abraham también lo hizo.

—El sobre no tiene la antigüedad de los dibujos de la condesa. Como mucho tendrá veinte o treinta años, no creo que guarde ninguna relación con ellos, que son del siglo XIV —dijo Jaume—. Os recuerdo la gran diferencia temporal entre uno y otros. De hecho, en el siglo XIV no se habían inventado ni los sobres, que lo fueron dos siglos después, aunque fueron popularizados por Antoine de Courtin en el siglo XVII. Fue durante el periodo de la Ilustración francesa, y ya estoy hablando del siglo XVIII, cuando se extendió su uso entre la gente de alta alcurnia. ¿No me comprendéis? No pueden tener nada que ver.

—Te entiendo perfectamente. Pasa igual que con los teléfonos móviles —dijo Carmen—. Parece que hayan existido toda la vida, pero recuerdo que mi primer móvil fue un *Nokia 8110*, que me compré allá por 1998. Lo recuerdo porque era el utilizado en *Matrix*, que es una trilogía de películas de ciencia ficción escritas y dirigidas por las hermanas Wachowski. ¿Sabéis de lo que estoy hablando? Me parece que os debe sonar todo a *chino*, porque ni siquiera habíais nacido.

—¡Pues claro! —le replicó Bonet—. Estás hablando de películas de culto. Además, tienes razón. A mi me ocurre lo mismo con los ordenadores. Yo nací con ellos, pero el primer ordenador personal de venta masiva que existió, por llamarlo de alguna manera, lo creo Sir Clive Sinclair. Su nombre era *Spectrum-Z80* y lo puso a la venta en 1980. Luego llegaron otras versiones algo más potentes y con más memoria. Mis padres se compraron el *Commodore 64* un poco después. Son inventos muy recientes, desde un punto de vista histórico.

—Muy interesante vuestra disertación sobre móviles y ordenadores, pero volvamos al tema del sobre, Tiene razón Jaume. Lo que dice es lo más probable, desde luego. Seguramente, el conde utilizaría un sobre cualquiera para guardar los papeles —dijo Fede.

—Eso parece. Las letras del sobre son recientes y los dibujos son muy antiguos. Entre ellos hay seiscientos años de diferencia. Insisto, no pueden tener nada que ver —recalcó Jaume.

—Creo que tienes razón —dijo Carmen.

—Vosotros sois los expertos, yo soy un simple aprendiz de informático. Olvidaos de las letras del sobre, además no tienen sentido —concluyó Bonet, aunque no parecía satisfecho del todo con la explicación.

Abraham permanecía en silencio. Desde que había vuelto del aseo estaba extrañamente callado, como Joana.

Rebeca se había dado cuenta.

13 6 DE FEBRERO DE 1391

Gabriel llevaba vigilando la casa de Samuel algún tiempo. Tenía razón, eran una familia de rutinas muy estrictas. Siempre comían a la misma hora, después su abuelo se encerraba en su despacho y Samuel subía a su habitación. Cada día lo mismo. Ese podría parecer el momento ideal para hacer la incursión, pero su abuela se quedaba un buen rato en la cocina, con lo que era imposible que pudiera subir las escaleras hasta la habitación de su amigo sin ser visto. Aun así, ese era el momento más prometedor para intentarlo, porque después, Samuel bajaba al despacho de su abuelo y ya permanecían juntos hasta la noche, leyendo y hablando.

Tenía que conseguir que la abuela de Samuel abandonara la cocina, por lo menos durante diez minutos, para que le diera el tiempo suficiente de subir, hablar un momento con Samuel, bajar las escaleras y salir de la casa a través del patio, todo ello sin ser visto.

«Tengo que pensar en alguna treta que distraiga a la abuela de Samuel», se decía, mientras estaba sentado en el patio común, aparentemente leyendo un libro, aunque en realidad estaba escuchando los movimientos en la casa.

Ya llevaba muchos días de vigilancia y no se le había presentado ninguna oportunidad. Se empezaba a desesperar. No veía el momento de entrar en casa de su amigo.

De repente, escuchó como la abuela salía de la cocina. Con todo el cuidado que pudo, abrió la puerta de casa de Samuel y se quedó mirando el estrecho pasillo. Pensó que, quizá ahora, fuera su oportunidad, aunque no sabía adónde había ido la abuela, ni siquiera cuánto iba a tardar en volver a la cocina.

«Pero quizá no tenga otra oportunidad en semanas, habrá que tomar ciertos riesgos», pensó, dándose ánimos.

Entró en casa de Samuel. No había recorrido ni diez metros, cuando, de repente, escuchó el sonido de unos pasos que se encaminaban hacia dónde estaba Gabriel en ese momento.

La mente de Gabriel se alborotó.

«No tengo tiempo de llegar a la puerta, es imposible. Tengo que buscar ya una alternativa», pensó con rapidez, y también con mucho nerviosismo.

Miro a su alrededor. Vio a su izquierda el armario que ya utilizaron una vez Samuel y él, para espiar a fray Vicente Ferrer hacía algunos meses. Se metió adentro como pudo y se quedó inmóvil. Pudo escuchar unos pasos que se acercaban. A través de un extremo de la cortina podía ver el pasillo. Se asomó con cuidado, para evitar ser descubierto.

Lo que vio casi lo hace caerse de espaldas.

«¡No puede ser!», pensó, casi a gritos. «¡Tengo que salir de aquí cuánto antes!»

El armario dónde estaba escondido Gabriel estaba situado enfrente de la cocina, dónde había entrado la abuela, aunque no tenía visión directa. Gabriel decidió arriesgarse. Cada minuto que pasaba corría el riesgo que cualquiera lo abriera y lo descubriera, allí agazapado.

Salió con sumo sigilo del armario, anduvo por el pasillo hasta llegar a la puerta del patio. La abrió y salió. Respiró profundamente, la incursión no había terminado en un auténtico desastre de verdadera casualidad.

«¡Qué suerte he tenido!», se dijo Gabriel, entrando en su casa y resoplando de los nervios. «No me ha visto nadie».

¿Nadie?

Samuel había abierto la puerta de su habitación, tenía sed e iba a por algo de agua. De repente, para su absoluta sorpresa, observó como Gabriel salía del armario que estaba enfrente de la cocina y, de una forma sigilosa, abandonaba su casa hacia el patio común. Se quedó sin saber reaccionar.

«¿Qué significa lo que acabo de ver?», se preguntó Samuel, desconcertado después de observar a Gabriel escondido en el interior de su vivienda. «¿Qué hacía dentro de mi casa? ¿Acaso nos vigila? ¿Para qué?».

Bajó las escaleras y se asomó a la cocina. Vio lo que estaba haciendo su abuela.

Ahora lo comprendió todo.

14 EN LA ACTUALIDAD, MIÉRCOLES 16 DE MAYO POR LA MAÑANA

Rebeca se despertó a las siete. Hoy tenía dos horas de clase en la Facultad. Necesitaba ponerse las pilas, entre unas cosas y otras, iba muy retrasada con sus estudios. Se duchó, se vistió y salió a la cocina.

Su tía Tote estaba sentada en la mesa. Ni rastro de Joana.

—Hola, Rebeca, buenos días.

—Hola, tía, no te veía desde el lunes. ¿Tienes alguna noticia de la inspectora Sofía Cabrelles?

—No he hablado con ella desde anteayer por la noche.

—¿Te dijo algo de la autopsia?

—Sí. Me contó que se había puesto en contacto con la médico forense que firmó la autopsia. Parece que, una vez repasadas todas sus notas, se ratificaba en la hora de la muerte de la condesa y en todos los demás extremos de la autopsia. No existe ningún error de trascripción. Parece que la hora de la defunción era correcta.

—Vaya —contestó Rebeca, que no sabía si alegrarse o preocuparse por la noticia—. ¿Y de la misteriosa gargantilla desaparecida?

—Sofía me dijo que iba a citar, hoy miércoles, a los hijos de la condesa, por ese tema.

—Entonces ¿ha reabierto el caso?

—No, no lo ha hecho. Ten en cuenta que ella trabaja en Homicidios, y no dispone de pruebas que desvirtúen el hecho de que la condesa falleció de muerte natural, por lo que no puede reabrir el caso.

Rebeca se quedó un momento pensativa. Algo no le terminaba de cuadrar en toda la explicación de su tía.

—Por lo visto, Sofía estuvo en la redacción del periódico el mismo lunes por la tarde, para pedir las grabaciones de la cámara de seguridad. No sé, para no reabrir el caso se está tomando muchas molestias.

—De eso no me dijo nada, aunque supongo que estará intentando recopilar toda la información de la manera más discreta posible. Ten en cuenta que, oficialmente, el caso está cerrado, pero supongo que sí podrá hacer algunas indagaciones de forma extraoficial, más que nada para quedarse tranquila. Tendrá que ir con mucho tacto y discreción para que no trascienda. Imagínate que toda esta información llega a oídos de la prensa.

Rebeca cambió de tema. Había otra cuestión que también le preocupaba y no se la podía quitar de la cabeza.

—Por cierto, tía, tengo que pedirte un favor —se lanzó.

—Dime.

—Sabes que llevo algún tiempo con la sensación de que alguien me espía en la redacción de *La Crónica* y revuelve mis cajones.

—Sí, ya me lo habías comentado.

—El lunes pasado puse cintas de celofán en mis carpetas.

—¿Cintas de celofán? ¿Para qué?

—Para conseguir las huellas dactilares de la persona que trastea en mi mesa. Las tengo aquí —dijo Rebeca, mientras le entregaba a su tía el sobre de plástico que contenía el celofán, cuidadosamente guardado.

Su tía se quedó mirándolo.

—Supongo que quieres que averigüe a quién corresponden estas huellas.

—Sí, si no te supone ningún problema.

—Veré lo que puedo hacer, no te garantizo nada.

—Muchas gracias, tía. Ahora me voy, que hoy tengo clases en la Facultad —se despidió Rebeca, mientras apuraba su vaso de leche.

Cogió la bicicleta y se fue a la Facultad de Historia. Se encontró con Almu, al entrar en clase. Le contó que Abraham Lunel se había presentado ayer en el *Speaker's Club*, con el pretexto de disculparse por su actitud insólita de la semana pasada.

—¡Qué fuerte! Lo que de verdad quería era vigilarte para que no contaras nada. ¿Y qué dijo cuando se enteró de la hora de la muerte de la condesa?

—Me ha citado hoy a las cinco en el Ateneo Mercantil. Parecía bastante preocupado, comentó que ese detalle cambiaba mucho las cosas y que necesitaba hablar conmigo.

—Bueno, pues ya me contarás que te dice. Ese hombre me pone nerviosa.

Entraron en clase.

A las once había terminado en la Facultad. Cogió la bicicleta y se fue al periódico. Al entrar, se dirigió directamente al mostrador dónde estaba Alba.

—Buenos días.

—Hola, Rebeca, buenos días.

—Me contó Tere que el lunes volvió la Policía.

—Sí, vino una inspectora, cuando tú ya no estabas. Quería las grabaciones de la cámara de seguridad correspondientes a la mañana que vino la condesa de Dalmau a la redacción. Comentó que las necesitaba para completar el expediente policial.

Rebeca respiró tranquila.

«Menos mal que Sofia no dijo la verdad», pensó.

Rebeca fue directamente al grano.

—La cuestión es que quisiera tener una copia de esa grabación. Si algún día escribo algún artículo sobre ella, sería interesante disponer, al menos, de un vídeo o de una fotografía de aquel día.

—¡Pero si está muerta!

De repente apareció el director del periódico y se dirigió hacia ellas.

—Buenos días, señor Fornell —dijo Rebeca.

Alba se levantó de su silla y salió de detrás del mostrador, situándose al lado de ambos.

—Rebeca me estaba pidiendo una copia de la grabación de las cámaras de seguridad del día que vino la condesa de Dalmau —dijo Alba, dirigiéndose a su jefe.

—¡Vaya! Últimamente todo el mundo parece interesado por esa grabación. El lunes por la tarde estuvo la Policía reclamándola para completar no sé qué papeleo. No entiendo tantas molestias.

—Eso me acaba de contar Alba.

—Lo siento, Rebeca, pero no te podemos facilitar una copia de ese video —dijo el director Fornell.

Rebeca se extrañó por la negativa.

—¿Por qué no pueden? ¿Ocurre algo?

—Ocurre que la policía no solo se llevó las imágenes de la condesa. Nos pidió que las borráramos. De hecho, para asegurarse, lo hizo la propia inspectora desde el ordenador —respondió Alba—. Estaba claro que estaba habituada a sistemas de seguridad, porque eliminó hasta las copias de seguridad *en la nube.*

«¡Caramba con las investigaciones discretas de la inspectora Cabrelles!», pensó Rebeca. Estaba claro que no quería que trascendiera nada. Ahora no disponía de ninguna imagen que enseñarle al profesor Lunel. Se la podría pedir a Sofia, pero no se le ocurría ningún pretexto para ello.

Alba continuó hablando.

—Rebeca me estaba diciendo que quería una fotografía por si escribía algún artículo sobre la condesa, para ilustrarlo con una imagen del día de su visita —dijo al señor Fornell.

Rebeca intentó justificarse.

—Me pareció una buena idea conservar una imagen del día de la visita, fue todo un acontecimiento para el periódico, como usted dijo.

El director sonrió.

—¡Ah! Si es por eso, no te preocupes.

—¿Por qué dice eso? —volvió a preguntar Rebeca, extrañada por la respuesta.

—Eso ya lo pensé yo el mismo día que vino la condesa. Le hice una fotografía con mi móvil sin que se diera cuenta, cuando estaba sentada en la mesa con nosotros.

—¡Director! ¡Es usted increíble! —dijo Rebeca visiblemente contenta. En ese momento le hubiera dado un beso.

profession

—Más que increíble, lo que tengo son muchos años de oficio a mis espaldas y una buena intuición profesional. Cuando tu has ido, yo ya he vuelto dos veces.

—¿Me la podría enviar a mi teléfono?

—Luego te la mando —le contestó el director, mientras desaparecía hacia su despacho.

solve

Rebeca se había vuelto a animar. Las cosas parecían arreglarse, contra todo pronóstico.

Quizá.

15 6 DE FEBRERO DE 1391

Gabriel salió de su casa casi de inmediato, después de su aventura en el armario de Samuel. Su intento de incursión no había terminado en auténtica catástrofe de verdadera casualidad, pero había conseguido salir sin que nadie advirtiera su presencia, o al menos eso creía él.

Lo que había visto en casa de Samuel tenía que compartirlo cuanto antes con Jucef. Hacía allí se fue. Llegó a la carnicería y preguntó por su amigo. Su madre le dijo que estaba en la biblioteca.

—No sé qué le pasa últimamente, está muy rarito. De repente, le ha entrado una afición por la lectura que no ha tenido jamás —le dijo—. Se pasa horas allí.

Gabriel no pudo evitar sonreír en su interior, porque sabía que esa afición, en realidad, no existía. «¿Qué estaría haciendo ahora Jucef?»

Gabriel se quedó pensativo, No podía acudir a la biblioteca porque tendría que hablar con Abraham y no le apetecía nada. Decidió esperar y sentarse enfrente de la puerta del patio, que daba entrada a la Sinagoga Mayor.

No tuvo que esperar demasiado. De repente, vio aparecer a Jucef cruzando la puerta, que, a su vez, enseguida observó a su amigo sentado en la calle. Se dirigió directamente hacia Gabriel.

—¿Qué haces ahí tirado como un trapo? —preguntó Jucef.

—Te estaba esperando.

—¿Para qué?

Gabriel le contó su incursión fallida en casa de Samuel, cómo se había tenido que esconder a toda prisa en un armario, lo que había visto y su huida precipitada de la casa.

—¿Sabes que haces cosas muy raras y arriesgadas? —le preguntó Jucef—. Con las malas pulgas que tiene el abuelo de Samuel, si te pilla vigilando su casa, se lo contará a tus padres. ¡Y a ver qué explicación medio coherente eres capaz de darles! Me gustaría escucharla —se rio de forma estrepitosa.

—Ya sabes que quiero hablar con Samuel a solas, no es para tomárselo a broma —contestó Gabriel, algo enfadado.

—Sí, lo sé, pero te arriesgas demasiado. Habrá otra forma de conseguirlo. Te puedes buscar un gran problema como te pillen.

Gabriel cambió de tema, al fin y al cabo, no había venido hasta casa de Jucef para hablar de eso.

—Bueno, ¿y qué opinas de lo que vi?

—¿Qué opino? Que nos vemos en la puerta de mi casa un poco antes de la medianoche. Ni se te ocurra llegar tarde, *gallina*, que te desplumo —respondió emocionado.

Gabriel estaba completamente excitado. En casa de Samuel, mientras permanecía escondido en el armario, había visto como su abuela llevaba algo negro en las manos. Al principio no lo reconoció, pero cuando se fijó mejor se dio cuenta. Sin duda era una gran capa negra. De ahí su gran sorpresa.

Mientras volvía hacia su casa, cayó en la cuenta que iba a ser la primera reunión del Gran Consejo que iba a espiar sin la presencia de Samuel. «Se me hará extraño», pensó. Esperaba no sentirse desprotegido. Parecía mentira, pero la presencia de su amigo le aportaba la seguridad que a él le faltaba.

También con la emoción se había olvidado de preguntarle a Jucef por el motivo de su presencia en la biblioteca durante tanto tiempo.

«¿Qué estará tramando?», se dijo.

«Nada bueno, seguro».

16 EN LA ACTUALIDAD, MIÉRCOLES 16 DE MAYO POR LA TARDE

Rebeca no volvió a mediodía a su casa. Había quedado a las cinco con Abraham Lunel en el centro de la ciudad, así que decidió comer en alguna cafetería cercana a la redacción del periódico.

A las cinco menos cuarto se dirigió al Ateneo Mercantil, una institución más que centenaria. Ocupaba todo un edificio en plena plaza del Ayuntamiento. Se dirigió a la entrada y preguntó. Le informaron que el señor Lunel la atendería en la segunda planta, un espacio reservado solo para socios.

Rebeca subió y entró en el salón. Se encontró con multitud de sillones y mesas antiguas, la mayoría del siglo pasado, ocupados por personas jugando a las cartas, en su totalidad también del siglo pasado. Le daba la impresión de haber regresado al siglo XX, por no decir una fecha anterior.

En un extremo del salón vio a una persona que le hacía un gesto con la mano. Era el profesor Lunel. Se dirigió hacia él, sorteando los obstáculos.

—Hola, Rebeca, buenas tardes, siéntate —dijo Abraham, señalándole un sillón contiguo al suyo.

—¡Caramba! No había entrado nunca en este salón. Parece una máquina del tiempo.

—Ya sé que está lleno de gente mayor jugando a canasta o a *bridge*, pero es un lugar muy discreto para reunirse y hablar. Nadie te presta atención, cada uno está a lo suyo.

—Supongo que será así, aunque yo soy la más joven con diferencia, aun teniendo en cuenta a los camareros. Llamo la atención.

—Bueno, eso te suele ocurrir con bastante frecuencia, ¿verdad?

—No seas idiota, Abraham. Sabes a lo que me refiero.

Abraham Lunel se dejó de cumplidos y fue directo a uno de los motivos de la cita.

—¿Has podido averiguar algo más concreto acerca de la hora de fallecimiento de la condesa?

—Sí, esta mañana he hablado con mi tía, que, como sabes, es comisaria de Policía, aunque no lleva este asunto de forma personal. La inspectora a cargo del mismo le ha dicho que la autopsia está confirmada. La hora de la muerte es correcta. La persona que me visitó en el periódico no pudo ser la condesa porque llevaba muerta varias horas.

Abraham puso un evidente gesto de preocupación en su rostro.

—¿Has conseguido una fotografía o vídeo de la supuesta condesa?

—La policía se presentó en la redacción, se llevó la grabación y borró toda la información, pero el director Fornell le hizo una foto de forma furtiva con su móvil. Me comentó que me la enviaría —dijo, mientras miraba su teléfono—. Aún no lo ha hecho, no creo que tarde.

—Está claro que esto complica mucho las cosas, aunque tiene toda la lógica del mundo. Ya sabes que, desde el principio, me extrañó mucho que la condesa te llevara esos dibujos para que los descifraras.

—Sí, lo recuerdo, porque era doctora en Historia.

El profesor se quedó mirando a Rebeca, ahora con media sonrisa en la cara.

—Y también por otra cosa que aún no sabes y que ni siquiera te imaginas —le contestó enigmáticamente.

17 6 DE FEBRERO DE 1391

Gabriel estaba asustado sin Samuel. Siempre había acudido a espiar las reuniones del Gran Consejo con su amigo. «Pero tendré a mi lado a Jucef, que es más fuerte que Samuel y que yo juntos», se decía, intentando darse ánimos, en vano.

Salió de su casa y se dirigió hacia la carnicería. Pensó cuántas veces había recorrido ese mismo camino a esa misma hora. «Unas cuantas, desde luego», se dijo, ahora para intentar tranquilizarse.

Cuando llegó a la carnicería ya estaba Jucef esperándole en la puerta, con un gesto de impaciencia en su rostro.

—Venga, además de *gallina* también eres un caracol, que aún llegaremos tarde —le dijo, cuando lo vio aparecer en la plaza.

Se encaminaron hacia la Sinagoga Mayor, cruzaron el patio y se quedaron mirando el interior. No se veía ni se escuchaba nada. Estaba en completo silencio.

—Esta vez no nos vamos a quedar en las rejillas, yo no me vuelvo a tumbar ahí —dijo Jucef, señalando un charco con barro.

—No hay nadie en la sinagoga, hoy podemos entrar y escondernos dónde siempre —dijo Gabriel.

—Vamos —dijo Jucef—. No perdamos más tiempo.

—Por la parte izquierda, que está más en penumbra —dijo Gabriel, que ya se conocía el camino.

Se acoplaron como pudieron en la penúltima fila de asientos, los más alejados de la llama eterna, y se agazaparon. Se quedaron en completo silencio, esperando.

Jucef estaba visiblemente nervioso.

—No viene nadie.

—No seas impaciente, ya acudirán.

Mientras Gabriel le contestaba, vieron una sombra entrar en la sala central de la sinagoga, con gran sigilo.

—Ya ha llegado el primer *siniestro* —dijo Jucef sonriendo, mientras le pegaba una colleja en la nuca a Gabriel. No se olvidaba de la broma que Samuel y él le habían gastado.

Poco a poco fueron llegando los restantes miembros del Gran Consejo, como siempre en completo silencio.

Parecía que ya estaba todo el Gran Consejo al completo. De repente, escucharon la voz de Isaac, el abuelo de Samuel, empezar a hablar.

—Hola a todos, bienvenidos. Ya sabéis que en el último Gran Consejo iniciamos la segunda fase del plan. Hoy estamos aquí reunidos para completarla. Antes de continuar, os quiero presentar al número once.

Escucharon a un grupo de voces dar la bienvenida al nuevo o nueva, porque no había manera de distinguirlo o distinguirla, con semejante capa.

Gabriel contó las sombras que veía. Se sorprendió.

—¡Son once! ¡El Gran Consejo no son diez!

—¿Se llaman Gran Consejo de los diez y son once? —preguntó extrañado Jucef—. Sí que son raritos. No saben ni contar.

El abuelo de Samuel continuó hablando.

—Esta es la primera y última vez que este Gran Consejo verá al número once, según establece el plan que todos conocéis —dijo con voz solemne el número uno.

—Soy el número ocho. ¿Eso significa que iniciamos *Las doce puertas*? — dijo con un tono algo nervioso.

—Significa que la segunda fase se completa y se concluye hoy. A partir de mañana mismo iniciaremos los preparativos para *Las doce puertas* —dijo el número uno.

Se oyó un murmullo de voces hablando a la vez. Se palpaba una gran preocupación en el ambiente, aunque Gabriel y Jucef no alcanzaban a comprender el motivo real.

—Escuchad, tan solo iniciaremos los preparativos, nada más. Entended que hemos de estar listos para la última fase del plan —dijo el número uno, con voz firme.

—Tranquilos, aún no vamos a ejecutar *Las doce puertas* y creo que todos esperamos que no sea necesario, pero como os ha comentado el número uno, es nuestro deber estar preparados —dijo el número dos—. En caso necesario no lo podemos dejar a la improvisación de última hora.

—Desde hoy empezaremos la trasferencia al número once, de acuerdo con lo previsto, y con ello daremos por finalizada la segunda fase. —dijo el número uno.

Con gran solemnidad se giró hacia el número once.

—Número once, conoces tu importancia y el alcance de tu misión, ¿estás preparado?

—Lo estoy, Gran Consejo.

—¿Sabes que, en caso de ejecutar *Las doce puertas*, deberás morir en la judería?

— Lo sé, y lo asumo. Es mi responsabilidad.

Gabriel y Jucef casi pegan un grito. No sabían cómo ponerse de lo nerviosos que estaban. No era para menos. Habían reconocido perfectamente la voz del número once. ¡Era su amigo Samuel!

¿En serio estaba dispuesto a morir por ese grupo de encapuchados?

18 EN LA ACTUALIDAD, MIÉRCOLES 16 DE MAYO POR LA TARDE

Rebeca se quedó mirando al profesor Lunel. Este prosiguió hablando.

—¿Recuerdas los acontecimientos históricos de los que te hablé el viernes pasado?

—Claro. Los judíos de finales del siglo XIV en la península ibérica habían acumulado una ingente cantidad de conocimientos en multitud de materias, pero los tenían dispersos en diferentes lugares. Ante el cariz que estaba tomando su relación con los cristianos, y ante el temor de perder ese gran tesoro cultural y científico, decidieron protegerlo, reuniéndolo y escondiéndolo en un único lugar. Les costó más de treinta años completar esa labor. Además, crearon una especie de confraternidad, formada por diez personas, a semejanza de las diez *sefirot* de la cábala, para protegerlo a lo largo de los siglos.

—¡Caramba, Rebeca! Muy buen resumen, casi lo recuerdas mejor que yo.

—Créeme, me lo sé, así de carrerilla, de tanto que he pensado en ello, aunque haya cosas que no comprenda.

—Bueno, ya que los tienes tan claros, voy a continuar la historia dónde la dejé —dijo Abraham, mientras daba un sorbo al vaso de agua—. Ya verás cómo se hace la luz en tu cerebro y ahora entiendes más cosas.

—Ya veremos —dijo Rebeca, dubitativa.

—El Gran Consejo de los diez, que así se llamaban los protectores de ese gran conocimiento, fueron conscientes de que ni siquiera en Valencia, una aljama discreta y tranquila, estaban completamente seguros. Tenían que prepararse para la eventualidad que se produjera una situación catastrófica. En primer lugar, era su obligación proteger su gran tesoro cultural y científico, pero también debían proteger la existencia misma del Gran Consejo.

—¿Y cómo pretendían hacerlo?

—Muy sencillo, prepararon un plan de huida de la judería y de la ciudad, por si se producía esa situación catastrófica. Piensa que tenían que estar preparados para una eventual situación límite e inesperada. Debían de tenerlo todo estudiado de antemano, no se podían fiar a dejarlo todo para el último momento, después de todos los sacrificios que habían hecho durante más de treinta años, para conseguir reunir el árbol en la aljama de Valencia. Llevaban mucho tiempo preparándolo, e incluso tenían ideadas tácticas de distracción.

Rebeca se acordó de lo que había dicho Carlota el sábado pasado en su casa, de lo que en realidad significaban las puertas.

De repente, se le encendió una bombillita en su cerebro y lo comprendió todo.

«¡Cómo no había caído antes!», pensó.

—¡El dibujo de las doce puertas de la condesa, que hacen referencia a las doce puertas de la muralla medieval es, en realidad, un plan de escape de la ciudad! —dijo, con voz de excitada.

Abraham hizo el gesto de aplaudirla con las manos.

—¡Al fin lo has entendido! Aunque te ha costado demasiado descubrirlo, incluso para una mente tan brillante como la tuya.

—En realidad el mérito no es mío, es de Carlota, cuando, el sábado pasado, comprendió el significado de tu frase «las puertas no son puertas» y encajó las piezas del rompecabezas. Creo que su frase literal fue «si no hay que pensar en una puerta como tal, habrá que pensar para qué sirve una puerta». Fue toda una revelación. Me abrió los ojos.

De repente, Abraham se puso muy serio y le cambió por completo el tono de su voz.

—¿Quién demonios es Carlota?

Rebeca tragó saliva. Se dio cuenta de inmediato que había metido la pata hasta el fondo. A ver cómo salía de esta.

No tenía ni idea de cómo continuar la conversación.

19 6 DE FEBRERO DE 1391

Gabriel y Jucef se miraron asombrados. ¿Samuel era el número once? ¿Qué significaba aquello? Siguieron escuchando lo que decían los miembros del Gran Consejo.

—A partir de mañana la unidad se convertirá en diez partes. Cada uno de vosotros será portador de una *sefiráh*. Ya conocéis la responsabilidad que asumo como número uno y también la que asumirá el número once —dijo el anciano, en un tono muy solemne.

Los encapuchados se giraron hacia Samuel.

—En realidad todos tendremos nuestra parte de responsabilidad —dijo el número dos.

—Debéis de empezar a preparar los recipientes para vuestra parte del gran mensaje cuanto antes —dijo el número uno—. En cuanto llegue el momento de nuestro éxodo, debe estar todo ultimado.

Gabriel y Jucef se seguían mirando, ahora con cara de no comprender nada.

—¿Tú entiendes algo de lo que están diciendo? —preguntó Jucef.

—Ni una sola palabra —le respondió Gabriel.

La reunión del Gran Consejo continuó.

—Número nueve, debes prepararte para partir hacia Sevilla —dijo el número uno.

—¿Otra vez? —preguntó sorprendido el número nueve—. ¿Es necesario?

—Nos llegan noticias muy preocupantes del arcediano y necesitamos disponer de información de primera mano. Nuestros protectores nos han advertido. Si salta la chispa, con toda probabilidad será allí, en la ciudad dónde predica

Ferrand Martínez. Además, no olvides que podríamos estar en vísperas de *Las doce puertas*. No tengo que recordarte la extrema gravedad de la situación para todo el Gran Consejo y, por extensión, para todo nuestro pueblo.

El número nueve asintió con la cabeza.

—Mi padre se vuelve a ir a Sevilla —dijo Jucef—. No me gusta que nos abandone a mi madre y a mí.

Isach Figues, número nueve, continuó hablando.

—Necesitaré algún pretexto. Estuve hace poco, si vuelvo sin un buen motivo llamaré la atención, y en la Sevilla actual es lo último que quiero hacer. Podría ser muy peligroso. Ya os conté cómo están las cosas por allí.

—Que te acompañe tu hijo Jucef. No conoce a sus abuelos, ¿verdad? —preguntó el número uno—. Sería una buena tapadera. Con un chico de su edad, nadie sospecharía de tus actividades clandestinas.

El número nueve sacudió la cabeza.

—No me gusta la idea de involucrar a mi hijo.

—Te comprendo —dijo el número uno.

—Sabéis que no sería un viaje de placer. Sevilla no está para bromas ahora mismo. Es un hervidero de problemas.

—Pero reconoce que es una buena idea —insistió el número uno, que tenía verdadero interés en aquel viaje. Sevilla era, ahora mismo, el centro de sus preocupaciones.

Isach Figues lo reconoció.

—Sí, lo es.

Gabriel se dirigió a su amigo, emocionado.

—¡Te vas a Sevilla!

Jucef estaba muy serio.

—Me acabo de enterar de que mis abuelos están vivos, siempre me dijeron que habían muerto antes de que yo naciera. Y ahora, sin esperarlo, me voy a Sevilla a conocerlos.

—Vas a vivir una auténtica aventura, ¿no estás emocionado?

—Ahora mismo no sé qué pensar —contestó Jucef, que sentía una mezcla de emoción, pero también de miedo. No lo quería reconocer.

Mientras tanto, los miembros del Gran Consejo empezaron a abandonar la sinagoga en completo silencio, como era habitual cuando concluía una de sus reuniones.

De repente, observaron algo fuera de lo normal. Del grupo de sombras que estaban saliendo de la sinagoga, se había separado una. Para su espanto, Gabriel y Jucef vieron que se dirigía hacia el fondo, hacia las últimas filas de asientos. Se encaminaba directamente hacia donde estaban agazapados. Los dos se quedaron paralizados. ¿Los habían descubierto?

Escucharon una voz dirigirse a ellos.

—Aunque no os veo, sé que estáis ahí. Mañana, después de la tercera clase, iré a los baños.

Dio media vuelta y, sin decir ninguna palabra más, desapareció en la penumbra de la sinagoga, entre las demás sombras.

Gabriel y Jucef se quedaron mirando uno al otro, con cara de asombrados, y también asustados.

—¿Cómo sabía Samuel que estábamos aquí escondidos? —preguntó Jucef, asombrado—. Ninguno de los dos se lo habíamos dicho.

—No tengo ni idea, pero lo importante es que nos ha citado para mañana —dijo Gabriel, aún sorprendido y con el corazón desbocado—. Por fin podré hablar con él, sin necesidad de hacer más incursiones clandestinas en su casa, que ya se me habían acabado las ideas.

20 EN LA ACTUALIDAD, MIÉRCOLES 16 DE MAYO POR LA TARDE

Sin pretenderlo, Rebeca había nombrado a Carlota. La situación que se había creado era muy incómoda. Como siempre, decidió ir con la verdad por delante y contarlo todo.

—Abraham, tengo que confesarte una cosa. El sábado pasado hice partícipe de tu historia a mis dos mejores amigas, Almudena y Carlota.

El profesor Lunel se enfadó visiblemente.

—¡Rebeca! ¡No debiste hacerlo! ¿No entiendes la seriedad de este asunto? Sin pretenderlo podrías haberlas puesto en peligro. Con nosotros dos ya es suficiente.

—Ya está hecho, Abraham, además no me arrepiento. Se complementan conmigo de maravilla y son de absoluta confianza. Además, Carlota posee una mente privilegiada, tiene un cociente intelectual de los más altos de España. Es capaz de analizar una situación y sacar conclusiones mucho más rápido que cualquiera de nosotros.

El profesor asumió la situación, aunque a desgana.

—Supongo que, como tú dices, ya está hecho. Me gustaría conocer a esa Carlota. Pero no nos desviemos del tema, continuemos, que me queda por contarte lo más importante.

Abraham dio un pequeño sorbo al vaso de agua que tenía en la mesa.

—Como te estaba diciendo, a principios del año 1391 se estaba formando una auténtica tormenta perfecta sobre la península ibérica. Acababa de heredar el trono de Castilla Enrique III, que tenía tan solo once años de edad. La sede arzobispal de Sevilla seguía vacante y el arcediano de Écija se había convertido en la máxima autoridad eclesiástica. La protección con la que contaban los judíos era cada vez más débil y el pueblo estaba cada vez más enfurecido. No se trataba únicamente de un problema religioso, se veía venir un auténtico conflicto social de proporciones y alcance desconocidos. Los cristianos veían a los judíos como sus rivales desde un punto de vista incluso profesional, y en un contexto de crisis, aquello era letal. Los judíos se dieron cuenta y se prepararon lo mejor que pudieron para capear la tormenta que se avecinaba sobre ellos, aunque nunca se llegaron a imaginar su magnitud.

—¿Y ese plan eran *Las doce puertas*?

—Exacto. Después de más de treinta años de trabajo para unificar todo su conocimiento, después del esfuerzo de reunir el Gran Consejo en Valencia, con miembros procedentes de toda la península ibérica, no podían permitirse que todo su proyecto se viniera abajo. Había supuesto un esfuerzo verdaderamente colosal para aquella época.

—¿Y en qué consistía ese plan?

—Veo que tienes interés, eso es bueno —contestó el profesor—. En previsión de que se pudiera producir un estallido social contra ellos, decidieron facultar al número uno del Gran Consejo para que ocultara, de una manera más concienzuda, su tesoro cultural, y que creara un mensaje secreto que llevara a su localización. Ese mensaje fue dividido en diez fragmentos, que tenían que ver con cada *sefiráh* del árbol cabalístico. Cada una de ellas fue entregada a un miembro del Gran Consejo.

—¿Y todo ello para qué?

—Para que nadie, de forma individual, supiera dónde estaba escondido su gran secreto. Por ello, se tenían que reunir los diez para formar el uno. ¿Te suena a la cábala? Cada uno de ellos se convirtieron en emanaciones del saber único. Piensa que eran tiempos muy convulsos. Era perfectamente posible que capturaran e incluso torturaran a cualquier miembro del Gran Consejo. En ese caso, tan solo podrían obtener una décima parte del gran mensaje, que, sin los otros nueve, no les serviría para localizar su tesoro.

Rebeca no parecía muy convencida con las explicaciones del profesor.

—Pero este sistema tiene un gran riesgo. Si cualquiera de ellos fallecía, los otros nueve tampoco podrían conocer el gran mensaje completo y, en consecuencia, tampoco sabrían dónde estaba oculto su tesoro cultural milenario. Corrían el riesgo de perderlo igualmente.

Abraham hizo un gesto de aprobación con la cara.

—Eres muy perspicaz, Rebeca, pero el Gran Consejo también pensó en esa eventualidad. ¿Recuerdas que, cuando te expliqué el árbol cabalístico, hice referencia al *gran Abismo*?

—Claro que me acuerdo. Me dijiste que ese Abismo no estaba vacío, que había algo oculto, que te lo recordara y que me lo explicarías. Pero diste por concluida la reunión con precipitación y no lo hiciste.

—Pues ahora ha llegado el momento. Como te había dicho, en *El abismo* se oculta algo muy importante. Nada más y nada menos que el **Daat**, que es la undécima *sefiráh*.

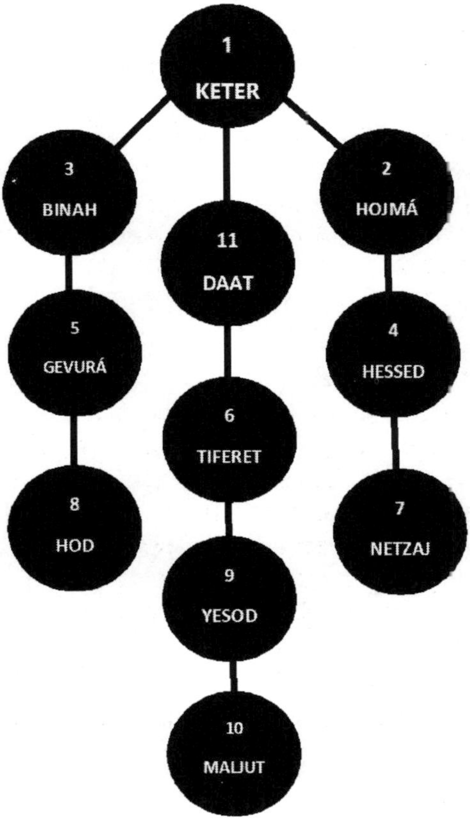

—¿Pero no existían tan solo diez *sefirot*? —preguntó Rebeca, que jugaba con conceptos muy complejos.

—En realidad son once, diez visibles y una invisible. El *Daat* representa la cara oculta del *Keter*, que recordarás que es la *sefiráh* número uno, la raíz del árbol. Representa la conciencia. No voy a profundizar porque son conceptos muy difíciles de entender si no tienes unos conocimientos previos de la *Torah*. Lo importante, a efectos de esta explicación, es que conozcas la relevancia del *Daat* como otra forma, en este caso no material y oculta, del *Keter*, de la raíz. Ambas *sefirot* están íntimamente unidas. El uno y el once.

—¿Y qué tiene que ver está *sefiráh* con el Gran Consejo?

—Mucho. Como sabes, el Gran Consejo estaba formado por diez personas, pero en realidad, había un undécimo miembro. Al igual que la *sefiráh Daat* permanece invisible en el árbol cabalístico, también este undécimo miembro del Gran Consejo permanece oculto a los otros diez, excepto para el número uno, el *Keter*, porque, en realidad, es otra forma de sí mismo. Forman parte de una unidad.

—¿Y de qué sirve un miembro oculto y secreto en el Gran Consejo? ¿Qué utilidad podría tener?

—Tenía una gran importancia, a pesar de que no participaba en sus reuniones, ni ningún miembro, a excepción del número uno, conociera su verdadera identidad. En realidad, el número uno tampoco tenía por qué saber quién era, pero debía ser capaz de localizarlo y de sacarlo de su forma oculta, en caso de necesidad, tal cual establece la cábala.

—¿En caso de necesidad? ¿Eso qué significa? ¿Cuál podría ser esa necesidad?

—Precisamente la que estábamos comentando antes. En el supuesto de que se perdiera el gran mensaje de los diez, porque algún miembro del Gran Consejo desapareciera de forma imprevista. Te vuelvo a recordar que estamos en plena Edad Media.

—¿Y cuál era su función exactamente?

—Era una especie de copia de seguridad. Entre el número uno y el número once debían tener los conocimientos suficientes para reconstruir la totalidad del gran mensaje que conduciría a la ubicación del tesoro cultural. Precisamente por eso, este undécimo miembro debía permanecer oculto a los demás. Su existencia era secreta. Te repito, no pierdas de vista que estamos hablando de la Edad Media. Una vida judía valía muy poco. Era perfectamente posible que miembros del Gran Consejo fallecieran o desaparecieran. Tenían que cubrir esa posibilidad de una manera segura, pero, a la vez, lo más discreta posible. Aquello no era una tarea fácil.

—Entonces, si se rompía el mensaje porque desaparecía algún miembro del Gran Consejo, el número uno tenía la obligación de localizar al número once, reconstruir el mensaje y de paso el propio consejo.

—Más o menos. No era un sistema perfecto, pero dadas las circunstancias históricas de la época, era lo mejor que podían hacer.

—Vale, ya lo comprendo. Lo que no entiendo son las doce puertas, ¿qué significaban exactamente? Además, me falta un número, solo hemos hablado de once miembros.

Abraham admiraba la mente analítica de Rebeca. A pesar de las complejas explicaciones que le estaba dando, era capaz de seguirlas sin dificultad y, además, plantear cuestiones de relevancia.

—Si sobrepones el dibujo del árbol cabalístico, una vez invertido, sobre el dibujo de las doce puertas y el plano de Valencia, verás que también coinciden.

—Sí, se dio cuenta mi amiga Carlota de ese detalle.

—Muy Interesante esa amiga tuya —dijo Abraham, mientras miraba a Rebeca con cierto asombro—. Cada uno de los miembros del Gran Consejo de los Diez debía partir por una de las puertas de Valencia hacia otra aljama, antes de que se produjera la supuesta catástrofe. Era un tema simbólico, aunque cada uno de ellos ya debía conocer adónde dirigirse. Desde ese momento, dejaron de llamarse *miembros* para conocerse como *puertas*. Por eso en una ocasión te dije que las puertas no eran puertas, ¿te acuerdas? No eran puertas porque, en realidad, eran personas.

Rebeca, ahora, comprendió muchas cosas, pero también le surgió alguna duda.

—Entonces si todas las *puertas* abandonaban la ciudad, su tesoro cultural quedaría desprotegido —recalcó.

—Esta marcha debía ser tan solo temporal. Su obligación era regresar, cuando las circunstancias así lo permitieran.

Además, observarás que hay un número, con dos círculos, que no se corresponde con ninguna puerta de huida.

—Sí, me fijé y me extrañó. El número once no tiene puerta de escape.

—Eres observadora. La puerta número once debía permanecer siempre en Valencia, no podía salir de la ciudad bajo ningún concepto, aunque se produjera un hecho catastrófico.

—¿Por qué tiene dos círculos sobre él?

—Como te he explicado, la puerta número once, la *sefiráh Daat*, era muy importante, pero tenía un punto débil. Era tan secreta que estaba sola. Así como las otras diez *sefirot* se reunían y se apoyaban entre sí, el número once no. El Gran Consejo pensó que podría necesitar cierta protección y crearon la puerta número doce, cuya única función era cuidar del número once. No poseía ningún conocimiento iniciático ni tenía por qué conocer nada de lo relativo al Gran Consejo. Se le llamó también el protector.

—Ahora entiendo el número doce.

—Sí, diez miembros del Gran Consejo, visibles y activos. Un miembro secreto, el once, invisible e inactivo, y por último su protector, el doce, que en realidad no formaba parte de la estructura del conocimiento. Su única misión era proteger al número once. No precisaba saber nada más. Estaba a sus órdenes.

Rebeca lo había comprendido todo. Lo que no entendía era cómo el profesor Lunel podría conocer toda esta información.

—Y tú, ¿cómo sabes tanto del Gran Consejo? Jamás se ha publicado una sola palabra de todo esto, al menos que yo sepa.

—Sabes bien, no se ha publicado nada.

—¿Entonces?

Abraham Lunel se le quedó mirando, como valorando qué respuesta darle. Rebeca pensó que estaba ante una de esas pausas teatrales, que tanto le gustaban al profesor. Finalmente, parece que se decidió a hablar.

—Porque pertenezco al Gran Consejo. Yo soy la puerta número dos.

21 7 DE FEBRERO DE 1391

Gabriel se encontraba nervioso. Estaba en la escuela, pero su mente estaba esperando que pasaran las tres primeras clases para acudir a su cita con Samuel, en los baños.

En la judería de Valencia había dos tipos de baños. Unos eran públicos, situados cerca del Portal de la Figuera, en la parte oeste. Otros eran rituales y se llamaban *miqweh*. Estaban junto a la Sinagoga Mayor, unidos a ella.

Gabriel supuso que, dado que estaban en la escuela y la escuela estaba en la sinagoga, Samuel se refería a estos últimos.

La tradición oral judía y el *Talmud* establecían el uso y la forma del *miqweh* como baño ritual de purificación, mediante la inmersión completa del cuerpo en agua corriente, no estancada. Es decir, su ubicación venía determinada por esta característica. Siempre se intentaban construir en las proximidades de una sinagoga.

En el caso de Valencia, estos baños consistían en una pequeña pileta situada en una estancia subterránea, para aprovechar la presencia de un manantial que trascurría por el subsuelo de la Sinagoga Mayor. Se accedía mediante unos escalones, que estaban situados en un pasillo lateral, en la parte norte.

Cuando terminaron las tres primeras clases, Gabriel se acercó a Jucef.

—Es la hora, vamos. Dispondremos de muy poco tiempo para hablar con Samuel y muchas cuestiones que comentar. No perdamos tiempo.

Se acercaron a la entrada de los baños. No se veía a nadie. Se asomaron a los escalones. Tampoco había nadie en el interior de la pequeña piscina.

—Espero que no se haya arrepentido —dijo Gabriel—. No se lo perdonaría.

No había terminado la frase cuando escucharon unos pasos acercándose por la espalda.

—Vamos, entrad y bajad los escalones —oyeron decir a una voz.

Era Samuel.

Le obedecieron y descendieron hasta la pileta de agua, en completo silencio. Parecía que nadie se atreviera a perturbar la tranquilidad de los baños.

Gabriel y Jucef esperaron a que empezara a hablar Samuel. Lo hizo con una voz muy grave y el gesto muy serio. No parecía su amigo.

—Tenéis que dejar de espiar al Gran Consejo —empezó diciendo—. Y tú Gabriel, debes dejar de entrar en mi casa a escondidas. ¿Te crees que no me doy cuenta?

Gabriel se puso rojo como un tomate. «¿Cómo lo sabía?», pensó espantado.

Samuel continuó hablando, dirigiéndose a su amigo.

—Escucha, Gabriel, en breve tus padres hablarán contigo y comprenderás cuál va a ser tu lugar en todo el plan, y te aseguro que será muy importante. Desde el Gran Consejo esperan grandes cosas de ti. No lo estropees con estupideces. Si te llega a descubrir mi abuelo en nuestra casa, hubieras tenido graves problemas, te lo puedo asegurar. Es muy celoso de su intimidad, ya lo sabes.

Gabriel tragó saliva porque sabía que su amigo tenía razón. Ahora Samuel se giró hacia Jucef.

—En cuanto a ti, vas a partir hacia Sevilla en los próximos días. La misión es de vital importancia para todos y vas a formar parte de ella. Además, tu padre es miembro del Gran Consejo y, aunque no lo sepas todavía, te ha designado su sucesor. Antes de que te lo imagines, tú mismo pasarás a formar parte del Gran Consejo. ¿Entiendes lo que te digo? Estás espiando reuniones que tú mismo vas a protagonizar en breve. Es estúpido y arriesgado.

—¿Cómo sabes eso? —preguntó Jucef, extrañado por lo que acababa de escuchar—. Mi padre no me ha dicho nada, ni siquiera me ha hecho jamás ninguna referencia al Gran Consejo.

—Créeme, ahora sé muchas cosas.

—Samuel, ¿qué está ocurriendo? —preguntó preocupado Gabriel—. ¿Qué está cambiando? Antes, las cosas eran muy diferentes.

—Muy pronto lo entenderéis, pero los dos podríais desempeñar un papel importante en *Las doce puertas*, aunque espero que no sea necesario ejecutarlas. No podéis permitir que os descubran espiando. Además, no os va a hacer falta. Si no lo estropeáis, vais a ser protagonistas y testigos en primera persona de todo lo que va a suceder. Aunque aún no lo sepáis, formáis parte del plan.

—No te entiendo, Samuel —dijo Gabriel.

—Miradme a los ojos. Creo que me conocéis bien. Aunque ahora las circunstancias nos hayan obligado a separarnos, soy el mismo Samuel de siempre. Han pasado muchas cosas, pero debéis de confiar en mí, jamás olvidéis que sois mis mejores amigos.

Gabriel y Jucef miraron a Samuel. Estaba muy serio.

—Así lo haré —dijo al fin Gabriel.

—Yo también —contestó Jucef.

Se dieron un abrazo los tres. Se quedaron unos segundos así, unidos. Ninguno sabía si lo podrían repetir en otra ocasión.

No se dieron cuenta de que a Samuel se le escaparon unas lágrimas.

22 EN LA ACTUALIDAD, MIÉRCOLES 16 DE MAYO POR LA TARDE

—¡Lo sabía! —dijo Rebeca, excitada por la revelación que había escuchado.

Abraham acababa de reconocer que era miembro del Gran Consejo. Continuó con su explicación.

—Desciendo directamente de la familia de Isaac Ben Sheshet Perfet, rabino de Valencia entre 1391 y 1395. En concreto, mi antepasado se casó con una de sus hijas, de nombre Preciosa. Curiosamente se llamaba igual que yo, Abraham Lunel. El rabino fue el primer número dos del Gran Consejo, y yo, de momento, soy el último.

—¿Entonces los cargos del Gran Consejo son hereditarios?

—Sí, pero no necesariamente entre familiares, aunque solía ocurrir con frecuencia que los hijos heredaran el cargo del padre. En teoría, cada miembro del consejo elegía su sucesor de forma libre. Tenía la obligación de iniciarlo en los conocimientos y en la cábala, además de explicarle todo el funcionamiento del Gran Consejo.

Rebeca seguía emocionada.

—¡Sabía que existía en la actualidad el Gran Consejo!

Abraham torció el gesto de su rostro.

—Bueno, eso no es del todo cierto.

—¿Cómo? Me acabas de decir que tú eres un miembro, entonces todavía debe existir.

—La primera parte de tu frase es cierta, la segunda, desgraciadamente, no lo es.

—Pues ya me lo explicarás, porque no lo entiendo —dijo Rebeca, con cara de intrigada.

—Hace varios siglos que el Gran Consejo no existe. La última reunión de la que se tiene constancia data del mes de marzo del año 1500. Precisamente en esa reunión decidieron trasladar el tesoro cultural de emplazamiento, porque el anterior escondite ya no resultaba seguro. Facultaron a la puerta número once para hacerlo, dividiendo el mensaje secreto de su nueva ubicación en diez partes, que serían entregadas a cada una de las diez puertas del Gran Consejo. Como siempre, entre el número uno y el número once se dividieron un mensaje propio, que una vez unido, revelaría el emplazamiento, por si, por cualquier vicisitud, necesitaban reconstruir el Gran Consejo.

—¿Y por qué no se reunieron más?

—Algo muy grave tuvo que suceder en la reunión del año 1500. Nadie sabe a ciencia cierta lo qué ocurrió, desgraciadamente no se conserva ningún testimonio.

—¿Se levantaban actas de las reuniones?

—Sí, además se codificaban utilizando técnicas empleadas en la numerología cabalística, pero de esta última reunión no se conserva ninguna, no conocemos el motivo. Se sabe que decidieron trasladar el tesoro porque no se sentían seguros, nada más.

—¿No te parece extraño?

—No tanto. Ten en cuenta que el último cuarto del siglo XV, al igual que el final del siglo anterior, fue verdaderamente catastrófico para los judíos. En el año 1478, los Reyes Católicos instauraron el Tribunal del Santo Oficio de la Inquisición, con el fraile Tomás de Torquemada al frente, que ya sabes que era muy aficionado a quemar judíos. Causó verdadero terror entre nuestro pueblo. Además, no te olvides que unos años después, en marzo de 1492, Isabel de Castilla y Fernando de Aragón decretaron la expulsión de los judíos de los reinos que dominaban, que se ejecutó cuatro meses después. Quizá todos aquellos acontecimientos pudieron dinamitar el Gran Consejo y se rompió la cadena. La última noticia que se tuvo del número uno, en aquella época, fue en el año 1509, luego desapareció misteriosamente. Desde el siglo XVI no existe el Gran Consejo como tal. Es un gran enigma.

—¿Cómo que desapareció el número uno?

—Se esfumó, se evaporó, o como lo quieras llamar. Tenemos que suponer que repartió entre todos los miembros del Gran Consejo el mensaje que conducía a la nueva ubicación del árbol milenario y, pocos meses después, se le perdió la pista definitivamente. Ni siquiera conozco su identidad. No se reveló.

—¿Y qué significa la frase «se rompió la cadena»?

—Hay una cosa que no te he explicado todavía, que es la forma de convocatoria de las reuniones. También era peculiar, por cuestiones de seguridad.

—Adelante, cuéntame.

—Como te estaba diciendo, el Gran Consejo estaba obsesionado por su seguridad. De nada servía dividir entre diez el gran mensaje que conducía a su tesoro cultural, si todos conocían quienes eran los restantes miembros del Gran Consejo. En el supuesto de ser capturado cualquiera de ellos, podría revelar la identidad de los demás.

—Pero alguien debía saberlo, ¿no? Porque entonces, ¿quién convocaba las reuniones?

—Las reuniones las convocaba, como no podía ser de otra manera, el *Keter*, la raíz, la puerta número uno. Pero no conocía la identidad de las restantes puertas.

—Entonces, si no los conocía, ¿cómo los podía convocar?

—El número uno convocaba al número dos. El número dos convocaba al número tres, el número tres al número cuatro y así sucesivamente hasta llegar al número diez. De esta manera, cada miembro del Gran Consejo solo conocía, como mucho, la identidad de dos miembros más, el anterior y el posterior a sí mismo. Además, los mensajes de convocatoria iban cifrados, igual que las actas de las reuniones, por si eran interceptados y caían en manos extrañas.

—Todo muy bonito, pero en las reuniones se verían las caras y adiós a toda la seguridad.

—También pensaron en eso. Para evitarlo, en las reuniones del Gran Consejo, era obligatorio llevar una gran capa negra con una especie de capucha, que cubría el rostro. Se reunían por la noche en lugares con poca iluminación. Entre ellos hablaban, pero no se veían las caras.

—¡Qué manera de complicarse la vida! ¿Y qué ocurría en caso de que se rompiera la cadena?

—En teoría, en ese caso la puerta número uno debía localizar a la puerta número once. Entre los dos reconstruían el gran mensaje y al Gran Consejo. Era el procedimiento de seguridad establecido.

—Entonces, si existía un protocolo para estos casos, ¿por qué no se ha reconstruido el Gran Consejo desde hace cinco siglos?

Abraham Lunel sonrió.

—Para contestarte a esa pregunta, antes debes conocer otra cuestión que aún no te he explicado, y que tiene su importancia.

Se incorporó del sillón, cogió el vaso de agua y le dio un sorbo.

Rebeca pensó que a Abraham le encantaba captar la atención. Estaba segura de que no tenía sed, que estaba haciendo una pausa teatral, como si estuviera en una de sus conferencias. Se notaba que manejaba los tiempos y tenía tablas. Cuando terminó de beber, el profesor continuó hablando.

—¿Sabes por qué me extrañó tanto que la condesa de Dalmau te visitara en el periódico y te llevara esos papeles?

—Sí, ya me lo has contado, porque era doctora en Historia y ya debía conocer su significado.

—En realidad, esa no fue la causa verdadera de mi asombro.

—¡Ah! ¿no? ¿Y cuál fue?

Hizo otra pequeña pausa teatral.

—La condesa de Dalmau era la puerta número uno, el *Keter*, la raíz del Gran Consejo —dijo Abraham, con toda la solemnidad que pudo.

Rebeca casi se cae del sillón. Eso sí que no se lo esperaba. Ahora la asombrada era ella.

23 7 DE FEBRERO DE 1391

Jucef buscó a Gabriel cuando terminaron la escuela. Le abordó directamente.

—¿Qué opinas de nuestra conversación con Samuel? —preguntó Jucef.

—No sé qué pensar. Desde luego habló con mucha seguridad de las cosas que van a ocurrir, pero no sé de dónde ha sacado toda esa información. A pesar de ser mi amigo, no sé si creerle. Mis padres no me han contado nada.

—Mi padre tampoco me ha dicho nada del Gran Consejo, ni que me haya designado su sucesor.

—Es todo muy raro —dijo Gabriel—. Si algo inminente va a ocurrir y, según Samuel, nosotros vamos a formar parte de ello, ¿a qué esperan? No es lógico.

Jucef cambió de tema.

—Sabes que me voy a Sevilla en tres semanas.

—Sí, lo escuchamos en el Gran Consejo.

—Hay una cosa que tenemos pendiente —dijo muy serio Jucef.

—¿Qué? —preguntó extrañado Gabriel.

—Tenemos una misión que completar.

—¿Qué misión? ¿A qué te refieres? No te entiendo.

—A la biblioteca.

—¡La biblioteca! ¿Otra vez?

—¿Te acuerdas que te dije que creía haber descubierto algo importante?

—Recuerdo que me dijiste que creías que la puerta secreta, que estaba oculta dentro del armario, no era para salir y entrar de la sinagoga. También recuerdo que no te entendí.

—Exacto. Tengo algo que pedirte. Si no vuelvo de Sevilla, quiero que investigues esa biblioteca. La puerta no es lo que parece.

—¿Por qué dices que si no vuelves de Sevilla? ¿Acaso lo dudas?

—Escucha, Gabriel. El viaje no va a ser de placer, ya escuchaste al Gran Consejo. Veo a mis padres muy preocupados, sobre todo a mi madre y eso me intranquiliza bastante. En ocasiones pienso que quizá no regrese.

—¡Por favor, no digas eso!

—Espero volver, por supuesto, pero lo que te quiero decir es que va a ser un viaje muy peligroso. La judería de Sevilla no es el mejor lugar para estar en este preciso momento.

—Supongo que no, pero estoy seguro de que volverás sano y salvo. Ni se te ocurra pensar lo contrario.

Jucef parecía muy decaído y eso no era normal en él.

—Gabriel, mañana ya no acudiré a la escuela. Tengo que empezar los preparativos del viaje junto con mi padre.

Ahora Gabriel entendió la tristeza de su amigo, que no comprendía.

—¿Ya? ¿Entonces no nos veremos hasta que vuelvas? —preguntó.

—No nos veremos hasta dentro de dos meses al menos, o hasta nunca, quién sabe.

—¡Ni se te ocurra repetir eso!

Gabriel y Jucef se fundieron en un gran abrazo. Permanecieron así más de un minuto, ninguno de los dos se quería separar. Ambos estaban al borde de las lágrimas.

Gabriel pensó que, últimamente, se estaba quedando sin amigos. Todos lo abandonaban.

«Mi mundo se desvanece».

24 EN LA ACTUALIDAD, MIÉRCOLES 16 DE MAYO POR LA TARDE

Rebeca aún estaba asombrada con la revelación sorpresa que le había hecho el profesor Lunel.

—Supongo que, ahora que conoces la identidad secreta de la condesa de Dalmau como número uno del Gran Consejo, comprenderás mejor mis reacciones y mi auténtica perplejidad con toda tu historia —dijo Abraham.

—Desde luego, ahora lo entiendo todo, incluidas tus salidas de tono en el *Speaker's Club*, que nadie comprendíamos.

—Imagínate mi asombro. Iba de sorpresa en sorpresa.

—Pero aún no has contestado a mi pregunta, ¿por qué no se ha reconstruido el Gran Consejo desde hace tanto tiempo, habiendo un procedimiento claramente establecido?

Abraham continuó su explicación.

—En realidad, la condesa había heredado la puerta número uno de su difunto marido, el conde de Ruzafa. La familia del conde había sido el *Keter*, el número uno del Gran Consejo, desde tiempos inmemoriales. Aunque recibió su cargo por vía indirecta, en realidad era descendiente de la persona que fue encargada de constituirlo. Nada más y nada menos que el gran Jacob Abbu, un personaje venerado hasta hoy en día.

—¿Quién era, alguna personalidad importante de aquella época?

—Todo lo contrario, la realidad es que era un humilde joyero, un orfebre. Ya te he contado que los judíos no querían llamar la atención con su colosal misión. Eligieron a una persona con ascendencia sobre su pueblo, pero que no fuera públicamente demasiado conocida. El perfil que mejor encajó en sus planes fue el de Jacob Abbu. Las autoridades cristianas jamás sospecharon de él, ya que, por su trabajo, podía desplazarse por las diferentes aljamas de Castilla y Aragón sin llamar la atención. Además, vivía en Valencia, lo que facilitaba mucho la organización del Gran Consejo y la protección del árbol. Fue una elección perfecta.

—Sigo sin comprender el motivo por el que no se ha reconstruido el Gran Consejo —insistió Rebeca.

—¡Qué impaciente eres! Ahora llegaré ahí, era importante que conocieras la identidad del número uno.

—¿Por qué?

—Ya te he contado que, en caso de ruptura de la cadena, era el *Keter*, el número uno, el que estaba obligado a localizar al *Daat*, al número once, y entre los dos, reconstruir el mensaje y el Gran Consejo.

—Sí, ya me lo has dicho.

—Pues ni el conde de Ruzafa ni sus antepasados quisieron hacerlo jamás. No movieron ni un solo dedo, no se preocuparon, además incluso se jactaban de ello. Era algo incomprensible para todos nosotros.

—Pues no lo entiendo.

—Ni yo, ni mi padre lo entendió en su momento, ni mi abuelo lo alcanzó a comprender tampoco. Excepto en un breve periodo, a principios del siglo XVI, en que se perdió la pista al número uno, todos, cada uno en su papel de puerta número dos, insistimos ante el conde y sus antepasados, que fueron el número uno, sin ningún éxito. Le pedimos que localizara a la puerta número once y, entre los dos, que reconstruyeran el Gran Consejo. Siempre obtuvimos una negativa por respuesta, además de lo más rotunda.

—¿Por qué? —Rebeca estaba intrigada—. Eso no tiene ningún sentido, con todo lo que me has contado antes.

—Todos los miembros de la familia del conde de Ruzafa, hasta dónde tengo conocimiento, siempre fueron muy soberbios y clasistas. Pertenecían a la alta sociedad española y nos daba la impresión que nos consideraban, a mí y a toda mi familia, inferiores a ellos. Siempre hemos sido de clase humilde, mi abuelo era profesor y mi padre traductor. Hasta creo que nos despreciaban.

—Pero eso no debería tener nada que ver para reconstruir el Gran Consejo. Me acabas de contar que, precisamente, esa era una característica de ese consejo, que estaban representados todos los estratos sociales. No parece una explicación lógica la diferencia de clases sociales.

—Sí, así es, pero los condes y sus ascendientes nunca hicieron nada por reunir a la totalidad del Gran Consejo. Te lo repito, siempre se negaron a reconstruirlo y no hubo manera de convencerlos jamás. Y no te estoy hablando de una negativa ocasional. Ha sido así durante siglos.

—¿No habría otro motivo para su negativa, que desconocemos? —aventuró Rebeca.

—¿Y cuál podría ser esa causa? El espíritu del Gran Consejo era poder cuidar del árbol, todos unidos, hombres y mujeres, ricos y pobres, ancianos y jóvenes —contestó muy firme Abraham.

—¿Al menos os convocaban a reuniones?

—Esa es la parte curiosa, sí que lo hacían, aunque tan solo acudíamos tres puertas, las tres primeras *sefirot*. A partir de la cuarta *sefiráh* estaba rota la cadena.

—¿Quién es la puerta número tres?

—Era.

—¿Murió?

—Hace dos años. Se cayó de un crucero. Encontraron su cadáver una semana después.

—¿Cómo se llamaba?

—No sé si te acordarás de ella, eres demasiado joven. ¿Te suena una actriz llamada Tania Rives?

—La verdad es que no.

—Se hizo famosa en los años setenta del siglo pasado. Era una actriz de revista. Llegó a tener espectáculos propios en teatros de Madrid y Barcelona, incluso participó en alguna película de la época, en los primeros años de la democracia española.

—Pues no la conozco.

—Probablemente se retirara incluso antes de que tú nacieras.

—Me sigue extrañando una cuestión de todo lo que me has contado. ¿Qué pretexto os ponía el conde de Ruzafa para no reconstruir el Gran Consejo, cuando tan solo aparecíais tres personas a las reuniones? ¿No se daba cuenta que aquello no servía para nada?

Abraham puso un gesto de enfado en su rostro. Estaba claro que estaba rememorando esos momentos.

—Acostumbraba a sonreír con ese aire de suficiencia, que tanto odiaba, y nos miraba por encima de la cabeza. Decía que no tener noticias, eran buenas noticias. Siempre se negó a contactar con la puerta número once. Recuerdo que Tania se enfadaba bastante, e incluso en una ocasión los vi discutir con mucha vehemencia en el interior del despacho del conde. Yo llegaba a su palacio y los pude observar a través de la ventana. Parecía que fueran a llegar a las manos. Aquello no era nada amistoso.

—Supongo que sería frustrante.

—Mucho, además Tania y yo siempre tuvimos la sensación de que el conde de Ruzafa, en realidad, conocía perfectamente la identidad de la puerta número once. Tania estaba convencida de que querían el secreto para ellos solos y no deseaban compartirlo con nadie más. Por eso se enfadaba tanto. Al fin y al cabo, ese no era el espíritu del Gran Consejo.

Abraham hizo una pequeña pausa.

—¿Me preguntabas por el motivo por el que pensaba que no tenían el más mínimo interés en reconstruirlo? Ahí lo tienes.

—¿Y la condesa de Dalmau? Ella heredó el número uno después del fallecimiento de su marido.

—El conde no se fiaba de ninguno de sus tres hijos y, según tengo entendido, decidió iniciar a su esposa, la condesa de Dalmau, que era diez años menor que él. Era una mujer inteligente y preparada. Sin embargo, poco después de su iniciación, el conde falleció en una cacería. La condesa cayó en una profunda depresión, se fue de la ciudad y fijó su residencia en Lisboa. A pesar de conocer todo lo relativo al Gran Consejo, se desentendió de él. El resto ya lo sabes, hace poco más de dos semanas volvió a Valencia y falleció, presuntamente a consecuencia de un infarto.

Rebeca estaba atendiendo a la explicación del profesor Lunel con verdadero interés.

—¿Os convocó la condesa a alguna reunión del Gran Consejo?

—Jamás. En los últimos siete años que fue la puerta número uno, nos ignoró por completo. Conocía sus obligaciones como el *Keter*, la raíz del Gran Consejo, pero no hizo absolutamente nada. Aunque fuera el número uno, nunca se comportó como tal.

De repente, sonó el teléfono de Rebeca. Lo sacó de su bolso y miró la pantalla.

—El director Fornell me acaba de enviar un mensaje. Quizá sea lo que estaba esperando.

Lo abrió. Apareció la foto de una mujer con un gran sombrero que le cubría medio rostro, acompañado de un tocado con gasa semitransparente. La foto no tenía demasiada calidad, pero se la reconocía. Era la persona que la visitó en el periódico y le entregó los dibujos.

—Profesor Lunel, tengo el honor de presentarle a la condesa de Dalmau —dijo Rebeca, mientras entregaba su móvil a Abraham.

El profesor tenía el vaso de agua en la mano izquierda. Cogió el teléfono de Rebeca con la mano derecha y miró la pantalla. De repente, dio un salto hacia atrás, soltando el vaso sobre el suelo y derramando toda el agua. Su cara reflejaba una grandísima sorpresa.

— ¡No puede ser! ¡Sí que es ella! —acertó a decir, mientras miraba fijamente la fotografía.

—Cualquiera diría que has visto a un fantasma.

—¡Claro que lo he visto! —dijo Abraham, con la cara desencajada.

—Sí, parece ser que yo también lo vi.

Abraham Lunel se apuntó el número de teléfono de Rebeca, recogió el vaso que había derramado del suelo y le devolvió el móvil.

—Discúlpame, tengo tu número. Te llamaré y seguiremos hablando. Ahora debo marcharme. Por favor, ten mucho cuidado y, sobre todo, recuerda una cosa, nada es lo que parece. Es muy importante, no lo olvides.

Abraham Lunel se levantó del sillón y salió por la puerta del salón. Rebeca se quedó sentada, pensando en lo que acababa de pasar. Por la reacción del profesor, la foto era, en realidad, de la condesa.

«Entonces, ¿qué diablos pasaba con la autopsia?», pensó Rebeca, preocupada.

No entendía nada, pero comprendía las consecuencias, y, desde luego, eran muy graves.

25 1 DE MARZO DE 1391

Jucef y su padre, Isach *lo Carnicer*, estaban preparando su viaje a Sevilla. Llevarían dos mulas. El Gran Consejo les había conseguido dos excelentes ejemplares. No eran tan veloces como un caballo, pero eran más resistentes y requerían menos cuidados. Además, y esto era muy importante, llamaban menos la atención. Salvo por los caballeros o gente pudiente, no era nada habitual desplazarse con caballos o carretas. Incluso se podría decir que la mayoría de la gente, como los peregrinos, iban caminando.

Llevarían pocos bultos para el viaje, ya que pensaban dormir y comer en posadas. El camino, en su mayor parte, estaba en buen estado de conservación e Isach lo conocía, hacía poco que había vuelto de Sevilla. A pesar de ello se trataba de un desplazamiento largo. Pensaban completarlo en diez días, si no surgía ningún inconveniente. Planificaron etapas de entre sesenta y setenta kilómetros. Aunque fueran con mulas, no era conveniente forzarlas más allá de esa distancia diaria. Iniciarían cada una de las etapas con los primeros rayos de luz, y llegarían a cada una de las posadas antes del anochecer. No era seguro viajar en la oscuridad en los tiempos que corrían. Ya iban a asumir muchos riesgos en la judería de Sevilla, como para hacerlo también durante el camino.

Jucef estaba probándose la ropa que llevaría durante el viaje. Se había echado por encima el ceramen, que era una especie de capa muy larga, que no solo cubría a Jucef, sino también una gran parte de la mula. La solían usar los jinetes. Ellos, aunque no iban a utilizar caballos sino mulas, también tenían que proteger a su medio de transporte. Al fin y al cabo, era un viaje largo. También se había puesto el sombrero de ala ancha, que le resguardaría en caso de lluvia.

«Parezco todo un caballero», pensaba Jucef, viéndose vestido de esa guisa, orgulloso de su aspecto.

A pesar de su sonrisa, en el fondo estaba intranquilo. No sabía por qué, pero este viaje no le trasmitía buenas sensaciones. Quizá estaba sugestionado por lo que había escuchado en el Gran Consejo. O quizá no. Jucef sabía que era muy intuitivo, y, en este momento, sentía que algo se acercaba. Una gran decisión en su vida. Lo que no conocía era cuál.

Además, tampoco ayudaba la actitud de su madre, que estaba excesivamente obsequiosa con su padre y con él. Ella no era así.

«Nos trata como si no nos fuera a ver más», pensaba Jucef. Eso le generaba más ansiedad todavía.

«¿Volveremos de Sevilla?», pensaba, con inquietud.

La verdad es que no lo tenía nada claro.

26 EN LA ACTUALIDAD, JUEVES 17 DE MAYO POR LA MAÑANA

Rebeca se despertó sobre las siete y media. Hoy no tenía clases en la Facultad, aunque debía de pasarse un rato por la redacción de *La Crónica.*

Se duchó, se vistió y salió a la cocina. Su tía Tote y Joana estaban desayunando.

—Buenos días a las dos —dijo con una sonrisa.

—Buenos días, Rebeca —dijeron.

Rebeca se dirigió hacia la nevera y se sirvió un generoso vaso de leche fría, como siempre.

—¿Algún avance con los papeles de la condesa? —preguntó Tote.

Rebeca no consideró contarles el contenido de su reunión con Abraham Lunel, pero sí que quería informarles de la fotografía de la condesa, porque era un detalle que no encajaba con la investigación policial y le causaba verdadera preocupación. Su tía debía conocer esa información.

—Ayer me encontré con Abraham Lunel en el centro de Valencia —dijo, al fin.

—¡Ah! ¿sí? ¡Qué casualidad! —dijo Joana.

—Abraham era un buen amigo de la condesa de Dalmau, se conocían desde hace muchísimos años —dijo Rebeca.

—Sí, nos lo contó en la última reunión del *Speaker's Club.* Por lo visto eran algo más que amigos —dijo Joana, mientras guiñaba un ojo.

—¿Eran pareja? —preguntó Tote, curiosa.

—Eso no lo sabemos con seguridad, pero desde luego la conocía muy bien —contestó Rebeca—. La cuestión es que el director Fornell hizo una fotografía hace dos semanas a la supuesta condesa, el día que vino a visitarme al periódico. Le pedí que me la enviara a mi móvil y así lo hizo.

—¿Por qué hiciste eso? —preguntó Tote con curiosidad—. ¿Para qué querías una foto de la difunta? Ya la viste, desde todos los ángulos posibles, en el atestado policial que me pediste y te conseguí.

—Por dos cuestiones. La primera es que quería una foto de ella viva, que pudiera enseñar. Te recuerdo que me prohibiste mostrar el atestado, y en él estaban sus fotos muerta.

—¿No me digas? —preguntó Joana, que ya había comprendido adónde quería llegar Rebeca.

—Sí te digo —le respondió.

—¿Os importa iluminarme? —intervino Tote.

—Supongo que tu sobrina le quería enseñar la fotografía del día que la visitó en La Crónica a Abraham Lunel y, «por casualidad», se lo encontró ayer por la ciudad.

—¿Es cierto lo que dice Joana? ¿Le enseñaste esa foto a Abraham Lunel? —preguntó con interés Tote.

—Sí, Joana supone bien. Se la enseñé cuando lo vi —dijo, mientras dejaba encima de la mesa el móvil con la fotografía de la condesa.

—¿Y qué dijo? Venga, cuéntanoslo —dijo con interés Joana—. No nos hagas sufrir.

—Prepararos para la sorpresa. Reconoció a la condesa. No tuvo ninguna duda de que era ella.

Tote se levantó de la silla de un salto.

—¿Estás segura de lo que estás diciendo, Rebeca?

—Completamente. Le enseñé la fotografía, se quedó mirándola fijamente y dijo que era ella. Incluso de la impresión que le causó, se le cayó el vaso de agua que tenía en la mano, derramando todo su contenido por el suelo. Os aseguro que la sorpresa era genuina, no estaba fingiendo. Sabéis que de eso entiendo algo, no me engañaría ni aunque quisiera.

Tote parecía muy preocupada.

—Esto es serio. Según la autopsia la condesa murió entre las cinco y las seis de la mañana. Si tenemos un testigo, que la conocía muy bien, que afirma que la fotografía tomada a las nueve de la mañana se corresponde con la condesa, tenemos un grave problema, por decirlo suave. O la autopsia se equivoca, o lo hace Abraham Lunel.

Joana intentó poner un punto de cordura. Tote estaba alterada.

—Escuchadme, el profesor Lunel era pareja de la condesa, ¿cómo se va a equivocar al identificarla en una fotografía tomada tan de cerca, aunque lleve ese sombrero que le tapa parte de su rostro? —dijo tajante Joana, señalando el móvil de Rebeca—. Reconoce que no es creíble.

Se quedaron las tres calladas. Joana continuó su razonamiento.

—Porque si la persona que visitó a Rebeca a las nueve era, en realidad, la condesa, y el médico forense no se equivocó al fijar la hora del fallecimiento, ¿quién narices murió a las cinco de la mañana si la condesa estaba viva a las nueve? Ahí lo dejo.

«¿Ahí lo dejas?», pensó Tote, que estaba visiblemente nerviosa. «¡Menudo lío tenemos organizado!».

—Tengo que llamar a la inspectora Cabrelles. Debe conocer de inmediato esta información, y hablar en persona con Abraham Lunel, para que le confirme la identificación de la fotografía —dijo Tote, muy preocupada.

Salió de la cocina casi corriendo, con su móvil en la mano.

Rebeca se quedó pensativa. Ahora le venía a la cabeza la frase con la que se despidió Abraham Lunel.

«Nada es lo que parece».

27 13 DE MARZO DE 1391

Jucef jamás había salido de la judería de Valencia, así que disfrutó cada minuto de su viaje a Sevilla. No se le hizo nada pesado, a pesar de que las mulas no iban mucho más rápidas que si hubieran ido caminando, como los peregrinos.

No se encontraron con demasiadas personas en la ruta. Los pocos que vieron fueron mercaderes, algunos incluso con carretas para trasportar sus mercancías, y sobre todo peregrinos. En las posadas se comía y se dormía bien, ya que su padre llevaba una bolsa bien provista de monedas.

La ruta trascurría en su mayor parte por el trazado de la antigua Vía Augusta, que era la calzada romana más larga de la entonces llamada Hispania. Esta vía tenía una longitud aproximada de unos 1.500 kilómetros, y trascurría entre los Pirineos y Cádiz. Después de más de trece siglos, aún se seguía utilizando y estaba en buen estado de conservación.

Las poblaciones más importantes por las que pasaron fueron Xàtiva, Linares, Andújar, Córdoba, Écija y Carmona, para llegar por fin a Sevilla. El viaje ya había sido una aventura, ahora a ver qué se encontraban en su destino. Estaba visiblemente nervioso, y se le notaba.

Cuando Jucef entró en la judería de Sevilla, lo primero que le llamó la atención fue su grandiosidad. Por ejemplo, en Valencia había una gran sinagoga y dos bastante más pequeñas, sin embargo, en Sevilla había visto, al menos, cinco, y todas enormes a sus ojos. Tres de ellas habían sido mezquitas árabes y se notaba en su estructura externa.

Jucef conoció a sus abuelos. Fue recibido con los brazos abiertos, porque jamás pensaron que lo verían. Su padre abandonó Sevilla muy joven y tan solo había vuelto una vez.

La casa familiar era bastante modesta, pero se arreglaron para que Jucef y su padre tuvieran una habitación para ellos solos, con una cama para dormir.

Estaba disfrutando con la experiencia, con la ingenuidad de alguien que no sabía lo que le esperaba.

O quizá sí.

28 EN LA ACTUALIDAD, JUEVES 17 DE MAYO A MEDIODÍA

Después del revuelo que se había formado con la fotografía de la condesa, Rebeca salió de casa rumbo al periódico. Estuvo toda la mañana sentada en su mesa, preparando el artículo de la semana que viene. Se le pasó por la cabeza escribir algo relacionado con los condes, pero lo descartó. «Mejor esperar a que se aclararan algo las cosas», pensó con sensatez.

A la una, saliendo de la redacción de *La Crónica*, miró su móvil. Tenía un mensaje de Carlota, «te invito a comer en "La Pepica"», así de escueto. No le había contado nada de su cita de ayer con Abraham Lunel, así que decidió aceptar. Además, una comida en «La Pepica» no se podía rechazar a la ligera. Junto con «La Marcelina», eran dos de los restaurantes más tradicionales de la playa valenciana de La Malvarrosa.

Cogió la bicicleta y se encaminó hacia la playa. Entró en el local por la puerta que da al paseo marítimo, enfrente mismo de la arena. Enseguida vio a Carlota, sentada en una mesa. Se abrazaron, como de costumbre.

Carlota había pedido una paella valenciana de pollo y conejo. La acababan de servir al centro de la mesa, junto con una jarra de sangría.

—Parecemos unas turistas más —dijo Rebeca riendo—. Estamos camufladas entre el ambiente.

Carlota se rio, mientras le lanzaba una sorprendente frase a Rebeca.

—Ahora, cuéntame tu misterioso encuentro secreto con Abraham Lunel —dijo Carlota, así, a bocajarro, sin venir a cuento.

Rebeca se quedó absolutamente desconcertada. No recordaba haberle contado nada a Carlota de su reunión con el profesor.

«Entonces, ¿cómo lo podía saber?»

Se recompuso lo mejor que pudo y trató de seguir la conversación con su cara más inocente posible.

—¿De qué encuentro me hablas?

—Venga, Rebeca, que sé leer entre líneas como nadie, parece mentira que no me conozcas todavía.

Rebeca seguía sin comprender nada, por más que se estuviera estrujando las neuronas. Carlota se explicó.

—Ayer estuve hablando con Charly por teléfono durante más de una hora. Me llamó para preguntarme por mi madre y aprovechamos para ponernos al día, que hacía tiempo que no charlábamos. Me contó la reunión del *Speaker's Club* y la sorpresiva presencia de Abraham Lunel. Le pedí que me explicara la reunión desde el principio, con pelos y señales, y así lo hizo. También me envió la foto que le sacó a esa extraña sopa de letras que descubrió Bonet en el sobre.

—¿Y qué? —preguntó Rebeca, que aún no comprendía nada—. Sigo sin saber de dónde has sacado la conclusión de mi reunión privada con el profesor.

—Rebeca, por favor, que no soy idiota. De repente, al profesor Lunel y a ti os entran ganas de ir a los aseos al mismo tiempo. Charly me lo contó sin ninguna maldad, pero, como te decía al principio, yo sé leer entre líneas. Abraham Lunel no fue al club a disculparse, quería quedar contigo para contarte lo que fuera, y el pretexto de los aseos fue lo mejor que se le ocurrió. No se caracteriza por ser demasiado original, la verdad.

Rebeca estaba con la boca abierta. La cerró y siguió hablando.

—Cada día me asustas más, Carlota. Lo tuyo no es nada normal.

—No sé si será normal o no, pero empieza a desembuchar ya. Quiero saber qué te contó el profesor Lunel.

—En los aseos no me contó nada, pero es cierto que quedamos para hablar, al día siguiente.

—Pues claro, ya lo supongo. En un minuto, en la puerta de los lavabos, tan solo da tiempo a eso, a quedar. Lo que quiero que me cuentes es la reunión de ayer.

Rebeca aún seguía impresionada. Mira que conocía a Carlota desde hace años, pero no dejaba de asombrarla.

—Venga, puedes comerte la paella y hablar al mismo tiempo —dijo Carlota, divertida por la cara de pasmada que se le había quedado a Rebeca—. Demuestra que las mujeres podemos hacer dos cosas a la vez.

Rebeca le contó cómo habían quedado ayer por la tarde en el Ateneo Mercantil. También le contó todas las revelaciones, incluyendo que él era miembro del Gran Consejo y que la condesa de Dalmau también. Le dijo que las puertas, en realidad, hacían referencia a personas. Le relató las desavenencias que tenían la puerta número tres, Tania Rives, y él mismo con el conde, por su negativa a contactar con la puerta número once para reconstruir el Gran Consejo. También le contó que le enseñó la fotografía que le envió el director Fornell de la condesa, y la reacción de absoluta sorpresa del profesor cuando la reconoció, sin ninguna duda.

Carlota se había quedado muy pensativa, en completo silencio.

—¡Te he dejado sin palabras! —dijo Rebeca riéndose— ¡Por una vez lo he conseguido!

—No es eso, ¿no te has dado cuenta? Hay algo en toda la historia que me has contado que no me termina de encajar, pero por más que pienso, no lo consigo ver.

—Igual es porque no hay nada que ver, más allá de un simple relato de hechos. Toda la conversación me pareció coherente.

—Pues no lo fue. ¿Sabes? Hay algo triangular, lo cuadrado significa que todo está en orden, pero cuándo en una historia surge una arista, entonces algo no va bien. Percibo un triángulo en tu relato, pero no soy capaz de...

De repente, sonó el móvil de Rebeca e interrumpió el errático discurso de Carlota. Era un mensaje de texto. Miró la pantalla.

—Vaya, mi tía Tote. ¿Qué querrá? —dijo, mientras abría el mensaje y lo leía—. «Acude lo antes posible a la Jefatura Superior de Policía en la Gran Vía».

Rebeca enseñó el móvil a su amiga.

—¡Sorpresa!, algo han descubierto —dijo Carlota.

—Esta mañana le he contado a mi tía Tote que el profesor Lunel había reconocido a la condesa en la foto que le hizo el director Fornell, cuando vino al periódico. Claro, eso contradice el informe de la autopsia, que decía que falleció entre las cinco y las seis de la mañana. Iban a hablar esta mañana con Abraham, que, supongo, les habrá confirmado la identidad de la condesa. En ese caso, también supongo que tendrán que reabrir el caso y realizar una nueva autopsia. Necesitarán mi declaración.

—Quizá, pero algo me dice que no estamos sabiendo ver la realidad —dijo enigmática Carlota—. Algo nos nubla el entendimiento. Ese triángulo no me deja vivir.

—Ya te pareces al profesor Lunel. Cuando se despidió de mí, su última frase fue «nada es lo que parece».

—¿Te dijo eso? Es muy interesante.

—¿De verdad te parece interesante?

—Desde luego. Más que interesante, me parece revelador

Rebeca renunció a seguir una conversación que no comprendía y se levantó de la mesa. Carlota pidió la cuenta y la pagó.

—Venga, vente conmigo —dijo Rebeca—. Así tengo compañía y te despejas la cabeza de triángulos.

—Te ha citado la Policía, no sé si es procedente que te acompañe. No decían nada de mí.

—¡Por favor! Me ha citado mi tía Tote por mensaje de móvil. Es evidente que no se trata de nada formal.

Carlota lo pensó un momento. Como casi siempre, le pudo más la curiosidad que la prudencia.

—De acuerdo, vámonos.

29 15 DE MARZO DE 1391

Jucef y su padre llevaban dos días en Sevilla. El primero lo destinaron a descansar del viaje y a hablar con sus abuelos. Le preguntaron muchas cosas acerca de su vida en Valencia. A pesar de ser familia, eran unos perfectos desconocidos.

El segundo día, para sorpresa de Jucef, su padre lo llevó a visitar a un cristiano que, sin embargo, vivía en la judería. Tenía una casa imponente, casi se podría considerar un palacio. Su nombre era Juan Sánchez.

—¿De qué vamos a hablar con un cristiano adinerado? —le preguntó a su padre, intrigado.

—¿Te parece que, como tú dices, un cristiano adinerado viviría en pleno centro de la judería de Sevilla? —le respondió, con una sonrisa en su rostro.

No le contestó, aunque pensó que no era nada normal.

Durante la conversación, Jucef lo comprendió todo. Conoció que, en realidad, Juan Sánchez no era cristiano, sino judío, y su verdadero nombre era Samuel Abravanel. Se había convertido falsamente al cristianismo y trabajaba en realidad al servicio del Gran Consejo, de hecho, era uno de sus principales informadores. La influencia de los judíos había conseguido que lo nombraran, hace más de diez años, *almojarife* o tesorero del rey cristiano Juan I, en sustitución del traidor Yusaph, que fue muerto a manos de su propio pueblo. Ahora había prosperado todavía más y, desde hacía tres años, era tesorero mayor de todo el reino, un cargo de mucha importancia, y más para un judío converso.

Jucef escuchó la conversación entre su padre Isach y Samuel Abravanel con especial atención. No en vano, era el judío con un mayor rango, dentro de la sociedad cristiana, que había conocido en toda su corta vida. Tenía verdadera curiosidad por saber qué les iba a contar.

—Entonces, la situación para nuestro pueblo no es buena —dijo Isach.

—No solo no es buena, es muy peligrosa. El arcediano Ferrand Martínez habla de saqueo y muerte, y el joven rey, Enrique III, no tiene autoridad moral para detenerlo.

—¡Pero es el rey de Castilla! Tiene la autoridad que le confiere su cargo. No necesita ninguna autoridad moral, ya tiene la legal.

—No te equivoques. En las actuales circunstancias, sí que la necesita. Quizá dentro de unos años...

—¡Pero sigue siendo el rey de Castilla! —insistió Isach—. No lo entiendo.

—Sí, pero un rey de apenas once años, al que el arcediano se ha atrevido a retarle, además diciéndole que no tiene jurisdicción sobre él.

La cara de Isach reflejaba una profunda incomprensión. Jucef, sin embargo, no terminaba de comprender la situación.

Mientras terminaba la frase, Samuel Abravanel se levantó de la mesa y se dirigió a un pequeño arcón que guardaba encima de un mueble alto. Lo abrió y extrajo de él un papel doblado sobre sí mismo. Se lo entregó a Isach.

—Anda, léelo y verás que no estoy bromeando.

Isach desdobló el papel. Lo primero que le llamó la atención fue la rúbrica, Ferrand Martinez, que firmaba en calidad de provisor de Sevilla. La leyó con atención. Su rostro fue transmutándose, a medida que avanzaba en su lectura. Cuando la terminó, parecía sobrecogido.

Se levantó de su silla exhibiendo una gran indignación.

—¡Pero esto no puede ser! El arcediano está ordenando asaltar y quemar las sinagogas en todo el reino de Castilla. Además, se atreve a enviar la misiva, por lo que veo, por los cauces oficiales de la Iglesia católica. ¡Esto es intolerable! En realidad, más que eso.

—¿Entiendes ahora la verdadera gravedad de la situación? La judería de Sevilla está a la merced de un demente sediento de sangre. Cuando considere que ha llegado su momento, arderá por los cuatro costados. Dudo mucho que nadie sea capaz de detenerlo.

—Sí, sí, ahora lo comprendo, pero ¿qué estáis haciendo vosotros? ¿Conoce esta carta el rey?

—Por supuesto que está informado. Además, nos consta que le ha contestado ordenándole que cese en sus acciones y predicamentos. Pero como ya te he contado antes, el arcediano se cree por encima de todos. Dice que solo responde ante la Iglesia y ante Dios, jamás ante el rey. La edad del monarca y su debilidad en la corte no nos ayuda nada.

Isach seguía en pie. Parecía conmocionado. Abravanel se levantó y le cogió de un hombro, invitándole a sentarse de nuevo.

—Así está la situación, Isach. Lamento ser portador de tan malas noticias, pero todos hemos de tomar medidas.

Isach se volvió a sentar en su silla. Estaba consternado. Cualquier otro rey no hubiera tolerado semejante afrenta. Se confirmaba plenamente que era cierta la debilidad del joven Enrique III de Castilla. Eso no era nada bueno para su pueblo, como ya había anticipado el número siete.

—Entonces ¿qué va a pasar? —preguntó muy preocupado Isach.

—De momento, protegernos como podamos. Mi familia y yo mismo abandonaremos Sevilla de inmediato y nos estableceremos en Toledo. Ni siquiera yo, como real tesorero mayor y cristiano converso, estoy seguro entre los muros de la judería. Imagínate el resto de nuestro pueblo.

Isach no reaccionaba. Samuel Abravanel continuó.

—Debes de hablar con Alvar Pérez de Guzmán. Él tiene que enfrentarse casi a diario con el arcediano. Te podrá informar de primera mano y quizá termine de abrirte los ojos. Corremos mucho peligro.

Jucef y su padre Isach se despidieron, con mucho afecto, de Samuel Abravanel. Sabían que, con toda probabilidad, jamás se volverían a ver.

«Esto no pinta nada bien», pensó un reflexivo Isach. No quería preocupar más de lo necesario a su hijo, así que prefirió no seguir con la conversación.

Permaneció callado todo el trayecto en el interior de la judería. En cuanto salieron de ella, se encaminaron hacia la casa de Alvar. Su padre le contó que Alvar Pérez de Guzmán era un cristiano, un ricohombre castellano de rancio abolengo y alguacil mayor de Sevilla, cargo que ya había desempeñado su padre. Era uno de los principales defensores de su pueblo en Sevilla, junto con don Juan Alonso, conde de Niebla.

Llegaron a su casa y preguntaron por el alguacil. Tuvieron que esperar muy poco, enseguida fueron recibidos.

—Isach, no esperaba verte de nuevo tan pronto. ¿Qué haces en Sevilla? —dijo a modo de bienvenida Alvar, sin disimular su sorpresa.

Se fundieron en un abrazo.

—Hola, Alvar, ¿cómo estás? Sabes que estamos muy preocupados por la situación de nuestro pueblo. Pensamos que la chispa puede saltar aquí y por eso he vuelto a Sevilla.

—No os falta razón. Supongo que ya conoceréis que la debilidad de nuestro joven monarca es aprovechada por el arcediano. Cada vez me es más difícil controlarlo, ni siquiera con los guardias armados. Hay incidentes todas las semanas, y cada vez son más violentos.

—Estamos muy preocupados por lo que estamos viendo y escuchando.

—Y tenéis motivos. Para empezar, no deberíais estar en Sevilla ahora mismo. Tenéis que volver a Valencia de inmediato. Llevamos unos días de pequeños actos de asalto y saqueo, que no parecen tener fin. No me gusta nada el cariz que están tomando los acontecimientos en la ciudad.

—¿Las cosas han empeorado desde mi última visita?

—¡Y tanto! No hay manera de callar la boca al arcediano. Cada vez sus predicamentos se vuelven más violentos. Sé que ha recibido alguna carta, incluso del mismísimo rey, ordenándole cesar en sus proclamas, pero no hace ni caso. Está completamente fuera de sus casillas. Controla los resortes de la Iglesia católica en Sevilla y la gente de la calle le escucha y sigue sus consignas, muchas veces al pie de la letra, y te aseguro que algunas de ellas son auténticas barbaridades. Me temo que llegará el día en que ni el mismísimo conde de Niebla pueda detenerlo.

Mientras estaban hablando, percibieron un fuerte alboroto y gritos en la calle. Parecía algún tipo de algarabía popular de grandes proporciones. El alguacil mayor puso una cara de evidente preocupación cuando escuchó el tumulto, mientras una persona entraba en la estancia dónde estaban reunidos. Le dijo algo al oído de Alvar, que ni Isach ni Jucef alcanzaron a escuchar. De repente, a Alvar le cambió la expresión de su rostro.

Se giró muy serio hacia ellos.

—Quedaos en mi casa, ni se os ocurra salir. Aquí estaréis seguros —dijo con voz grave, mientras abandonaba la habitación a toda prisa.

Isach y Jucef se asomaron a una ventana. Vieron una turba de gente gritando y portando cruces, en actitud claramente violenta. Fácilmente, habría más de cien personas. Asustaban de verdad.

Jucef se dispuso a sentarse en una silla y hacer caso de las instrucciones recibidas. Sin embargo, su padre se giró hacia él, con la cara desencajada.

—¿Qué haces? Vamos, debemos de irnos cuanto antes —dijo Isach, mientras agarraba del brazo a su hijo.

—Pero el alguacil mayor nos ha dicho que nos quedemos aquí. ¿No has visto el altercado que parece haber en las calles?

—¿No te das cuenta? ¡Se dirigen directamente hacia la judería!

Ahora, Jucef comprendió a su padre.

30 EN LA ACTUALIDAD, JUEVES 17 DE MAYO POR LA TARDE

Rebeca y Carlota llegaron a la Jefatura Superior de Policía, sita en la Gran Vía. Aparcaron las bicicletas en una calle lateral poco concurrida y se encaminaron hacia la puerta.

—Buenas tardes. La comisaria Rivera nos está esperando —dijo Rebeca al policía que custodiaba la puerta.

El agente llamó por un teléfono que tenía detrás de la mesa. Después de una breve conversación, se dirigió a ellas.

—Por favor, vengan conmigo. Solo esperaban a una persona, pero me han pedido que las acompañe hasta el despacho de la inspectora Cabrelles.

Subieron en ascensor. Después de recorrer un oscuro pasillo, llegaron a un despacho, llamaron a la puerta y entraron. Detrás de la mesa estaba sentada la inspectora Sofía Cabrelles, y en una de las sillas de visita, la comisaria Rivera. Rebeca pensó que ese despachito no tenía nada que ver con la gigantesca estancia que utilizaba su tía como despacho, en su comisaría.

—No sabía que vendrías acompañada —dijo Tote, levantándose a saludar a Carlota— ¿Cómo está tu madre?

—Hola, Tote. Va a temporadas, ahora está algo mejor, gracias —respondió Carlota.

Tote se dirigió a la inspectora Cabrelles.

—Sofía, a mi sobrina ya la conoces, y ella es Carlota Penella, una de sus mejores amigas. También está informada del asunto de la condesa.

—Hola a las dos. Ahora traigo una silla más y nos sentamos todas —dijo la inspectora.

Se sentaron las cuatro.

—Supongo que si me habéis hecho venir es porque habréis hablado con Abraham Lunel —dijo Rebeca.

La inspectora no contestó de inmediato. Parecía que estuviera buscando las palabras adecuadas.

Rebeca se dio cuenta.

«Las palabras adecuadas, ¿para qué?», pensó Rebeca, extrañada. «Con un sí o un no contestaba a mi pregunta».

—Hemos estado esta mañana en su casa —dijo, por fin, la inspectora.

Sofía sacó unas fotografías de una carpeta y las extendió sobre la mesa.

—¿Alguna había estado antes en la casa del profesor Lunel? —preguntó.

—Yo estuve en una ocasión, en su chalé de la urbanización La Cruz de Gracia —contestó Rebeca.

—¿Reconoces estas fotografías?

Rebeca se quedó mirándolas.

—Claro, es la entrada de su chalé —respondió, sin comprender adónde quería llegar la inspectora.

Extendió otras fotografías sobre la mesa.

—¿Reconoces estas también?

Rebeca se levantó de la silla de un salto. Era el salón del profesor, pero estaba en completo desorden y había manchas rojas en los sillones, en el mismo lugar dónde habían estado sentados cuando lo visitó. También se apreciaban charcos de un líquido rojo junto a la alfombra, al lado de la chimenea.

Ahora estaba alarmada.

—¿Qué significa todo esto, Sofía? —preguntó asustada.

—Eso es lo que estamos intentando averiguar ahora mismo —dijo la inspectora Cabrelles.

—¿Qué ha pasado con el profesor Lunel? —preguntó, claramente inquieta.

La inspectora Sofía Cabrelles se quedó mirando por un instante a Rebeca y empezó a hablar.

—Después de que tu tía me llamara esta mañana para contarme que Abraham Lunel había reconocido a la condesa, en la fotografía que fue tomada a las nueve de la mañana, nos alarmamos de verdad. Aquello entraba en contradicción con los resultados de la autopsia. Necesitábamos que corroborara la identificación. De inmediato nos desplazamos a su domicilio. Cuando llegamos, nos encontramos con la puerta abierta y la cerradura forzada. Entramos y vimos lo mismo que tú acabas de observar en las fotografías.

—¿Y el profesor? —insistió preocupada Rebeca.

—No había ni rastro de él.

—¿Y qué son todas esas manchas rojas en su salón?

—Sangre, en concreto sangre del profesor Lunel, ya lo hemos comprobado. Según la Policía Científica, probablemente más de dos litros. También encontramos unas huellas de calzado, como si alguien hubiera arrastrado un cuerpo inerte.

Rebeca y Carlota estaban paralizadas.

—Siento comunicaros esta noticia, pero creemos que Abraham Lunel ha sido víctima de un crimen. Por la cantidad de sangre hallada en el escenario, aunque no haya aparecido el cadáver, tenemos que suponer que está muerto. El caso ha sido asignado al Grupo de Homicidios. Lo lamento de verdad, creo que erais amigas del profesor.

Se habían quedado sin habla.

—Sí —acertó a decir Rebeca, con lágrimas en los ojos—. Lo conocía desde hace poco tiempo, pero nos habíamos hecho buenos amigos. No me puedo creer que esté muerto. Apenas ayer estaba hablando con él, en su casa. Siento mi reacción y mis lágrimas, pero comprended que es una noticia impactante para mí.

—Lo lamento de verdad, Rebeca —le respondió la inspectora.

Carlota estaba más entera, aunque también tenía los ojos llorosos.

—Esto sí que no me lo esperaba —acertó a decir—. No parece tener sentido.

31 15 DE MARZO DE 1391

Jucef y su padre Isach salieron de la casa de Alvar Pérez de Guzmán, el alguacil mayor de Sevilla, uniéndose a la turba que iba gritando «muerte a los judíos», en dirección a la entrada de la judería. Blandían a modo de armas, desde palos hasta cruces de madera.

—Ni se te ocurra decir nada hasta que lleguemos a nuestra casa —le advirtió su padre—. Debemos pasar desapercibidos, aprovechando que, al no llevar las divisas, parecemos unos cristianos más.

Marcharon hasta la puerta de la Borceguinería, que era una de las que daba acceso a la judería de Sevilla. Gabriel estaba espantado. Los dos iban camuflados entre la algarabía, esperando no ser reconocidos como judíos, al no llevar el ropaje ni los signos distintivos obligatorios.

Nada más entrar en la judería, vieron como un grupo de personas asaltaba una casa, con palos en la mano, derribando la puerta y golpeando a un niño que simplemente estaba mirando, sin comprender nada de lo que estaba ocurriendo a su alrededor.

Aquello era salvaje y aterrador. No parecían humanos, sino alimañas descontroladas, en busca de sangre.

Isach no pudo evitarlo. Se detuvo de golpe, dejó la multitud y se dirigió hacia la casa. Jucef lo siguió. Tenía verdadero miedo.

El espectáculo que vieron fue sobrecogedor. Había tres personas, con sus ropajes ensangrentados, reventando a golpes a una anciana. Estaba inmóvil, tirada en el suelo, pero aquellos animales no dejaban de golpearla. Jucef estaba tan impresionado por la escena, que no fue capaz de moverse de la puerta de la casa, a pesar de lo que veía. Ahora ya no era miedo, sino impresión por la escena que estaba observando.

Sin embargo, la reacción de su padre fue instantánea. Se enfrentó a ellos. Se abalanzó y alcanzó a golpear a uno, que cayó de bruces sobre la mesa. El segundo se le tiró encima intentando derribarle, sin conseguirlo, pero el tercero le propinó un golpe con el mango de una especie de cucharón de metal. Isach cayó al suelo inconsciente.

Jucef ya se había sobrepuesto a la impresión, al ver la reacción de su padre. Se dispuso a abalanzarse sobre ellos, con todas sus fuerzas, cuando observó que se dirigían hacia la puerta de salida.

—Vámonos, aquí no hay nada que robar —dijo uno de los asaltantes.

Los tres salieron corriendo hacia el interior de la judería, como una jauría de lobos salvajes.

Jucef se dirigió de inmediato hacia dónde estaba su padre. De su cabeza brotaba abundante sangre, pero aún respiraba. Cogió un paño que vio encima de la mesa, y, como pudo, le taponó la enorme brecha.

Una vez atendido su padre, se acercó a la anciana. Estaba muerta, no respiraba. Le cerró los ojos.

Estaba aterrado, no sabía qué hacer. Decidió salir a la calle, para intentar pedir ayuda. Sabía que, quizá, no era una buena idea, ya que lo identificarían como judío, pero la vida de su padre estaba en juego y, ahora, salvarla era lo prioritario.

En ese momento vio pasar al alguacil mayor con unos guardias, entrando en la judería montados en caballos. En poco tiempo dispersaron a los asaltantes, incluso Jucef vio cómo apresaron a algunos de ellos.

Había un grandísimo alboroto en las calles y no pudo hacerse ver. La lucha continuaba y reinaba el caos. Comprendió que nadie le iba a ayudar en ese momento de tanta confusión. La gente bastante tenía con preocuparse por su propia seguridad.

Volvió a entrar en la casa y se dirigió hacia dónde estaba su padre. Seguía inconsciente. Lo que estaba claro que allí no se podían quedar, estaban muy expuestos y, sobre todo, no sabía si el asalto había terminado. Jucef era un chico muy corpulento, así que decidió cargar con su padre e intentar llegar a casa de sus abuelos. Sabía que era una idea descabellada, pero era la única.

Cogió a su padre por las axilas y lo levantó del suelo. Como pudo salió de la casa y empezó a andar por la calle, con su padre a cuestas. Apenas conseguía avanzar. Era un esfuerzo titánico para un joven como él.

De repente, un desconocido se le acercó, cuando vio a Jucef a punto de derrumbarse.

—Es mi padre, está malherido —acertó a decirle.

En realidad, Jucef no sabía si era uno de los asaltantes, pero no tenía tiempo de pensar.

—Espera, te voy a ayudar, entre los dos lo llevaremos —le contestó el desconocido.

Con gran esfuerzo, consiguieron trasladar a su padre a casa de sus abuelos. De inmediato lo tumbaron en una cama. Permanecía inconsciente. Su abuelo salió a buscar a un amigo de la familia, que era maestre médico y vivía en la vivienda contigua.

Al poco tiempo volvió con un anciano.

—Jucef, te presento a Abraham Ibn Zarzal, es un buen amigo.

—Hola, Jucef, tu padre me habló de ti en su anterior viaje. Vamos a ver cómo está —le dijo el médico.

Le quitó la venda de la cabeza.

—Has hecho un buen trabajo taponando la brecha, no parece que haya perdido demasiada sangre. Eso es una buena señal.

Le limpió el gran corte que tenía en la cabeza, le aplicó una especie de ungüento y puso unas tiras de gasas sobre ella.

—Tenéis que cambiarle las gasas todos los días y limpiarle la herida, tal y como acabo de hacer yo, ahora mismo. ¿Os habéis fijado? Si no hay complicaciones, puede que sobreviva, aunque el golpe en la cabeza es muy preocupante.

—¿Cuándo se despertará? —preguntó Jucef angustiado.

—Eso nadie lo sabe, esperemos que pronto —le contestó el médico.

Jucef se quedó sentado al lado de la cama de su padre. No recordaba la última vez que había llorado, pero ahora lo estaba haciendo.

32 EN LA ACTUALIDAD, VIERNES 18 DE MAYO POR LA MAÑANA

Rebeca casi no había dormido. La noticia de la muerte violenta de Abraham Lunel la había tenido en vela toda la noche. El viernes era su día libre en el periódico. Aunque tenía clases en la Facultad, decidió quedarse en casa y no acudir, no tenía ánimos para ello. Estaba conmocionada. No recordaba una sensación parecida desde la muerte de sus padres.

Carlota había insistido en convocar para esta misma tarde una reunión del *Speaker's Club*, para que Rebeca informara a todos acerca de lo que le había contado el profesor Lunel, ahora que había fallecido. Ya no tenía ningún sentido guardar secretos.

«Así tendrás la mente ocupada, además tienen derecho a conocer toda la información», le había dicho Carlota.

Rebeca se lo estaba pensando, tumbada en su cama y mirando al techo de su habitación. Sofía Cabrelles les había contado que iban a reabrir el caso de la condesa, exclusivamente para realizar una segunda autopsia a su cadáver. Así lo iban a solicitar al Juzgado. También le habían asignado el caso del profesor Lunel. De momento lo iba a tratar como un caso aislado, porque no tenían pruebas de que ambos estuvieran relacionados, tan solo existían ciertas coincidencias, pero no eran suficientes.

Rebeca estaba abatida. No le apetecía nada enfrentarse al *Speaker's Club*, pero quizá Carlota tuviera razón. Era viernes, se acercaba el fin de semana y no quería venirse abajo ni deprimirse. Le vendría bien la compañía. Sabía que nada bueno le esperaba, si se quedaba en casa.

Al final, después de darle muchas vueltas al asunto, decidió convocar la reunión del club a las siete de la tarde. Tomó su teléfono y mandó un mensaje al grupo, haciendo hincapié que el tema era importante. Enseguida empezaron las contestaciones al mensaje de Rebeca. Su móvil no paraba de sonar. Se agobió un poco.

Lo dejó encima de la mesita, no le apetecía contestarlos.

«El que quiera conocer el motivo de la convocatoria, que acuda a la reunión de esta tarde», se dijo. «No me voy a molestar en contestar uno por uno ahora mismo».

Se levantó de la cama, se duchó, se vistió y salió a la cocina, como todas las mañanas. Se encontró con Joana desayunando. Se dieron los buenos días.

—Tu tía me contó anoche la supuesta muerte violenta de Abraham Lunel. Me quedé pasmada, no me lo podía creer. Era una persona de paz, un auténtico erudito. No le encuentro ninguna explicación. ¿Qué enemigos podría tener?

—Bueno, era israelí, ya sabes los conflictos que hay... —respondió Rebeca, sin demostrar ninguna convicción.

—Lo importante, ¿cómo estás tú?

—Aún conmocionada. Nadie se esperaba una cosa así. No le encontramos ningún sentido a nada de lo que está ocurriendo, pero no me gusta hacia dónde se dirige este asunto. Aunque la inspectora Cabrelles no vea suficientes motivos de conexión, está claro que tiene que ver con el asunto de la condesa.

—Veo que has convocado una reunión del *Speaker's Club* para esta misma tarde.

—Sí, así es. Tengo muchas cosas que contaros. Ahora que ha fallecido el profesor Lunel, creo que ha llegado el momento adecuado.

Joana se quedó mirando a Rebeca, con cara de no comprenderla.

—El momento adecuado para contarnos, ¿qué exactamente?

—No lo sabéis, pero el profesor Lunel y yo mantuvimos dos reuniones privadas, en las que me trasmitió mucha información que ni os imagináis. Algo casi increíble, pero, al mismo tiempo, coherente.

—¡Ah! ¿sí? —preguntó Joana— ¿Y acerca de qué?

Rebeca notó algo extraño en la actitud de Joana. No era curiosidad. Era temor. Tenía miedo, no cabía ninguna duda. ¿Por qué sería?

—Esta tarde lo sabrás —le contestó Rebeca—. Disculpa, no tengo demasiados ánimos para hablar ahora. Comprende que aún no he asimilado la pérdida de Abraham.

Joana cambió de actitud de inmediato.

—¿Nos vamos juntas a la reunión? —preguntó en un tono más jovial.

—Claro, salimos a las seis y media en bicicleta —contestó Rebeca.

Había durado tan solo un instante, pero sin ninguna duda, el miedo había estado allí, en el rostro de Joana. Lo había visto con total claridad.

33 16 DE MARZO DE 1391

Había llegado el momento.

Isach y Mayionam, los padres de Gabriel, sabían que no lo podían retrasar más. El Gran Consejo había anunciado que tenían que iniciar los preparativos para *Las doce puertas*. Esperaban que nunca tuviera que ejecutarse esa parte del plan, pero debían de estar listos por si llegaba el momento, y ello pasaba por informar a Gabriel de su papel.

Lo habían retrasado todo lo posible, porque sabían que iba a ser muy duro. No sabían cómo se lo iba a tomar su hijo, ni siquiera sabían cómo enfocar el tema de una manera adecuada. Era muchísimos años de información, que debían ser condensados en apenas unos minutos, pero, sobre todo, iba a suponer un cambio radical en sus costumbres, cuando apenas era un joven con toda la vida por delante.

No era nada sencillo.

Ese día, Gabriel había notado a sus padres muy raros durante la comida. Estaban extrañamente callados y con cara de funeral. No sabía qué, pero algo estaba a punto de suceder. Quizá tuviera que ver con las palabras de Samuel, en los baños de la sinagoga. Ahora, el que estaba nervioso era él.

Terminaron de comer y tomó la palabra su madre.

—Escucha, Gabriel, tenemos que hablar contigo. Es importante que nos prestes atención y que no interrumpas la explicación. Después, si lo necesitas, te aclararemos todas las dudas que te hayan surgido.

Gabriel tragó saliva. Parece que se confirmaba que había llegado el momento que había anticipado Samuel. Sus padres, por fin, le iban a explicar qué papel iba a desempeñar en el plan. No por esperado, tenía menos congoja. De hecho, estaba muy asustado.

Mayionam, la madre de Gabriel, se puso en pie y comenzó la narración de los hechos, desde el mismo principio hasta la época actual.

Le explicó la existencia del Gran Consejo, en qué consistía en realidad y la responsabilidad que tenían de preservar el árbol.

Hasta ahí, Gabriel ya lo sabía casi todo. Pero le faltaba por escuchar la última parte, que era, en realidad la más dramática.

Mayionam le explicó *Las doce puertas* y sus consecuencias. Gabriel estaba atónito, no daba crédito a lo que estaba escuchando. Aquello no tenía ningún sentido a sus ojos. Se puso a llorar. Los tres, padre, madre e hijo se fundieron en un emotivo abrazo. Así estuvieron un largo minuto. Ninguno se atrevía a soltarse.

—¿No hay ninguna alternativa? ¿No se pueden hacer las cosas de otra manera? —preguntó Gabriel, completamente destrozado.

—No la hay. Así está escrito. Ten en cuenta que lo más importante es el árbol —dijo su madre.

—No es justo —acertó a decir Gabriel, después de una pequeña pausa—. ¿Por qué tenemos que hacer este sacrificio precisamente nosotros?

—No sé si será justo o no, pero es nuestro deber —dijo Mayionam—. Recuerda una cosa muy importante. Todos los que nos hemos presentado a este plan somos voluntarios y plenamente conscientes del alcance de nuestros actos. No lo haríamos si no fuera absolutamente necesario. ¿Te crees que asumiríamos semejantes sacrificios si hubiéramos pensado que existía alguna otra alternativa? Sabemos que no la hay, Gabriel. Es nuestro destino. Los profetas nos observan y no les fallaremos.

Gabriel jamás se pudo imaginar que las cosas iban a acabar así.

Estaba hundido.

34 EN LA ACTUALIDAD, VIERNES 18 DE MAYO POR LA TARDE

Rebeca y Joana salieron de casa como tenían previsto, a las seis y media. Tomaron las bicicletas y llegaron un poco antes de las siete al *pub* Kilkenny's. Se acercaron a su rincón habitual, y para sorpresa de ambas, ya habían llegado todos. Rebeca miró su reloj, aún faltaban seis minutos para las siete.

—¡Caramba! ¡Sí que he conseguido generar expectación con esta reunión imprevista! —dijo Rebeca, a modo de bienvenida—. Jamás había visto semejante puntualidad.

Todos se saludaron. Sentados en la mesa redonda estaban Carmen, Jaume, Xavier, Fede, Almu, Charly, Bonet y Carlota.

—Empieza cuánto antes, que nos tienes a todos en ascuas. Eso de convocar una reunión extraordinaria y no explicar su motivo no se hace. Llevamos todo el día dándole vueltas a la cabeza —dijo Charly.

Rebeca tomó la palabra.

—Allá voy, no os quiero tener más en vilo. Supongo que todos conocéis que la Policía piensa que Abraham Lunel está muerto.

—Sí, conocemos la noticia —dijo Fede— ¿Qué ha pasado en realidad? Tampoco han dado demasiada información.

—Aparentemente asaltaron su casa. Carlota y yo misma hemos visto las fotografías que tomó la Policía en el escenario del crimen, eran horribles. Estaba todo lleno de sangre —dijo Rebeca, con la voz temblorosa.

—¿Existe alguna posibilidad de que la Policía se equivoque? —preguntó Almu.

—Aunque no ha aparecido el cadáver, la Policía Científica piensa que no es posible que esté vivo, ya que encontraron más de dos litros de sangre del profesor en el salón de su casa. No se puede sobrevivir a una pérdida tan cuantiosa de sangre. Es muy improbable, por no decir directamente imposible.

—¿Para qué nos has convocado, Rebeca? Supongo que no será para contarnos la muerte de Abraham Lunel. Todos conocíamos ya la trágica noticia —preguntó Charly.

—Es cierto, no os he convocado por eso. De hecho, tengo que reconoceros que no me apetecía demasiado esta reunión. Como comprenderéis estoy algo *depre*, le había cogido cierto cariño al profesor Lunel y no tenía demasiadas ganas de relaciones sociales.

—¿Entonces? —continuó preguntando Charly.

—Carlota me ha convencido que era más conveniente, para mí y para todos, que nos juntáramos, además siendo viernes.

—Pues nos tienes a todos intrigados —dijo Fede.

Rebeca inició la explicación y el motivo real de la reunión.

—Lo que os voy a contar es el resultado de dos reuniones privadas que mantuve con Abraham Lunel y que vosotros desconocéis. Él me pidió que, de momento, no os hiciera partícipes de esta información. Supongo que, después de su muerte, ya no importa demasiado su voluntad.

El silencio era absoluto y la expectación también.

Rebeca les contó la primera reunión, justo hace una semana, el viernes pasado. Les informo de los ingentes conocimientos que habían acumulado los judíos a lo largo de los siglos, de la colosal operación para unificarlo y trasladarlo a Valencia, de la cábala y de la creación del Gran Consejo de los Diez para su cuidado y preservación.

Todos estaban asombrados por lo que acababan de escuchar.

—No entiendo que tiene que ver toda esa explicación de los judíos con los dibujos de la condesa —dijo Jaume Andreu—. Habíamos establecido que los dibujos eran de naturaleza cristiana.

—Jaume, los dibujos no son de procedencia cristiana, sino judía. Dejadme que os cuente la segunda reunión y lo comprenderéis mejor.

Rebeca les relató el significado verdadero de los dibujos de la condesa, el plan de *Las doce puertas* y que las puertas en realidad hacían referencia a personas. También les contó la confesión de Abraham Lunel de que pertenecía al Gran Consejo, que la condesa era el número uno, de la importancia de la puerta número once y de la rotura de la cadena de convocatoria de las reuniones del Gran Consejo, ya que el número cuatro estaba desaparecido. También que el profesor Lunel se sorprendió y reconoció a la condesa, en la foto que le envió el director Fornell.

Cuando concluyó el relato, se produjo un gran alboroto en la mesa.

Rebeca, que era muy observadora, se quedó mirando como todos parecían querer hablar a la vez. Todos, menos dos personas, que estaban completamente calladas. Era curioso. En realidad, más que curioso, era significativo. Parecía que ya conocieran la historia que acababan de escuchar, y no eran ni Almu ni Carlota. Se sobrecogió cuando comprendió que solo había una explicación posible para ello. De una ya se lo esperaba, pero de la otra desde luego que no. Aquello no lo había visto venir.

No pudo evitar que volviera, una vez más, a su mente la última frase que le había escuchado en vida a Abraham Lunel, «nada es lo que parece».

35 18 DE MARZO DE 1391

Jucef llevaba tres días al lado de la cama de su padre. No se había despertado todavía. El médico había vuelto a verle y había intentado levantarle la moral diciendo que, a pesar de que seguía inconsciente, lo importante era que continuaba vivo, y eso ya era una buena noticia. No parecía haber ninguna infección porque no tenía fiebres.

«No sé si lo dice de verdad o por animarme», pensó Jucef, que seguía igual de preocupado que el primer día. Era cierto, su padre no había fallecido, pero sus tres días inconsciente le tenían en vilo.

Jucef iba a salir de la habitación, cuando notó que algo le sujetaba el brazo.

—¡Padre! ¡Te has despertado! —dijo emocionado Jucef, cuando advirtió que era él. Su preocupación se trasformó, en un instante, en inmensa alegría.

—¿Qué ha pasado? —pregunto Isach, arrastrando las palabras.

—Estábamos en casa del alguacil mayor y vimos como asaltaban la judería.

—Eso lo recuerdo, también me acuerdo que entramos en una casa y había tres personas apalizando a una anciana. A partir de ahí ya tengo la mente completamente en blanco.

—Te dieron un golpe en la cabeza y caíste al suelo. Conseguí sacarte de aquella casa y un desconocido me ayudó para poder traerte hasta aquí.

Isach, a pesar de su aturdimiento, miraba a su hijo con orgullo.

—Me has salvado la vida.

Jucef estaba llorando. Todos sus nervios acumulados estos últimos días le estaban aflorando ahora mismo.

Isach se puso todo lo serio que su estado de salud le permitía.

—Escucha hijo, tengo que contarte algo muy importante.

Jucef se quedó mirando a su padre, que continuó hablando.

—No puedo esperar más. Casi muero, todavía no sé si lo haré y no te he contado nada.

Jucef intentó tranquilizar a su padre.

—Te acabas de despertar después de pasar varios días inconsciente. Estás muy débil. Yo no me voy a mover de tu lado, ya me lo contarás mañana. Supongo que tu recuperación no será rápida. No tenemos ninguna prisa, tendremos tiempo de sobra.

—Te equivocas, hay mucha prisa. Además, precisamente por eso necesito hablar contigo, no quiero que te quedes a mi lado.

—¿Qué dices? No te entiendo. ¿No has recuperado la cordura?

—Estoy muy dolorido, pero perfectamente lúcido, no te preocupes por eso. Escucha lo que te voy a contar.

Isach le narró todo lo referente al Gran Consejo y al árbol que estaban custodiando. Jucef ya sabía gran parte de esa historia, pero se hizo el sorprendido para que su padre no notara nada.

—Jucef, yo me voy a quedar en Sevilla. Sin embargo, necesito que tú partas hacia Valencia de inmediato.

«De eso nada», pensó Jucef.

—No te dejaré solo, padre. Esperaré a que te recuperes y podamos volver juntos —contestó con determinación.

—No lo entiendes, hijo mío.

—El que no lo entiendes eres tú, padre. Me quedaré a tu lado hasta que estés en condiciones adecuadas de regresar a casa.

El padre de Jucef cogió las manos de su hijo y le miró a los ojos.

—Escucha, hay una cosa que no te había contado. Yo ya sabía que no volvería a Valencia. Este golpe en la cabeza ha sido un accidente, pero, aunque no me hubiera ocurrido, también me hubiera quedado aquí. Debo permanecer en Sevilla hasta el final. Ya estaba acordado de antemano.

—¿Ya lo sabías? —preguntó incrédulo Jucef.

—Antes de irme hablé con tu madre, ella lo sabe. También lo hice con Jacob Abbu, el número uno del Gran Consejo. Esperan a que vuelvas para ocupar mi lugar. Serás el nuevo número nueve, de hecho, ya lo eres después de que te haya iniciado en sus conocimientos.

Jucef frunció el ceño.

—Claro, por eso madre estaba tan extraña con nosotros y se despidió como si no nos fuera a volver a ver —ahora cayó en la cuenta. Sus sospechas eran ciertas.

—Ella lo sabía, pero no te lo podía decir.

Jucef estaba desconcertado con lo que estaba escuchando, a pesar de que ya estaba advertido. Samuel le había dicho, aquel día en los baños subterráneos de la Sinagoga Mayor, que su padre le había nombrado su sucesor en el Gran Consejo y que lo sustituiría antes de lo que se imaginaba. Su amigo Samuel lo había clavado, no se esperaba que la sucesión ocurriera de esta manera, tan precipitada.

—Debes irte lo antes posible, e informar al Gran Consejo de lo que está sucediendo en Sevilla. Hay que acelerar los preparativos de *Las doce puertas*. Es importante que les digas que yo daré el aviso definitivo, en caso de que llegue a producirse.

—En caso de que llegue a producirse, ¿qué exactamente? —preguntó extrañado Jucef, que no terminaba de comprender a su padre.

Isach se quedó mirando a su hijo con un profundo cariño.

—Has visto lo que está ocurriendo en la judería de Sevilla. Has sido testigo en primera persona de todo lo que ha pasado estos últimos días ¿Qué crees que será lo próximo? ¿Hace falta que te lo explique?

Jucef se quedó callado. Comprendió a qué se refería su padre.

36 EN LA ACTUALIDAD, VIERNES 18 DE MAYO POR LA TARDE

Rebeca intentó poner orden en la reunión del *Speaker's Club*. Aquello parecía un gallinero.

—Por favor, intentad no hablar todos a la vez —gritó.

Todos se callaron y se quedaron mirándola.

—Así no hay manera de entender qué estáis diciendo —se quejó Rebeca.

—Comprende que lo que nos acabas de contar es una bomba y que estemos muy sorprendidos —dijo Fede.

Sí, soy consciente de que os he soltado un buen rollo en muy poco tiempo, pero me gustaría escuchar lo que pensáis y si habláis todos a la vez no os entiendo y, en consecuencia, no os puedo contestar uno a uno.

—¿Crees que han matado al profesor Lunel por todo lo que te había dicho? —preguntó Carmen.

—Espero que no. Ya me había contado todos sus secretos, ¿de qué servía matarlo? —intentó razonar Rebeca, aunque le quedaba una pequeña preocupación.

—¿Existirá en la actualidad ese tesoro cultural judío? Desde luego podría ser un buen móvil para un asesinato —dijo Fede.

—Hace cinco siglos que no se tiene ninguna constancia de él. De haber existido, supongo que se habrá perdido para siempre —dijo Rebeca.

—¿Podríamos ver los dibujos otra vez? Después de todo lo que sabemos ahora, igual los miramos de una forma diferente —preguntó Jaume.

—Claro —dijo Rebeca—. Ayudadme a limpiar la mesa de cervezas y los extiendo.

Adecentaron un poco la mesa. Rebeca sacó el portafolios de su bandolera y extendió los dibujos. Esta vez no se le cayó el sobre, como en la última reunión.

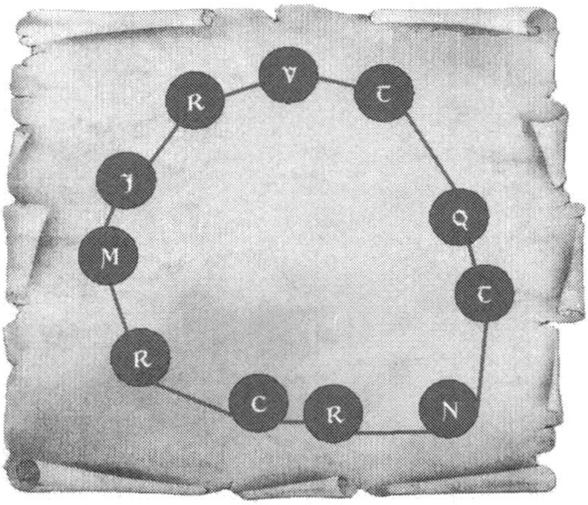

—Resulta sorprendente lo fácil que es ahora comprenderlo todo, cuando conoces las respuestas —dijo Jaume, mientras miraba el árbol *sefirótico* del revés. —No se me había ocurrido darle la vuelta.

—Son diez miembros del Gran Consejo, once números que representan las once *sefirot* en el árbol, y doce puertas. Diez, once y doce, entre esos tres números estaba la clave. No era fácil encontrar una relación entre ellos ni entre los dibujos —dijo Carmen a modo de disculpa.

—Y trece las letras que había marcadas en el sobre que contenían los dibujos, ¿os acordáis de ellas? Diez, once, doce y trece —dijo Bonet, mientras mostraba la copia que había hecho de ellas—. Es curioso

U	D				
	S		D	A	
R		J	M		N
B			N	M	
					J

—Ya quedamos que esas letras no podían tener nada que ver con los dibujos, entre ellos hay más de seiscientos años de diferencia —dijo Jaume.

—Sí, ya me quedó claro el martes pasado, era por continuar la secuencia numérica —dijo Bonet, con su mente matemática. No lo podía evitar.

De repente, Carlota pareció despertar de su letargo.

—Puestos a hablar de casualidades, ¿os habéis contado? Hoy somos exactamente diez personas, como un Gran Consejo. ¡Cuántas casualidades! ¡Y qué importante parece ser el número diez! —dijo divertida, recalcando de una manera exagerada la última parte, el número diez.

Bonet se quedó pensando en lo que acababa de decir Carlota. Algo le rondaba por la cabeza, pero no sabía qué era exactamente.

Rebeca miró a su amiga. Tenía ese brillo en los ojos característico que revela que su mente estaba a pleno rendimiento.

«¿Qué estará tramando?», pensó intrigada.

De repente, la muchacha de los ojos brillantes tomó la palabra. Como era frecuente en ella, cambió de tema, sin venir demasiado a cuento.

—Es viernes, ¿nos vamos de fiesta? —dijo— Creo que nos podría venir bien a todos.

—¡Carlota! ¡Por favor! Acaba de morir nuestro amigo, el profesor Lunel —le reprochó Rebeca, con gesto serio.

—Precisamente por eso, creo que necesitamos un cambio de aires —le contestó sonriendo.

A pesar de que los ánimos en el club no eran ni mucho menos los mejores, sorprendentemente la propuesta encontró inmediato eco. Todos se levantaron de la mesa, con ganas de despejarse.

Carlota cogió de la mano a Rebeca y la apartó del grupo.

—¡Ni se te ocurra decir que no, que te conozco! Después de los últimos acontecimientos, creo que nos vendrá bien a todos. Además, tengo ganas de desahogarme, hoy pienso pasar por encima del almirante.

—¿Qué almirante? —preguntó extrañada Rebeca.

—¿Quién va a ser? ¡Pues Charly! ¿No lo has visto vestido de trabajo? ¡Está para arrancarle esos galones a bocados, uno a uno!

A pesar de sus ánimos, Rebeca no pudo evitar reírse.

—¡Por favor, Carlota! ¿Te estás escuchando? ¡Ten un poco de amor propio! Pareces una colegiala en celo y ya tienes veintiún años, exactamente los mismos que yo.

—No te lo tomes a broma. Hoy lo voy a poner mirando al portal de Cuenca, si es que existe esa puerta en la muralla medieval —dijo Carlota—. Y si no existe, ya la abro yo esta noche.

—¡No serás capaz! —le contestó Rebeca, aún incrédula.

—Dame una hora.

Rebeca siguió riéndose, pero no lo dudó ni por un momento. Carlota tenía una habilidad natural para ligar. Aunque se parecían bastante, no era tan guapa como ella, pero, cuando salían de fiesta, siempre tenía la habilidad de *pescar* a los mejores.

—Y tú, princesa, haz lo mismo con Fede, ya estás tardando —dijo, mientras le guiñaba el ojo.

—¿Con Fede? —respondió Rebeca, con el tono de voz más inocente que pudo fingir.

—¿Te crees que me chupo el dedo? Se te nota a la legua, y seguro que a él también le gustas.

Rebeca se puso colorada como un tomate maduro.

—¿Estás segura?

—¿Pero tú te has mirado al espejo, chiquilla? ¿A quién no le vas a gustar? Como no sea verde y venga de Marte... y aun así no estoy segura.

—Anda, no seas exagerada.

—Ahora no te hagas la mojigata. Necesitas poner un «Fede» en tu vida, te sentaría bien. Para empezar, esta noche dale un buen repaso, que vea en acción a *Wild Rebeca* disfrazada de una inocente Taylor Swift.

Rebeca no podía parar de reírse de las ocurrencias de su amiga.

—¡Uff! de pensarlo me estoy poniendo hasta yo —dijo Carlota, fingiendo acalorarse, mientras se daba aire a la cara con las manos.

—¡Idiota! —dijo Rebeca, entre carcajadas, casi llorando.

37 18 DE MARZO DE 1391

Isach tenía previsto el viaje de retorno a Valencia de Jucef desde el mismo día que llegó a Sevilla, aunque su hijo se acabara de enterar. Su sobrino Salomó era mercader y conocía perfectamente los caminos, incluso había estado en alguna ocasión en Valencia. Lo tenía todo organizado, de hecho, tenían que haber partido los dos ayer mismo, según el plan inicialmente previsto. Lo que no había podido prever era su encontronazo con aquellos salvajes, que le habían dejado inconsciente unos días. Tenía que recuperar el tiempo perdido. Cada día era importante.

Habló con su sobrino de nuevo, para asegurarse que recordara la ruta, las etapas y en qué posadas debían detenerse. Después de confirmarlo todo, llamó a Jucef a su cuarto.

—Hijo mío, mañana, con la primera luz, partiréis hacia Valencia. Tu primo Salomó conoce el camino y las etapas. Hazle caso en todo, aunque es joven, es un mercader acostumbrado a viajar. Tiene experiencia.

Jucef no quería dejar a su padre detrás.

—¿Por qué no te vienes? Lo que tenga que ocurrir aquí pasará igual, estés tú o no.

—Escucha Jucef, como ya sabes, todo estaba decidido antes de mi partida. Por mí no te preocupes, estaré bien aquí —mintió lo mejor que pudo Isach—. Cuando regreses, preséntate ante Jacob Abbu y cuéntale todo lo que has escuchado y has visto. Él te dirá lo que tienes que hacer.

—Padre, no quiero irme sin ti —insistió.

—Escucha Jucef, a partir de ahora ya eres un adulto y debes comportarte como tal. Asume tu responsabilidad. Sobre todo, cuida de tu madre, te necesitará más que nunca —continuó diciendo Isach *lo Carnicer* lo más serio que pudo.

Padre e hijo se fundieron en un abrazo. Jucef no pudo evitar llorar por tercera vez en pocos días.

—¿Te volveré a ver? —preguntó Jucef.

—De eso no te quepa ninguna duda, hijo —mintió Isach.

Jucef no lo creyó, aunque no dijo nada.

38 EN LA ACTUALIDAD, SÁBADO 19 DE MAYO POR LA MAÑANA

La noche del viernes había sido larga e intensa. Todos los miembros del *Speaker's Club* acabaron en una discoteca en la Ciudad de las Ciencias. Se lo pasaron muy bien y hablaron entre ellos de forma muy distendida.

El momento cumbre fue cuando Xavier, en su papel de D.J. Manzano, con su pelo a lo afro y desde la cabina, les dedicó un tema. Carlota inmortalizó el instante con una fotografía y la subió a su popular cuenta de *Instagram*. En apenas un momento ya la había visto media ciudad. Todos se pusieron a saltar como locos en medio de la pista, mientras el resto de la gente los miraba con cara de no entender lo que hacían. Lo curioso es que cuando les preguntaron quiénes eran, les contestaron que eran miembros del *Speaker's Club*. La mayoría pensó que eran unos ingleses folloneros más llegados desde Benidorm. Rebeca tuvo que reconocer que fue gracioso, ya que hablaba muchos idiomas a la perfección, entre ellos el inglés.

Carlota cumplió su palabra, al menos Charly y ella desaparecieron misteriosamente poco después de hacerse la foto colectiva, sin despedirse siquiera. Se ve que tenían cierta prisa. «Dame una hora», le había dicho su amiga, y desde luego lo había cumplido. «La petarda es un torbellino para todo», pensó Rebeca con una sonrisa, recordando el apodo que le habían puesto hace dos años, «la San Miguel». Allá donde iba triunfaba, como decía el antiguo anuncio de la cerveza.

Rebeca estuvo hablando un buen rato con Jaume Andreu. Le contó que lo acababa de dejar con su novio. Rebeca ya sabía que era gay, pero después de dos copas le confesó que no, que en realidad le gustaban tanto los hombres como las mujeres. «Harry Potter es bisexual», pensó divertida. Por un momento le pasaron por la mente imágenes con Hermione Granger y Ron Weasley, amigos de Harry, completamente irreproducibles, aunque no pudo evitar sonreír. Al poco tiempo, Jaume lo confirmó marchándose con Carmen. Hasta Almu, la monárquica tradicional, se despistó con Xavier, el republicano antisistema.

«Desde luego nadie puede negar que estamos viviendo una crisis de valores en nuestra sociedad», se dijo algo guasona. «Qué se diviertan, y si de paso arreglan este país, mejor, que falta le hace».

En ese momento, Rebeca se quedó sola. «¿Y yo qué, me voy a quedar a dos velas?», pensó, así que decidió darse una alegría. Es verdad que la necesitaba y Fede pagó los platos rotos.

«Tampoco me pareció que sufriera demasiado», pensó, con una sonrisa picarona en su rostro.

Pero ahora ya era sábado, la fiesta había terminado y tenía algo de resaca. Aprovechó para levantarse un poco más tarde de lo habitual. Se puso la ropa deportiva y salió a la cocina. No había nadie, ni rastro de su tía ni de Joana. Se bebió un buen vaso de leche y se fue hacia el cauce del río, con los cascos puestos.

«Hoy voy a ponerme música algo más original y que me llegue al corazón», pensó Rebeca. Abrió *Spotify* en su móvil, y seleccionó su lista de reproducción de música folk. Sonó la primera canción *Galway Girl*, pero no la que había compuesto Ed Sheeran en 2017, sino la interpretada por Mundy y Sharon Shannon, grabada en directo en 2008 en el tristemente desaparecido festival de música irlandesa Oxegen.

«¡Los pelos de punta!» Le encantaba la música folk de aquel país. Junto con la cerveza y la simpatía natural de su gente, sin duda era lo mejor de Irlanda, pensaba Rebeca. «Bueno, y el *hurling*», se dijo, recordando aquel peculiar y popular deporte tradicional.

Corrió sus quince kilómetros habituales y miró su tiempo. No estaba mal, un poco más de una hora, aunque aún podía hacerlo mejor.

Volvió a su casa. Seguía como la había dejado, en completo silencio. Entró en la cocina y se encontró una nota en la puerta de la nevera escrita por su tía «comemos en la Marina Real».

«Estupendo, pues yo comeré aquí sola», pensó.

Sonó el móvil, por el tono era un mensaje. Se acercó a la mesa y miró la pantalla. Vio que era de Carlota. Lo abrió con curiosidad, por ver si le contaba algo de lo de anoche y de su desaparición con Charly. Lo leyó.

«La clave está en el diez».

Y ya está. No había escrito nada más. Si pretendía que lo comprendiera, estaba equivocada, y más un día como hoy, que no tenía las neuronas alineadas.

«¿Le pegaría diez revolcones a Charly ayer? ¡Pobre! Aunque no exista, ¿habrá sufrido el "Huracán Carlota" de categoría diez?», se preguntó divertida. Le vino la imagen a la cabeza y no pudo evitar empezar a reírse como una loca, ella sola en la cocina.

Carlota poseía una mente prodigiosa, pero en ocasiones tenía un punto de extravagancia difícil de comprender. A su mensaje de "La clave está en el diez", estuvo a punto de contestarle con el título de un libro de Ken Follett, *La clave está en Rebeca*, pero se contuvo. No sabía cómo podía terminar esa conversación, así que mejor no iniciarla siquiera. Quería respuestas, no preguntas incómodas, que seguro que llegarían.

Se tumbó en el sillón. Después de la fiesta de ayer, y sin que sirva de precedente, le apetecía una pequeña siesta.

39 29 DE MARZO DE 1391

Jucef llegó a Valencia, después de diez días en mula. Esta vez, a diferencia del viaje de ida, se le hizo pesado y no lo disfrutó en absoluto. No podía quitarse de la cabeza a su padre, que se había quedado en Sevilla, además herido en la cabeza. Tenía la sensación de que lo había abandonado, y ese amargo regusto no le dejaba conciliar el sueño.

Cuando por fin llegó a su casa, su madre lo recibió con un gran abrazo. Tal y como le había dicho su padre, ya sabía que regresaría solo. Ambos lloraron.

Estaba agotado del viaje, pero debía hablar cuanto antes con Jacob Abbu, el número uno del Gran Consejo. Su padre había insistido mucho en que debía contarle todo lo acontecido en Sevilla cuanto antes.

Salió de la carnicería y se dirigió hacia el taller de orfebrería de Jacob, que ocupaba la planta baja de su casa. Estaba muy cerca de donde vivían Samuel y Gabriel. Pensó por un momento en ellos, hacía casi dos meses que no los veía. ¿Cómo estarían sus amigos?

Entró en la joyería y enseguida distinguió a Jacob Abbu, detrás de un obrador. Aunque era bastante mayor, aún parecía estar trabajando.

Se presentó.

—Buenos días, soy Jucef Figues, hijo de *lo Carnicer* —dijo en voz alta.

Jacob miró a la persona que acababa de entrar.

—Hola, Jucef, adelante, pasa —dijo Jacob, mientras se levantaba de la silla.

—Acabo de llegar de Sevilla.

—Sí, ya me lo habían comentado. ¿Cómo está tu padre?

—Algo mejor, pero le dieron un buen golpe en la cabeza —contestó Jucef, mientras le contaba al anciano joyero todo lo que les había acontecido en Sevilla y había sido testigo.

Jacob, mientras escuchaba el relato, ponía cara de evidente preocupación. Estaba claro que las cosas estaban empeorando.

—¿Tu padre te ha iniciado?

—Si se refiere a explicarme el Gran Consejo, su funcionamiento y el árbol que hay que preservar, sí, me lo contó. También me dijo que yo sería el próximo número nueve y que usted ya lo sabía.

—Así es. Tu padre ha hecho un gran sacrificio por todos nosotros. Hablamos antes de vuestra partida a Sevilla y trazamos el plan.

—¿Qué debo hacer ahora? Mi padre me dijo que usted me lo diría.

—En breve se convocará una reunión del Gran Consejo, entonces deberás explicar a todos los miembros lo mismo que me has contado a mí. Mientras tanto, vuelve a la escuela y, sobre todo, ayuda a tu madre en la carnicería. Ahora se va a encontrar muy sola y te necesitará más que nunca. El sacrificio que ha hecho tu padre por todos nosotros, jamás será olvidado por todo nuestro pueblo, pero tu madre, aunque lo sabía y lo aprobaba, va a sufrir con una especial intensidad.

Jucef adoraba a su padre. Estaba destrozado. Ahora tendría que asumir unas responsabilidades para las que no sabía si estaba preparado.

40 EN LA ACTUALIDAD, LUNES 21 DE MAYO POR LA MAÑANA

Rebeca había pasado un fin de semana tranquila. El domingo lo había dedicado a «echar codos». Continuaba muy retrasada con sus estudios. Si no se ponía las pilas de verdad, este trimestre en la Facultad iba a ser un auténtico desastre, y era el último del curso y del grado.

El lunes se despertó descansada. Se duchó, se vistió y salió a la cocina en dirección a su vaso de leche habitual, el ritual de todas las mañanas.

Saludó a su tía y a Joana, que estaban dando buena cuenta de unas tostadas con mermelada.

—Este fin de semana apenas te hemos visto el pelo —dijo Joana.

—Si no me pongo a estudiar en serio, me reñirás cuando veas mis notas finales —dijo Rebeca dirigiéndose a Joana, que, aunque este curso no le daba ninguna asignatura, la vigilaba en sus estudios con especial atención.

—De eso no te quepa ninguna duda —le contesto—. Es tu último año, no lo estropees.

Salió de casa en dirección a la Facultad, tenía dos horas de clase. En cuanto terminó se dirigió a la redacción de *La Crónica.*

La mañana estaba trascurriendo como cualquier otra, hasta que vio aproximarse hacia su mesa, en clara trayectoria de colisión contra ella, a Alba, la secretaria del director.

«¡Por favor! ¡Si el señor Fornell ya se había olvidado de mí!», pensó. «Otra vez no».

—Rebeca, tienes una visita, está en la sala de espera —dijo con esa voz impersonal que la caracterizaba.

«¿Una visita? ¡Si jamás me viene a ver nadie al periódico!», se dijo, muy intrigada.

Se levantó de su mesa y se dirigió, con verdadera curiosidad hacia la sala de espera.

Abrió la puerta y se encontró con una visita insospechada.

—¡Bonet! Eres una de las últimas personas que esperaba ver por aquí —dijo Rebeca, muy sorprendida.

—¿Por qué? —preguntó divertido Bonet.

—Porque, en los tres últimos años, jamás te he visto fuera del *Speaker's Club*.

—Es verdad. Sé que quedáis para ir al cine y la bolera, incluso de vez en cuando salís de fiesta, como el viernes pasado, pero a mí no me gustan esas cosas, ya lo sabes.

—Eres una pequeña rata de laboratorio informático —dijo Rebeca, con una sonrisa.

—Gracias por llamarme rata —dijo riendo Bonet.

—¡Pero con mucho cariño! —le contestó Rebeca, riéndose también—. Que tu manera de ser tiene mucho encanto. Ya sabes que a todos nos caes muy bien.

Bonet centró el tema.

—Anda, no me adules y vayamos al grano, que estás trabajando y no te quiero molestar más de lo necesario, y el tema tiene su importancia.

—No te preocupes, para una vez que me visita alguien en *La Crónica* tampoco me voy a dar excesiva prisa —le respondió con una sonrisa, mientras pensaba a toda velocidad cuál podía ser el motivo «de importancia» de su visita. Pronto lo descubrió.

—¿Te acuerdas de aquella sopa de letras sin aparente sentido, que apareció marcada en el sobre donde guardas los dibujos de la condesa?

—Sí, claro que me acuerdo. ¡Cómo me voy a olvidar!

—Pues contiene un mensaje oculto.

Rebeca se sorprendió de forma evidente. Había quedado claro, en la última reunión, que el sobre no tenía conexión con su contenido.

—¿Estás seguro? Porque no parecía tener ninguno.

—La luz me vino cuando Carlota, en la reunión del viernes, insistió en que éramos diez personas y en la importancia de ese número. Pensando en ello, después lo comprendí todo —dijo, como si Rebeca tuviera que entenderlo también.

—Sí, éramos diez, igual que en una reunión del Gran Consejo. Tuvo su gracia la insistencia de Carlota, pero ¿qué tiene que ver eso con esa sopa de letras sin sentido?

—Lo tiene que ver todo.

—Pues como no te expliques mejor... —empezó a decir Rebeca.

—¿Sabes lo que es el cifrado César? —le interrumpió Bonet—. ¿Has oído hablar de él?

—Ni idea, no soy matemática ni informática —contestó Rebeca, levantando los hombros, como haciendo el gesto de ignorancia.

—Era una de las técnicas de cifrado más utilizadas en la antigüedad, Fue inventado hace muchos siglos por los romanos, en realidad por el mismísimo emperador Julio César, para comunicarse con sus generales, de ahí le viene su nombre —empezó a explicar Bonet.

—¿No me digas que los romanos tienen algo que ver con el mensaje de la condesa? —preguntó incrédula Rebeca.

—¡No, por Dios! No creo, se ha utilizado mucho, incluso en tiempos recientes, aunque últimamente está en desuso por su simplicidad.

—¡Ah! Ya me veía buscando información sobre Cleopatra —dijo en tono burlón Rebeca.

—El cifrado César consiste en sustituir una letra por otra, que se encuentra un número fijo de posiciones más adelante en el alfabeto. Por ejemplo, si utilizo el cifrado César con la clave 3 y quiero escribir una A, en el mensaje cifrado escribiré una D, que se encuentra 3 posiciones más adelante en el alfabeto que la A. Para descifrarlo haré exactamente lo contrario, si leo en el mensaje una D, me dirigiré tres posiciones hacia atrás en el alfabeto real, es decir, a la letra A. ¿Lo entiendes?

—Sí, está muy claro.

Bonet cogió una libreta y comenzó a escribir.

—Pues si ordenamos la sopa de letras que aparecía en el sobre en una sola línea, nos encontramos con el siguiente mensaje, aparentemente sin sentido:

U D S D A R J M N B N M J

Rebeca se quedó mirando las letras. Bonet siguió explicándose.

—Como te decía, si aplicamos la clave diez, eso significa que debemos desplazar hacia atrás en el alfabeto las letras del mensaje cifrado para poder obtener el mensaje auténtico. Para que lo entiendas mejor, he escrito estas dos líneas, la primera fila se corresponde con las letras del alfabeto real, y la segunda con las letras codificadas, desplazadas esas diez posiciones.

A B C D E F G H I J K L M N O P Q R S T U V X Y Z

J K L M N O P Q R S T U V W X Y Z A B C D E F G H

Rebeca siguió observando fijamente lo que su compañero Bonet estaba haciendo, que continuó con su demostración.

—Si ahora aplicamos todo lo anterior y empezamos a sustituir las letras del mensaje codificado, la cosa va cobrando sentido. Por ejemplo, la letra U de la segunda fila, en realidad es la letra L de la primera, la letra D es la U, y así sucesivamente, hasta obtener el siguiente mensaje ya completamente descodificado:

L U J U R I A D E S E D A

Rebeca estaba con los ojos completamente abiertos.

—¿Y qué diablos significa? —preguntó.

—Eso ya no lo sé, yo lo único que he hecho es descifrar el mensaje. La clave estaba en el diez.

Rebeca se levantó de la silla de golpe.

«¡La clave está en el diez!», pensó Rebeca. «¡Ese era el mensaje que me envió Carlota el sábado! ¿Será posible que la petarda esa hubiera descubierto el mensaje oculto antes que Bonet?», pensó, entre asombrada y divertida. Se la imaginó descifrando el mensaje mientras azotaba a Charly en el culo.

«Voy a borrar inmediatamente esa imagen de mi mente», pensó Rebeca, partiéndose de risa.

—¿De qué te ríes? —preguntó extrañado Bonet —. ¿He dicho algo gracioso?

—No, no es por ti, perdona —Rebeca se disculpó lo mejor que pudo—. No sé qué significa lo que has descubierto, pero es un paso hacia adelante.

Se despidió de su amigo y le dio las gracias por la valiosa información, aunque no sabía para qué. Aún tenía una sonrisa en la boca.

41 30 DE MARZO DE 1391

Jacob Abbu, el número uno del Gran Consejo, estaba espantado por lo que había escuchado en boca de Jucef acerca de la situación en Sevilla. Parecía que se acercaban al punto de no retorno. Cada vez estaban más cerca de *Las doce puertas*.

Había llegado el momento de Samuel, ya no lo podía demorar más. Decidió hablar con su abuelo, Isaac y comunicarle su decisión en persona, en lugar de esperar al próximo Gran Consejo. No le gustaba que le vieran en compañía de Isaac, pero la importancia del tema lo requería y se quedaban sin tiempo.

Se fue hacia su casa. Llegó en apenas un minuto ya que vivían muy cerca. Llamó a la puerta y la abrió el propio Isaac. Después de saludarse, se sentaron en su despacho.

—El hijo de *lo Carnicer* ya ha vuelto de Sevilla —empezó diciendo Jacob.

—¡Ah! ¿sí? ¿Nos debemos de preocupar? ¿Cómo está la situación por allí?

—Muy mal. Hace unos quince días asaltaron la judería, murieron varias personas, incluso el propio Isach *lo Carnicer* resultó herido. En tres días celebraremos una reunión del Gran Consejo para que su hijo Jucef os explique todos los hechos dramáticos que vivió en Sevilla, el mensaje de su padre y sus sensaciones. Será una reunión muy importante.

—Entonces, no has venido a contarme eso, si me voy a enterar en un Gran Consejo —intuyó Isaac.

—No.

Isaac se imaginó, en realidad, a qué había acudido a su casa Jacob. Tan solo quedaba una opción posible.

—¿Ha llegado el momento?

—Sí, ya no podemos esperar más. La situación es límite.

—Va a ser muy duro.

—Lo sé, Isaac, pero los tiempos nos obligan a tomar decisiones que no queremos. Aunque llevemos preparándonos muchos años para esto, siempre duele.

—Muchísimo —le respondió, casi con lágrimas en los ojos.

—¿Qué opina Vicente Ferrer?

—¿Tú que crees? Dice que ya está preparado y que es muy inteligente. Ya sabes que, si de él hubiera dependido, ya estaría hecho hace tiempo. No ha dejado de insistir en la urgencia del asunto. Dice que estamos esperando demasiado y nos estamos arriesgando.

—Lo sé, pero había que esperar el momento adecuado para nosotros, no para él.

—También lo sé. ¿De cuántos días dispongo?

—Días no. Tan solo día. Uno.

—¿Tan rápido? —preguntó espantado Isaac.

—Lo más seguro para Samuel es que sea así, lo siento de verdad. Deberías hablar con él hoy mismo.

Isaac se quedó destrozado. Iba a ser muy duro para ellos y, por qué no decirlo, también para Samuel, pero era su destino desde hacía años. Nadie quería que hubiera llegado este momento, pero lo había hecho con una inflexible determinación.

Ahora sí, una lágrima asomó por sus ojos.

42 EN LA ACTUALIDAD, LUNES 21 DE MAYO A MEDIODÍA

Rebeca llegó a su casa, dándole vueltas en la cabeza al descubrimiento de Bonet de las palabras codificadas. Aunque no tuviera ninguna relación con los dibujos de la condesa, no dejaba de tener su gracia.

Entró en la cocina y se encontró con la mesa puesta para tres, muy elegante, aunque no había nadie.

—¿Comida familiar? —preguntó en voz alta, a ver si alguien aparecía y daba señales de vida por la casa.

—Estamos aquí —oyó Rebeca decir a su tía, desde el salón.

Se acercó, allí estaban las dos Tote y Joana sentadas, tomándose lo que parecía ser un vermut.

—¿Te apetece uno? —preguntó Tote.

Rebeca se sorprendió un tanto.

—¿Celebramos algo hoy, que os veo muy festivas?

—En realidad sí. Hoy cumplimos tres años juntas —dijo Joana.

—¿Ya? —dijo Rebeca, abalanzándose sobre ellas y abrazándolas a la vez—. Parece que fue ayer cuando os presenté. «Tempus fugit», que dirían los romanos. El tiempo vuela.

Casi se caen las tres del sillón.

—¡Cuidado, que nos tiras las copas! —dijo su tía, riendo.

—No me he acordado, ya conocéis mi legendaria mala memoria para las fechas —dijo Rebeca, a modo de disculpa, aunque sentía que no tenía perdón.

—No te preocupes, yo casi me olvido también —dijo Joana, risueña.

Se sentaron a comer. Las tres estaban muy contentas, en especial Rebeca. Formaban una familia feliz y apenas tenía recuerdos de otra. La muerte de sus padres, en ese terrible accidente de tráfico, cuando ella apenas tenía ocho años y medio, hacía que no recordara demasiadas cosas de aquella vida familiar. Su rostro era la viva imagen de la felicidad. Estaba radiante.

—Sofía me ha dicho que han conseguido la autorización judicial para exhumar el cadáver de la condesa, y que esta mañana le iban a realizar la segunda autopsia. Mañana mismo tendrá los resultados —dijo Tote.

—Supongo que descubrirán el error en la hora de la muerte —dijo Rebeca.

Joana insistió en su teoría *conspiranoica.*

—Otra posibilidad es que la fallecida no sea, en realidad la condesa. Eso explicaría muchas cosas que ahora no comprendemos —se aventuró a decir.

—No creo, eso supondría un auténtico escándalo —dijo espantada Tote. —Además, en el informe policial consta la identificación por parte de los hijos del cadáver de su madre, y no creo que se hayan equivocado los tres a la vez. Eso sería increíble.

—¿Y si los hijos, de alguna manera, están involucrados en su muerte? Piensa en la gargantilla de dos millones de euros que no aparece —continuó Rebeca, simplemente por poner nerviosa a su tía—. Podría ser un buen móvil para un crimen casi perfecto.

Tote se quedó mirando a ambas por un instante y las caló enseguida.

—Estáis delirando las dos —dijo Tote riéndose. —No vais a conseguir que entre en vuestro juego. No voy a picar, y menos un día como hoy.

Viendo que no conseguía alterar a su tía, Rebeca se acordó de Bonet y cambió de tema.

—Por cierto, Joana, ¿te acuerdas de aquella misteriosa sopa de letras que apareció marcada en el sobre de los papeles de la condesa?

—Claro que me acuerdo. Además de no tener sentido, llegamos a la conclusión que no guardaba ninguna relación con los dibujos de la condesa.

—¿De qué estáis hablando, que no me entero? —preguntó Tote.

Rebeca contó el descubrimiento de las letras en el sobre por parte de Bonet, así como su visita de esta mañana al periódico, con el descifrado del mensaje oculto.

—Es verdaderamente curioso —dijo Joana, pensativa—, y muy interesante. No puede ser una casualidad.

—Pues tiene todas las papeletas para serlo. ¿Lujuria de seda? —dijo Tote, sonriendo—. Parece que el señor conde era todo un bribón y frecuentaba malas compañías, o buenas, según se mire. ¿Qué relación pueden tener con unos dibujos tan antiguos?

—Supongo que ninguna, y que tienes razón con la vida algo disoluta del señor conde —dijo Rebeca, también con media sonrisa en los labios.

Joana seguía pensativa, sin decir nada.

A Rebeca no se le pasó por alto ese detalle.

43 31 DE MARZO DE 1391

Samuel terminó la escuela y, como todos los mediodías, se fue a casa acompañado de su abuelo. Siempre charlaban de algo, pero hoy anduvieron en silencio.

Comieron también en silencio.

«¡Qué extraño!, aquí pasa algo», pensó Samuel. «La tranquilidad suele preceder a la tormenta».

Cuando terminaron de comer, su abuelo se dirigió a él.

—Tenemos que hablar contigo.

Su abuela se echó a llorar y salió de la cocina corriendo. Samuel estaba desconcertado, no sabía qué estaba pasando a su alrededor, aunque se presagiaba la tormenta que había predicho.

Su abuelo tomó la palabra.

—Te he enseñado todo lo que tienes que saber de la cábala, del Gran Consejo y de nuestro árbol. Eres el número once y conoces tu gran responsabilidad.

—Sí, abuelo Isaac, así ha sido.

—A pesar de todo, hay una cosa que no sabes todavía.

Su abuelo hizo una pausa, como eligiendo las palabras que decir.

—Mañana tenemos reunión del Gran Consejo. Tu amigo Jucef ha vuelto de Sevilla. La situación allí es gravísima, tanto que el número nueve fue herido de considerable gravedad. Aunque nadie quiere llegar a esa situación, quizá muy en breve tengamos que activar *Las doce puertas*. A ti no te puedo ocultar ciertos detalles, ya que la aplicación del plan de *Las doce puertas* parece inevitable, vistos todos los acontecimientos. Todo nos conduce hacia allí, para nuestra desgracia.

—Sí, conozco Las doce puertas.

—Pero hay una cosa que se debe hacer antes de activar el plan, que es fundamental.

—¿Por qué me cuentas esto?

—Porque tú eres el principal protagonista —dijo Isaac, con un nudo en el estómago.

Se quedaron callados. Samuel notaba que a su abuelo le costaba hablar y que tenía los ojos húmedos, como si fuera a llorar.

—Supongo que te preguntarás por qué fray Vicente Ferrer te ha educado e iniciado en las enseñanzas fundamentales del cristianismo y del catolicismo.

—Sí, abuelo. Me extrañó mucho. No entiendo por qué he tenido que estudiar esos libros de una religión que no es la nuestra, que me resulta extraña, aunque, a la vez, tenga bastantes cosas en común con el judaísmo.

Isaac Ben Sheshet Perfet, rabino de Valencia, le explicó a Samuel lo que iba a pasar mañana mismo, a primera hora. Lo hizo sin rodeos, no quería prolongar la agonía. Cuanto más corto y directo, mejor.

Samuel se quedó completamente aturdido, sin saber reaccionar. Al final consiguió hablar.

—Eso no puede ser verdad, no puedes hablar en serio —dijo al fin, aunque, en el fondo, ahora entendía muchas cosas.

—Para desgracia de todos, hablo completamente en serio. Va a ser durísimo, pero nuestro destino ya estaba escrito. Todos nos hemos presentado voluntarios y conocíamos el alcance de nuestros actos. La activación del plan de *Las doce puertas* parece inminente y exige muchos sacrificios personales. Este es tan solo uno de ellos. No te creas que es el único, habrá otros.

Isaac hizo una pausa, con los ojos bañados en lágrimas. Pronunció unas palabras que jamás deseo.

—Samuel, por el bien de nuestro pueblo, debes morir.

Ambos estaban aturdidos. Se abrazaron y permanecieron así un buen rato. No se querían separar.

Para Samuel, sin duda había llegado el fin de su vida.

Jamás se hubiera imaginado que pudiera ser así.

44 EN LA ACTUALIDAD, LUNES 21 DE MAYO POR LA TARDE

Rebeca estaba un poco *achispada* después de la comida de celebración con su tía y Joana. El vino se le había subido a la cabeza y no le apetecía ponerse a estudiar. Pensó en hablar con Carlota para que le explicara ese extraño mensaje que le mandó el sábado. Tomó el móvil en sus manos y le envió «¿nos vemos?» mientras se tumbaba en la cama.

No tardó ni un minuto en sonar su teléfono. Miró la pantalla. Carlota había contestado su mensaje, «en una hora en "*Vivir sin comer*"».

Rebeca salió de casa de inmediato, cogió la bicicleta y se dirigió hacia el conocido *pub*, enfrente de la playa de la Malvarrosa.

—Caramba, Rebeca, te veo alegre —dijo Carlota, mientras la abrazaba— ¿Al final pusiste un «Fede» en tu vida?

—No es eso. Hoy era el tercer aniversario de Tote y Joana, y he bebido bastante vino durante la comida de celebración —contestó sonriendo Rebeca—, así que no me hagas demasiado caso.

—No lo suelo hacer de normal —respondió Carlota, con una sonrisa—. ¡Tres años ya!, me alegro por ellas, pero no has contestado a mi pregunta. ¿Salió de dentro de ti esa súper Rebeca guerrera para comerse con patatas a Fede? No te pienso dejar escapar sin escuchar la respuesta.

—¿Y tú con Charly?

—No me cambies de tema, yo he preguntado la primera —dijo Carlota, con cara pícara.

Rebeca vio que no tenía escapatoria, y decidió confesar.

—Pues sí, al final te hice caso.

—¡Toma! ¡Lo sabía! —exclamó Carlota, haciendo un gesto con las manos, muy característico en ella.

—Pero no he puesto un «Fede» en mi vida, que quede claro que tan solo lo puse un ratito.

—Yo también puse al almirante de vuelta y media, aún estará buscando sus galones, así que vamos a celebrarlo —dijo alegre Carlota. Se acercó a la barra y Rebeca escuchó como pedía dos *gin-tonics*.

—¡Quieres emborracharme, petarda!

—Eso es imposible, ya lo estás —contestó Carlota, riendo.

Se sentaron en una mesa con vistas a la playa.

—¡Qué maravilla! —dijo Rebeca, mientras saboreaba la copa con las vistas sobre la playa de la Malvarrosa.

—La verdad es que hace un día magnífico para estar aquí. Somos unas privilegiadas por poder disfrutar de este entorno, y sobre todo de este clima.

Por un momento, ambas se quedaron en silencio, casi en trance, disfrutando del momento.

Rebeca recordó el extraño mensaje que había recibido de su amiga.

—Quería hacerte una pregunta Carlota. Ese mensaje que me enviaste el sábado que decía que «la clave está en el diez», ¿no tendría, por casualidad, algo que ver con el descifrado del mensaje del sobre de la condesa?

Carlota soltó una carcajada.

—¿Te lo ha explicado Bonet esta mañana?

Rebeca puso cara de absoluta sorpresa. Estaba pasmada.

—¿Cómo sabes eso? ¿Me espías o eres una bruja con poderes mágicos?

—No, no —dijo Carlota riéndose—. Estaba claro que un cifrado tan sencillo, Bonet lo acabaría descubriendo. Tan solo necesitaba un pequeño empujoncito, por eso hice tantas referencias al número diez en la reunión del viernes del *Speaker's Club*. Parece que surtió el efecto deseado.

La sorpresa de Rebeca iba en aumento.

—¿Tú ya lo sabías el viernes?

—No, lo sabía de antes, en realidad desde el mismo momento que Charly me lo contó —reconoció Carlota, sonriendo—. El César es uno de los cifrados más sencillos.

Hace más de un siglo que nadie lo utiliza precisamente por eso, porque es muy fácil de descifrar. Además, los judíos cabalistas eran muy aficionados al cifrado, en su caso sirviéndose, en su mayoría, de la numerología. Aunque utilizaban sistemas como la *gematría*, el *notaricón* y la *temurá* para comprender el sentido oculto de la *Torah*, existe constancia histórica de que conocían el cifrado César con su lengua, el hebreo, que, al no tener vocales, es mucho más complicada.

—Y ahora me dirás que comprendes su significado —dijo Rebeca, aún con la boca abierta.

—No, eso no lo sé. «Lujuria de seda». Supongo que el conde, o su padre, tendrían algo sucio en la mente, aunque hay una cosa que no me termina de encajar.

—¿El qué?

—¿Por qué tomarse la molestia de codificar semejante tontería? ¿A quién le importaba ese texto?

—A saber, igual formaba parte de un mensaje más largo que no tenemos.

Carlota se quedó pensativa durante un momento.

—¿Sabes? También tienes una mente brillante, seguramente has dado en el clavo.

—Tengo la misma mente brillante que tú, listilla —dijo Rebeca, mientras cambiaba de tema. En realidad, Rebeca pensaba que la suya era superior, pero no quería entrar en esa discusión.

—Por cierto, mi tía me ha contado que le han hecho la segunda autopsia al cuerpo de la condesa. Mañana por la mañana, la inspectora Sofía Cabrelles dispondrá de los resultados.

—Supongo que esperas que esta segunda autopsia confirme que cometieron un error al determinar la hora de la muerte en la primera autopsia —dijo Carlota, con una sonrisa enigmática en el rostro.

—¿Acaso tú no?

—La verdad es que no. Espero que esta segunda autopsia confirme todo lo que ya conocemos, incluida la hora de la muerte. Es muy difícil que una médica forense experta cometa esos errores tan graves.

—¿Entonces Abraham Lunel mintió cuando reconoció la fotografía?

—Esas son tus palabras, no las mías. Yo no he dicho eso.

—No te entiendo Carlota. Tan solo hay dos opciones, mutuamente excluyentes. Si la autopsia es correcta, Abraham Lunel se equivocó reconociendo la fotografía, y si no se equivocó, entonces la autopsia debe ser errónea. Ambas cosas no pueden ser verdad a la vez.

—¿Estás segura? —preguntó una enigmática Carlota—. Yo creo que ambas opciones pueden ser ciertas a la vez. Piénsalo un poco.

Rebeca se quedó mirando a su amiga, sin comprenderla y, de repente, observó una pequeña sonrisa en su rostro.

—¡Me estás tomando el pelo canalla! Sin duda se te ha subido el *gin-tonic* a la cabeza —dijo Rebeca abrazando a Carlota, soltando una sonora carcajada.

Ambas se rieron muy a gusto.

Rebeca pensó que a Carlota le gustaba jugar con ella, pero, en realidad, siempre parecía ir un paso por delante. Era peligrosa, y mucho.

Tenía que ir con cuidado.

45 1 DE ABRIL DE 1391

Gabriel, como todas las mañanas nada más despertarse, salió al patio que su familia compartía con Samuel y sus abuelos. Estaba vacío. Se sentó en una de las sillas.

Se quedó pensando en lo que le habían contado sus padres. Ya conocía gran parte de la información, como la existencia del Gran Consejo, pero no acababa de entender por qué las cosas tenían que ocurrir así. Comprendía que había que preservar el árbol, pero ¿eran necesarios esos sacrificios personales tan importantes? En realidad, no comprendía la necesidad de *Las doce puertas*. ¿Qué justificaba esa barbaridad? Tan solo esperaba que jamás llegara ese momento, lo temía.

De repente, bajó la mirada y vio un papel encima de la mesa. Se quedó observándolo con cierto detenimiento. Llevaría poco tiempo allí, porque la humedad de la mañana no le había afectado demasiado. Estaba en perfecto estado.

Se acercó, lo cogió y lo desdobló. Era la letra de Samuel. Leyó en voz alta lo que estaba escrito.

«Corbera».

«¿Corbera? ¿Y eso qué quiere decir?», pensó intrigado. «¿Tan solo una palabra?»

Desde luego, si Samuel pretendía trasmitirle un mensaje, no lo alcanzaba a comprender. ¿Qué quería decir Corbera? No se le ocurría nada.

«¿Para qué me deja un mensaje en el patio si nos vamos a encontrar en un momento en la escuela? Ahora lo veré e intentaré preguntarle qué me quiere decir», se dijo Gabriel,

No entendía nada.

En realidad, no sabía lo que le esperaba, mejor dicho lo que no le esperaba.

46 EN LA ACTUALIDAD, MARTES 22 DE MAYO POR LA MAÑANA

Rebeca se despertó con una tremenda resaca. Al final, ayer perdió la cuenta de la cantidad de *gin-tonics* que se había tomado con Carlota. Al menos tres. Cuando la sacaban de la cerveza, la mataban.

Decidió variar su rutina habitual, en vez de meterse directamente en la ducha, se tomó un ibuprofeno, bebió algo de agua y se volvió a tumbar en la cama. Esperó unos quince minutos y salió a la cocina en pijama.

Estaban desayunando su tía y Joana. Se quedaron mirándola con cara de evidente diversión.

—Caramba, parece que ayer la que salió de celebración fuiste tú, en vez de nosotras —dijo Joana, riendo.

—No es necesario que hables tan alto, te lo agradecería —dijo Rebeca—. La cabeza me produce un eco insoportable.

—Anda, date una buena ducha y verás cómo se te pasan todos los males —dijo Tote.

Rebeca, para variar, no se bebió su habitual vaso de leche, sino medio litro de agua, casi de un trago. Hizo caso a su tía y se metió en la ducha. Le sentó fenomenal, ya se encontraba bastante mejor.

Se vistió y volvió a salir a la cocina. Joana se acababa de marchar. Su tía seguía sentada en la mesa.

—¿Tienes noticias de la inspectora Cabrelles? —preguntó Rebeca.

—Aún no, pero no te preocupes. Me ha dicho que me avisará en cuanto tenga el informe de la segunda autopsia. Supongo que corregirán el error de la hora del fallecimiento y ya está. No se esperan más novedades, aunque la chalada de

Joana frivolice con la identidad real del cadáver. Como ya te comenté, sería un auténtico escándalo que no fuera la condesa, después de que sus tres hijos la identificaran sin lugar a dudas. Sería algo inconcebible.

—Es curioso, Carlota opina lo mismo que tú, pero, en ese caso, no sé dónde queda la confirmación de la identidad del profesor Lunel.

—No era una buena fotografía. Se equivocaría.

Rebeca decidió no seguir con la conversación. Salió hacia la redacción de *La Crónica*. Hoy era martes, es decir, el día que tenía que entregar su artículo semanal. Ayer no lo pudo acabar porque le interrumpió Bonet con su descubrimiento del mensaje del sobre, así que hoy lo debía rematar. No era el día ideal para escribir, porque aún le acompañaba un ligero dolor de cabeza, pero tampoco le quedaba tanto para terminarlo.

Rebeca estaba con un ojo puesto en el ordenador y con el otro ojo puesto en el móvil, por si recibía una llamada de su tía Tote.

El teléfono no sonó en toda la mañana.

Terminó el artículo, lo entregó y salió para su casa. Como era de esperar, llegó la primera. Se sentó en el sillón, dejando el móvil a su lado. Nada más hacerlo, le entró un mensaje. Se incorporó del sillón para mirarlo. Era de Carlota, lo abrió y lo leyó «¿ya te han confirmado que la anterior autopsia era correcta?». «Todavía esperando que me confirmen el cambio en la hora de la defunción», le contestó.

En este tema no entendía demasiado a Carlota. Bueno, en este tema y en muchos otros, pero en este especialmente. No alcanzaba a comprender cómo estaba tan segura de que la autopsia se iba a confirmar, cuando Abraham Lunel había reconocido la foto tomada a la condesa a las nueve de la mañana. No podía haber muerto tres horas antes. Y la teoría de la foto borrosa de su tía tampoco le parecía plausible. Abraham la conocía muy bien.

Oyó abrirse la puerta de casa, se asomó y era Joana.

—¿Qué haces tan nerviosa? —le preguntó, en cuanto la vio.

—¿Tanto se me nota? Estoy esperando a mi tía para que me dé noticias de la autopsia de la condesa.

—Te dijo ayer que en cuanto supiera algo te lo diría. Si no te ha llamado todavía es porque tampoco sabe nada. Anda, relájate un poco, que pareces atacada.

Tenía razón, pero no lo podía evitar.

47 1 DE ABRIL DE 1391

Gabriel llegó a la escuela y buscó con la mirada a Samuel. No estaba, pero vio a Jucef sentado en su silla. Se llevó una gran alegría, ya había vuelto de su viaje a Sevilla sano y salvo.

Cuando terminó la escuela, se dirigió directamente a su amigo y se fundieron en un gran abrazo, que parecía interminable. Casi dos meses sin verse.

Jucef le contó sus aventuras en Sevilla, incluyendo el asalto a la judería.

—¡Qué miedo debiste pasar! ¡Y qué valiente! Yo no creo que hubiera podido actuar así ¿Cómo está tu padre? —preguntó Gabriel.

—Cuando me fui aún estaba en la cama, mejorando poco a poco, pero tengo la impresión que no lo volveré a ver. Por eso me nombró su sucesor en el Gran Consejo, porque me temo que no piensa salir de Sevilla.

—Mis padres también hablaron conmigo y me contaron mi papel. Es terrible, una auténtica tragedia. Espero que jamás se ejecuten *Las doce puertas*, aunque ello me convierta en miembro del Gran Consejo también —dijo Gabriel, mientras se estremecía solo de pensarlo.

—¿Te das cuenta? Samuel tenía razón en todo lo que nos contó aquel día en los baños subterráneos. Ambos tendremos un papel destacado.

—Por cierto, ¿dónde está Samuel? Ha faltado a la escuela, y él jamás se salta un solo día.

—Sí que es extraño, esperaba verlo y saludarlo.

—Para cosas extrañas, la que me ha pasado esta mañana. Encontré un papel en el patio compartido de nuestras casas.

—¿Eso te parece extraño? Un día te tengo que llevar al patio trasero de la carnicería. Sobran todo tipo de trastos, incluidos papeles.

—No me comprendes. Se trata de una nota escrita por Samuel.

—¿Y qué ponía?

—Tan solo había una palabra, «Corbera» —dijo extrañado Gabriel.

—¿Corbera?

—Sí, esperaba ver a Samuel esta mañana para preguntarle qué quería decirme con ese mensaje.

—¿Cómo sabes que el papel es de Samuel? Lo podría haber llevado el viento hasta allí, desde cualquier lugar.

—No es nada probable. El patio que compartimos es bastante cerrado. Nuestras viviendas son de dos alturas. Me resulta increíble que un papel, volando, se pose en ese sitio tan concreto.

—¿Tan concreto? ¿A qué te refieres?

—Quiero decir que Samuel sabía que, todas las mañanas, salgo al patio, y me siento, justo enfrente de esa mesa. Si Samuel me quisiera dejar un mensaje, lo haría exactamente así, por eso estoy convencido de que es de él.

Jucef se quedó pensativo.

—Si te fijas, tampoco ha venido su abuelo a la escuela. Deben de estar enfermos —dijo.

—No me había dado cuenta de ese detalle. Podríamos hacerles una visita para ver cómo se encuentran —apuntó Gabriel.

Gabriel y Jucef salieron de la escuela. Tal y como habían acordado, se fueron hasta la casa de Samuel y sus abuelos. Llamaron a la puerta. Les abrió su abuela y les hizo pasar a la cocina. Esperaron unos minutos, y, al fin, apareció Isaac. Se sentó en la mesa con ellos. Tenía muy mala cara, con pronunciadas ojeras. Parecía enfermo de verdad.

—Hola, Isaac, ¿cómo estáis Samuel y tú? No habéis venido a la escuela. ¿Qué os ocurre?

A Isaac le costó responder, parecía que estuviera eligiendo las palabras.

—No estamos enfermos, si eso es lo que pensáis.

Gabriel pensó que la cara del abuelo de Samuel parecía contradecirle. Tenía profundas ojeras y los ojos rojos. No tenía aspecto de saludable.

—¿Y qué os pasa? —preguntó intrigado Jucef.

—Ahora ya os puedo contar ciertas cosas. Jucef, tú ya eres miembro del Gran Consejo, y tú, Gabriel, también conoces cuál será tu papel, tus padres te lo han explicado todo, ¿verdad?

—Así es, Isaac —contestó Gabriel.

—Sabéis que cada uno de vosotros tiene su tarea asignada, y también la tiene Samuel. Lo que ocurre es que la suya ha sido especialmente dolorosa para todos, especialmente para su abuela y para mí.

Gabriel y Jucef se quedaron mirando a Isaac, sin terminar de comprender lo que estaba intentando decirles.

Se quedó callado por un momento. Continuó hablando con una voz temblorosa, a punto de llorar.

—Chicos, jamás volveremos a ver a Samuel. Se ha ido para siempre —dijo, al fin.

48 EN LA ACTUALIDAD, MARTES 22 DE MAYO POR LA TARDE

Se hicieron las tres de la tarde y Tote aún no había llegado a casa. Rebeca no la quería molestar, porque seguramente habría tenido alguna complicación en la comisaría. Mientras estaba pensando en ello, le sonó el tono de un mensaje en su móvil. Lo miró, precisamente era de su tía Tote. Lo abrió de inmediato.

«No iré en todo el día, mucho trabajo».

«Vaya, ¿y de la autopsia no me dice nada?», pensó. Al momento le entró otro mensaje.

«Sin noticias de la autopsia hasta esta tarde».

Parece que le había leído el pensamiento. Se relajó un tanto, al conocer que su tía no se había olvidado del tema.

Joana y Rebeca comieron tranquilamente. Hoy era martes y tenían reunión en el *Speaker's Club*. Quedaron para salir en bicicleta a las seis y media. Rebeca se tumbó en la cama. Ayer no durmió demasiado, después de la tarde que le había dado Carlota con los *gin-tonics*.

A las seis y cuarto la despertó Joana. Miró el teléfono. Nada, todos los mensajes eran del grupo del club, ninguno de su tía. Tomaron las bicicletas y salieron hacia el *pub* Kilkenny's, como todos los martes por la tarde.

Llegaron y saludaron a todo el mundo. De los habituales faltaba tan solo Xavier, que había avisado por el grupo que no podría acudir.

—¿Alguna novedad desde el viernes? —rompió el hielo Fede.

Rebeca se quedó mirando a Carlota. Esperaba que no se le ocurriera hablar de sus aventurillas en la discoteca, era muy capaz. Pero no, permanecía en completo silencio.

—La verdad es que tan solo una. Cedo la palabra a Bonet y que os explique lo que tan brillantemente ha deducido con su cerebro *positrónico* —dijo Rebeca, mientras miraba con el rabillo del ojo a Carlota—, aunque no lo comprenda.

Bonet les explicó cómo había descifrado el contenido de aquella especie de sopa de letras sin aparente sentido, utilizando el cifrado César con clave diez.

Todos lo felicitaron por su ingenio, incluida Carlota.

—¿Lujuria de seda? ¡Vaya con el señor conde! Hemos revelado su vena crápula —dijo Charly, riéndose.

—¿Sería un sátiro y lo acabamos de descubrir? —dijo Fede, siguiendo la broma de sus amigos.

—¿Os imagináis al señor conde con un látigo en la mano, fustigando a la señora condesa, vestida de cuero y a cuatro patas? —continuó Charly.

Almu se escandalizó de inmediato.

—¡Por favor, Charly! ¡Qué imagen me ha venido a la cabeza! ¡Para ya! —dijo, con un gesto de desagrado.

Todos se rieron.

—Es divertido, pero lo que está claro es que no tiene nada que ver con los dibujos del siglo XIV —dijo Jaume, poniendo el punto de cordura.

—Sí, pero nos hemos echado unas risas a costa del conde —dijo Fede.

—Eso sí —dijo sonriendo Jaume.

De repente le sonó el móvil a Rebeca. Era su tía, le enviaba dos imágenes. Tomó la palabra de inmediato.

—Todos sabéis que la Policía reabrió el caso de la condesa la semana pasada, después de que Abraham Lunel reconociera la foto tomada en el periódico. Pues bien, ayer exhumaron el cuerpo de la condesa para hacerle una segunda autopsia —dijo con cierto aire teatral— y aquí tengo los resultados. Me los acaba de enviar mi tía.

—Está claro que metieron la pata en la primera autopsia a la hora de fijar la hora del fallecimiento —dijo Fede—. Es la opción que lo explicaría todo.

—Yo no lo creo, es muy difícil equivocarse en una autopsia de esa manera —dijo Carmen.

Carlota, que estaba muy callada hasta ahora, rompió su silencio.

—Me apuesto toda la cerveza que hay en la mesa a que adivino exactamente lo que pone en la autopsia.

Todos se quedaron mirando a su amiga, expectantes. Carlota continuó.

—Rebeca nos va a leer, en un momento, que la condesa murió antes de la hora que se supone que la visitó en el periódico.

—¿Quieres decir que ya estaba muerta cuando se vieron? —preguntó una incrédula Almu.

—Exacto —contestó Carlota.

—Acepto la apuesta —dijo Charly.

—Y yo la doblo —se sumó Fede—. Eso es imposible.

Los demás se quedaron callados, mirando a Rebeca, que se hacía de rogar. Abrió las imágenes con parsimonia. Tras unos segundos empezó a hablar.

—No hay duda, el cuerpo pertenece a la condesa —dijo mirando a Joana.

—Bueno, primera gran duda despejada —le respondió.

—Ve directamente a la hora de la muerte, anda —dijo impaciente Bonet.

—Fecha y hora del fallecimiento: «día 1 de mayo, entre las 4:00 y las 7:00 de la mañana» —leyó Rebeca.

—¿Qué? —preguntó incrédulo Fede.

—Lo siento por tu apuesta, pero me parece que se confirman los datos de la autopsia original. Yo también hubiera apostado contra Carlota. Es francamente sorprendente. Me parece que el asunto se vuelve muy interesante.

—¡Y tanto! —dijo Charly, mientras se levantaba de la mesa para pedir y pagar otra ronda.

Todos se pusieron a hablar a la vez. Rebeca se quedó en silencio, mirando a Carlota, que también la estaba observando con una expresión como queriendo decir «ya te lo advertí y no me hiciste caso».

49 1 DE ABRIL DE 1391

Gabriel y Jucef se quedaron mirando a Isaac. No entendían nada.

—¿Cómo que Samuel se ha ido? ¿Adónde? —preguntó Jucef.

Gabriel casi estaba llorando.

—¿Qué significa que se ha ido para siempre y que no lo volveremos a ver? ¿Intentas decirnos, de una manera suave, que ha muerto?

Isaac se quedó mirándolos. No sabía cómo contárselo de una manera poco traumática. No la encontró, así que decidió no negarlo.

—Sí. Samuel ha muerto.

La cara de los dos amigos era todo un poema a la incomprensión más absoluta.

—¡Qué dices! ¡Eso no es posible! —dijo Jucef, levantándose de la silla.

Gabriel se quedó sentado, sin dar crédito a lo que estaba escuchando. No sabía de qué manera reaccionar. Aquello no podía ser.

—Lo siento, Isaac, no me lo creo —dijo al fin.

—No os engaño. Samuel, como tal, ha muerto.

—Explícate, Isaac, no te entiendo —dijo Jucef.

—¿Qué quieres decir como tal? —preguntó Gabriel.

—Samuel ya no existe.

—¡Por favor, Isaac! Deja de hablar con ese lenguaje tan misterioso y críptico. Sé que Samuel no está muerto.

—¿Por qué?

—Porque esta mañana me dejó un mensaje. No creo que los muertos escriban notas.

Isaac, de repente, se puso muy serio. Le cambió hasta la expresión del rostro. Ahora ya no era dolor, era temor.

—¿De qué mensaje me estás hablando? —preguntó—. Eso no puede ser.

Gabriel le pasó el papel que había encontrado esta mañana en el patio.

—Corbera —leyó Isaac—. ¿Eso es todo el mensaje? ¿No hay más?

—Sí, eso es todo —contestó Gabriel—. No lo comprendemos, pero está claro que el mensaje proviene de Samuel.

Isaac hizo una pausa prolongada. Durante un momento, parecía que iba a dar por terminada la conversación, sin embargo, no fue así. Al momento, se dirigió a ambos, con una voz muy tensa, mientras arrugaba el papel.

—Escuchadme los dos. Olvidaos que jamás habéis leído esta nota. Es muy importante que borréis de vuestra mente ese nombre. Nunca lo habéis escuchado, ¿queda claro?

Gabriel y Jucef no comprendían nada, pero asintieron. La voz del abuelo de Samuel era muy grave.

—Miradme a los ojos. Llevo llorando toda la noche, igual que mi mujer. Esta mañana no he tenido fuerzas ni para ir a la escuela, por primera vez en varios años. ¿Por qué creéis que estamos así? Hemos perdido a Samuel para siempre, jamás lo volveremos a ver. Ha muerto. Por favor, dejad las cosas como están, ya es demasiado trágico para nosotros —dijo Isaac, que era la viva imagen del dolor.

50 EN LA ACTUALIDAD, MARTES 22 DE MAYO POR LA TARDE

El revuelo que se había formado en el *Speaker's Club* era de órdago. Todos se dirigían a Carlota, preguntándole cómo había adivinado que la autopsia se iba a confirmar.

—Yo no he adivinado nada. Adivinar implica no usar la razón. Yo hago deducciones lógicas basándome en los mismos hechos que vosotros conocéis —contestó Carlota muy seria—, aunque los despreciéis.

—Pues ilumínanos con tus deducciones lógicas y con tu saber, ¡oh, diosa del conocimiento! —dijo Charly.

Carlota le dio un trago a su cerveza y comenzó a explicar su razonamiento, que no adivinación.

—Para empezar, todos conocíamos que la condesa era doctora en Historia, especialista en el siglo XIV, que fue cuando se elaboraron esos dibujos. Más tarde, además, nos enteramos que era la puerta número uno, la raíz del Gran Consejo. Vamos a ver, ¿para qué narices necesitaba la ayuda de Rebeca? Es estúpido en su grado máximo. ¿No os entra en la cabeza?

Hizo una pequeña pausa en su razonamiento.

—Además, ¿por qué tenía que entregarle esos dibujos, que eran un secreto del Gran Consejo? Imaginaos, la persona encargada de custodiar un secreto centenario, haciendo entrega del mismo a una joven de veintiún años, perfectamente desconocida para ella. Sí, es todo muy lógico —concluyó Carlota, en un tono claramente irónico, dirigido a sus compañeros.

—Entonces, ¿qué explicación le encuentras? —le interpeló Fede, que se había *picado* un poco.

—La única explicación lógica era que la condesa... no fuera en realidad la condesa y no conociera el significado de los dibujos. Para eso necesitaba a Rebeca —Carlota miró uno a uno a todos los presentes.

—Pero... —empezó a protestar Charly.

—¡Dejadme concluir! Si lo recordáis, eso ya lo teníamos claro, pero, después, parece que Abraham Lunel identificó la fotografía de la supuesta condesa. Todos os mareasteis y perdisteis la perspectiva real de los acontecimientos.

—¡Es que la reconoció! —insistió Charly—. Eso no es perder ninguna perspectiva.

—El humo del profesor os nubló el entendimiento de unos hechos, que estaban más que claros desde el principio. Os cegasteis. No visteis la realidad.

—Pero es que la realidad es que la identificó, eso es un hecho —protestó Rebeca.

—Ahora vamos con esa parte —dijo Carlota, mientras le daba otro trago a su cerveza, que había ganado con la apuesta.

Todos estaban expectantes. Carlota continuó con su explicación. Tenía al auditorio ansioso por escucharla.

—Rebeca, si me equivoco en algo al narrar los hechos, por favor, corrígeme, ¿vale?

—Vale —dijo Rebeca, que estaba realmente intrigada con la narración de su amiga.

—Cuando Rebeca me contó su última reunión con el profesor Lunel, de inmediato tuve la sensación de que algo no cuadraba, algo no estaba bien, aunque en ese momento no fui capaz de darme cuenta. En su momento, así se lo dije a Rebeca, ¿lo recuerdas?

—Sí, me acuerdo que te quedaste sin palabras y luego me dijiste que había algo en toda la historia que no te terminaba de encajar, algo triangular, pero por más que pensabas no lo conseguías ver.

—Exacto, esas fueron mis palabras. Dándole algunas vueltas a los hechos, al final me di cuenta de lo que no encajaba en el relato de Rebeca. Caí en la cuenta del verdadero significado del triángulo.

Todos estaban interesados, esperando que Carlota se explicara. Ya la conocían muchos años y sabían lo que era capaz de hacer con su mente analítica, aunque no tenían ni idea por dónde iban sus razonamientos.

—Imaginaos la escena. Rebeca está con el profesor Lunel. Este le está explicando el funcionamiento del Gran Consejo, le acaba de reconocer que él mismo es la puerta número dos, que Tania Rives había sido la puerta número tres y que la condesa era la puerta número uno. En ese momento, Rebeca recibe por el móvil la foto de la condesa que había hecho en su despacho el director de *La Crónica*, la misma mañana que estuvo en el periódico. Le pasa el teléfono al profesor Lunel y le dice «te presento a la condesa de Dalmau» o algo así. ¿Es correcto Rebeca?

—Sí, así ocurrió —respondió intrigada, sin saber adónde quería llegar con su explicación Carlota.

—El profesor Lunel coge el móvil, esperando ver una foto de la condesa, porque así se lo había anunciado la propia Rebeca de forma solemne. Cuando la ve, se sorprende muchísimo y dice «¡no puede ser!».

—Sí, pero después dijo «¡Sí que es ella!», acompañado de un gesto de profundo asombro —continuó Rebeca.

Carlota sonrió, señalando a su amiga, con un gesto de aprobación en su rostro.

—¡Exacto! La clave está en la reacción del profesor Lunel al ver la foto. Él esperaba ver a la condesa, porque así se lo había anunciado Rebeca. Tú no te sorprendes por ver lo que esperas ver, te sorprendes por ver lo que no esperas. La reacción de Abraham Lunel podría haber sido de pena o de tristeza, al ver una foto de su amante que había fallecido recientemente, o cualquier otra parecida, pero ¿de sorpresa? Eso nunca. La sorpresa implica algo completamente inesperado, y eso es lo que el profesor Lunel vio en el móvil de Rebeca, alguien a quien jamás se imaginaba que iba a ver, desde luego no a la condesa. Por eso se quedó asombrado, incluso soltando el vaso que tenía en la mano. La persona de la foto le dejó completamente boquiabierto.

La expectación de toda la mesa era máxima. No podían negar que la explicación de Carlota era coherente, y eso les preocupaba.

—Además, recordad la frase que dijo después de ver la foto, con la que se despidió y dio por terminada la reunión.

—¿Qué tuviera cuidado, porque «nada es lo que parece»? —le respondió Rebeca, con una pregunta.

—¡Exacto de nuevo! El profesor Lunel estaba asustado. Todas sus reacciones no cuadran en absoluto con ver una foto de la condesa —concluyó Carlota—. ¿Lo comprendéis?

El *Speaker's Club* estaba en completo silencio.

—Y ahora nos dirás que sabes a quién vio en realidad, ¿no? —preguntó Rebeca, que estaba verdaderamente impresionada por el razonamiento de su amiga.

—¡Claro! ¿No os parece obvio? —contestó Carlota, mirando a los demás.

Era evidente que no.

51 2 DE ABRIL DE 1391

Jucef se encontraba muy extraño, enfundado en esa especie de capa negra. En un momento iba a comenzar una reunión del Gran Consejo, pero esta vez no asistiría furtivamente con sus amigos, escondido entre las sillas. En esta ocasión iba a participar como un miembro más. Se le hacía muy rara la situación.

Oyó que alguien llamaba a la puerta de la carnicería. El propio Jucef fue a abrir. Era Jacob Abbu, el número uno. Lo estaba esperando para acudir juntos a la reunión. Era algo tarde.

Entraron en la Sinagoga Mayor. Ya habían llegado los restantes miembros, Jucef contó ocho personas, que permanecían de pie, junto al pupitre de lectura de la sinagoga.

—Ya estamos todos, podemos tomar asiento —dijo una figura encapuchada. Por la voz era el abuelo de Samuel. Se acordó de su amigo y no pudo evitar que la tristeza invadiera su corazón. Era muy difícil olvidar una cosa así.

—Antes que nada, demos la bienvenida al nuevo número nueve, hijo y sucesor de Isach *lo Carnicer*. Anda Jucef, ponte en pie.

Se levantó, todos se acercaron a saludarle de forma muy cariñosa, comprendiendo el estado en que se encontraba su padre y el gran sacrificio que había hecho por el Gran Consejo y, por extensión, al todo el pueblo judío.

La reunión se inició.

—Soy el número uno. Como todos sabéis, hace poco más de un mes enviamos a Isach a Sevilla, junto con su hijo. Su misión era comprobar, en primera persona, la situación en la ciudad dónde predica el arcediano, pero también hablar con personajes clave, sobre todo con el alguacil mayor. Quiero que Jucef en persona os explique qué es lo que ocurrió.

Jucef tomó la palabra. Explicó su reunión con Juan Sánchez, de nombre judío Samuel Abravanel. Les contó que el arcediano había desafiado al mismísimo rey de Castilla, diciéndole que no tenía autoridad sobre él. Les contó la carta que había enviado ordenando quemar sinagogas, Abravanel estaba asustado por el ambiente antijudío que se respiraba. Tan atemorizado estaba que se disponía a abandonar Sevilla para recalar en Toledo, junto con toda su familia.

La consternación se palpaba en el ambiente. Durante un momento, todos permanecieron en silencio, asimilando lo que acababan de escuchar, que era muy serio.

—Soy el número seis. Eso es un síntoma gravísimo. No olvidemos que Abravanel, en apariencia, se ha convertido al catolicismo y es el tesorero mayor del rey cristiano de Castilla. Si él no está seguro en Sevilla, ninguno de los nuestros lo puede estar.

—Soy el número cuatro. Estoy de acuerdo. El desafío del arcediano al rey, sin aparentes consecuencias para él, es también muy significativo. En otras circunstancias nadie osaría a llevar la contraria al rey de esa manera, sin esperar graves represalias. Sería ejecutado de inmediato. En este caso, no solo no recibe ningún castigo, sino que la propia Iglesia parece desentenderse de este problema, permitiéndole utilizar sus medios sin pudor.

Jucef continuó su relato. Explicó su visita al Alvar Pérez de Guzmán, alguacil mayor de Sevilla, y relató los hechos que sucedieron a continuación, con el asalto a la judería.

Se armó un pequeño revuelo en la reunión del Gran Consejo. Ahora, la preocupación inicial se había trasformado en un claro temor.

—¿Cómo está tu padre?

—Estuvo unos días inconsciente, pero cuando lo dejé, se estaba recuperando. Parece que, poco a poco, va mejorando.

—Hemos de iniciar *Las doce puertas*, no podemos esperar más —dijo el miembro joven del Gran Consejo. Jucef pensó que debía conocerlo, le sonaba mucho su voz.

—El arcediano conseguirá que nos maten a todos. ¿Qué ocurrirá si se produce una revuelta mayor? ¿Tiene el rey poder suficiente para restablecer el orden? Tengo muchísimas dudas —dijo otra voz, asustada.

—Pues yo no tengo ninguna. No posee ningún control de la situación. Ha perdido hasta la fuerza moral. Ya os anticipo que no hará nada, ni siquiera el conde de Niebla. No se jugará su poder ni su integridad física. Seamos realistas, no esperemos ayuda —dijo un miembro.

—Por favor, no perdamos la calma —dijo el abuelo de Samuel—. Ya solo falta que entre nosotros mismos cunda el pánico.

—Escucha Isaac, la situación parece límite. La chispa estallará en cualquier momento, y quizá si esperamos demasiado ya no podamos ejecutar *Las doce puertas* —dijo otra voz—. Ya sabes que eso sería catastrófico.

—Os tengo que informar de algo que desconocéis —dijo el número uno, con gran solemnidad.

De repente se hizo el silencio en la reunión. Los miembros estaban expectantes y ansiosos por conocer nueva información.

—Isach y yo, antes de su partida hacia Sevilla, planificamos una estrategia. Todo está previsto —dijo el número uno.

—¿Y qué se supone que está previsto? —preguntó preocupada la madre de Gabriel.

Jucef oyó un ruido en las sillas dónde se solía ocultar con sus amigos.

«¿Sería posible que Gabriel les estuviera espiando?», pensó atemorizado.

52 EN LA ACTUALIDAD, MARTES 22 DE MAYO POR LA TARDE

Todos los miembros del *Speaker's Club* estaban expectantes con las explicaciones de Carlota.

—Y si la foto no era de la condesa, ¿a quién vio Abraham Lunel que le provocó esa reacción de profunda sorpresa? —preguntó Charly.

—Pues está claro, la respuesta la tenéis delante de vuestras narices —contestó Carlota, que estaba mirando las reacciones de cada uno de los miembros del club. Por sus expresiones, se dio cuenta de inmediato que había algunos que ya habían descubierto la verdad.

—¡No puede ser! —dijo Carmen, que era una de las primeras que había comprendido la respuesta.

—Claro que puede ser. Vamos a ver, pensemos todos juntos. Antes de enseñarle la foto del móvil, ¿qué le estaba contando el profesor a Rebeca?

—¡No me fastidies! —dijo Fede, también cayendo en la cuenta.

—Veo que lo vais entendiendo. El profesor Lunel dijo al ver la foto «no puede ser, sí que es ella». Según el relato de Rebeca, ¿de cuántas mujeres estaba hablando en ese momento?

—Tan solo de dos —contestó Bonet, casi automáticamente.

—Exacto, de la condesa y de... Tania Rives. De hecho, acababa de contar que la puerta número tres, la actriz Tania Rives había fallecido al caer desde un crucero. Y quiero recalcar especialmente lo de actriz, para que lo comprendáis —dijo Carlota, muy pausada.

Rebeca se estremeció en su silla.

—¡Actriz! —exclamó, como estampándose de bruces con la realidad.

—Exacto, actriz. La persona que acudió a la redacción del periódico no fue la condesa de Dalmau, porque ya estaba muerta a esa hora. Las pruebas de la autopsia son muy claras. Fue Tania Rives interpretando un papel, convenientemente disfrazada, ocultando medio rostro con ese sombrero y ese tocado tan fuera de lugar. ¿No recuerdas lo exagerado que te pareció, Rebeca? Tú misma nos lo comentaste.

—Sí, me acuerdo que me dio la impresión de que venía directamente de una carrera de caballos de Ascot.

—¡Por eso se sorprendió tanto el profesor Lunel! —dijo Almu.

—Claro, de ninguna de las maneras se esperaba ver una foto de su compañera en el Gran Consejo, porque se supone que había muerto hacía dos años. De ahí su exagerada reacción —dijo Carlota.

—Entonces ¿Tania Rives mató a la condesa y luego se hizo pasar por ella? —preguntó Charly.

—No —dijo Rebeca—. La segunda autopsia también confirma la muerte por infarto de la condesa. No pudo ser un crimen. Yo creo que no podemos dudar de esa parte.

—Entonces ¿cómo aparece Tania Rives en la redacción de *La Crónica* con esos dibujos? —preguntó Jaume. — Y, sobre todo, ¿cómo puede estar viva si hace dos años que la enterraron?

—Esa es la parte que desconozco. Está claro que nos falta información, pero estoy convencida de todo lo demás que os acabo de contar.

—O sea, que hemos cambiado una muerta por otra muerta —dijo Almu.

—Parece *Halloween*, aunque estemos en mayo. Todos nuestros muertos parecen estar muy vivos —dijo Charly, sonriendo.

—Ya sé que aún quedan flecos sueltos, pero la explicación que os he dado es la única que encaja con todos los hechos que conocemos —concluyó Carlota.

—¿Flecos sueltos? Tania Rives murió hace dos años. ¡Menudo fleco! —dijo Rebeca incrédula, aunque en el fondo tenía la sensación de que Carlota tenía razón.

53 2 DE ABRIL DE 1391

La tensión se palpaba en la reunión del Gran Consejo.

Tomó la palabra el número uno.

—Antes de que Isach y su hijo Jucef partieran hacia Sevilla, establecimos un plan de actuación. Isach no se quedó en Sevilla a consecuencia de sus heridas, se hubiera quedado, en cualquier caso.

—¿Por qué? —preguntó la madre de Gabriel.

—Creo que coincidimos en las graves consecuencias que tendría, para todos nosotros, la puesta en marcha de *Las doce puertas*. También coincidimos en que la chispa, de producirse, saltaría en Sevilla. Es fundamental tener información de primera mano si ocurre ese estallido social, al que apuntan todos los indicios. Consideramos que necesitábamos una persona de nuestra total confianza allí.

—¿Entonces debemos esperar?

—No —contestó el número uno.

—¿Qué? —preguntaron varios miembros, sin acabar de entender al número uno.

Jacob Abbu se levantó de su asiento y se quedó mirando a todos los miembros del Gran Consejo, que ahora estaban confundidos.

—Debo anunciaros que *Las doce puertas* ya han sido iniciadas.

Ahora sí. Se produjo un gran alboroto en la sinagoga. Todos querían hablar a la vez. El número uno continuó con su explicación.

—Hace algún tiempo que el árbol fue trasladado a su nueva ubicación y el gran mensaje fue dividido en diez partes. En esta reunión, cada uno de vosotros recibirá la suya. Debéis guardarlo en algún objeto personal. Os recomiendo alguna reliquia familiar que podáis llevar con vosotros sin levantar sospechas. Pensad en *Las doce puertas*.

—¿Y el número once? —preguntó una voz.

—Tal y como establecía el plan de *Las doce puertas*, el número once, después de recibir su mitad del mensaje, murió ayer mismo en nuestra comunidad —dijo con gran solemnidad el número uno.

Ahora se hizo el silencio. Todos los miembros estaban absolutamente consternados y también asustados.

—¿Hay fecha para la gran partida? —preguntó el número cuatro.

—No. Precisamente para eso se ha quedado Isach en Sevilla, para poder avisarnos. Ojalá me equivoque, pero cada la escalada de la violencia, no creo que se demore mucho.

—¿Qué debemos hacer?

—Estad preparados —dijo el número uno—. En cuanto tengamos más noticias de Sevilla, convocaremos otra reunión del Gran Consejo. Mientras tanto, ya sabéis, hay que disponer lo necesario para la partida.

Todos los miembros se fueron levantando de sus asientos. Se empezaron a despedir en silencio, con gestos de las manos.

Jucef, de forma disimulada, se acercó al sitio dónde se solía esconder con sus amigos para espiar, en la penúltima fila de bancos.

Había una sombra agazapada.

—¿Gabriel? —preguntó.

—Sí, soy yo.

—¿Qué haces aquí?

—¿Te das cuenta de lo que significa la reunión de hoy? —dijo Gabriel, con voz temblorosa.

—Sí, que se han iniciado *Las doce puertas*.

Jucef escuchó a su amigo Gabriel sollozar. Estaba completamente desconsolado.

—¿Qué pasa, Gabriel? —pregunto Jucef, descolocado por la reacción de su amigo.

—¿No lo entiendes? De repente, me acabo de enterar de que me quedo sin familia, y también sin amigos —contestó, entre lágrimas.

Jucef no lo entendió, pero no dijo nada más. Abandonó la sinagoga junto con el resto de miembros del Gran Consejo, en completo silencio.

54 EN LA ACTUALIDAD, MIÉRCOLES 23 DE MAYO POR LA MAÑANA

Rebeca se despertó más pronto de lo habitual. Quería llegar a primera hora a la redacción de *La Crónica* para investigar acerca de la muerte de Tania Rives.

Salió a la cocina, después de ducharse y vestirse. A esas horas no esperaba encontrarse con nadie, pero estaba su tía sentada en la mesa, desayunando sus habituales tostadas.

—¡Caramba, qué madrugadora! —dijo Tote.

Rebeca le dio las gracias por haberle conseguido la autopsia de la condesa y le contó las deducciones de Carlota acerca de la verdadera identidad de la persona que la visitó en el periódico.

Su tía se mostró muy interesada.

—Fascinante, salvo por el pequeño detalle que a Tania Rives la enterraron hace dos años. Aunque no creo que tenga ninguna relevancia para el caso, se lo comentaré a Sofía —dijo su tía—. No deja de ser curioso.

—¡Menudo pequeño detalle! —recordó Rebeca.

Tote se levantó de la mesa, abrió su bolso y cogió una carpeta. Se dirigió a su sobrina con cierta solemnidad.

—Por cierto, Rebeca, averigüé a quién correspondían las huellas dactilares del papel de celofán que me entregaste la semana pasada.

—¡Ah! ¿sí? ¿Has identificado quién fisga entre mis papeles en la redacción de *La Crónica*?

—En realidad, a los que fisgan. En el celofán había huellas dactilares correspondientes a dos personas diferentes.

—¿No me digas? —preguntó sorprendida.

Tote abrió la carpeta y le entregó uno de los papeles. Rebeca lo leyó.

—¿Estás segura de estos resultados? —preguntó, con cara de sorprendida.

—Completamente, lo han revisado dos veces. Una de las huellas no ha sido posible identificarla, porque la impresión era incompleta y ha sido insuficiente para que el sistema la reconozca y obtenga un resultado positivo. Sin embargo, de la segunda huella estamos seguros al cien por cien de su correcta identificación. No hay ninguna duda.

Rebeca estaba extrañada. De hecho, más que eso, estaba completamente sorprendida.

—Pero no me suena de nada ese nombre. Esta persona no trabaja en el periódico. ¿Cómo puede registrar mi cajón alguien ajeno a la plantilla de *La Crónica*? Es inconcebible, no puede ser. Llamaría la atención, siempre hay gente en la redacción. Un extraño no podría pasar desapercibido.

—Sí que es raro, pero no hay error posible. El sistema de identificación no miente. Estamos hablando de una base de datos oficial, nada más y nada menos que de la Policía Nacional.

Rebeca estaba asombrada.

—Entonces no dudo de la identificación, pero me dejas de piedra. Es algo insólito.

—Lee bien el expediente que te acabo de dar y toma medidas de precaución. Como bien dices, desde luego no es nada normal —le dijo su tía, que, ahora, parecía preocupada.

55 3 DE ABRIL DE 1391

Gabriel y Jucef se quedaron hablando, después de terminar las clases en la escuela.

—Lo siento, no me puedo creer que Samuel esté muerto, diga lo que diga su abuelo, y diga lo que diga el Gran Consejo —exclamó Gabriel.

—Escucha, los dos vimos la cara de Isaac cuando fuimos a su casa. Estaba arrasado, muerto de pena por el fallecimiento de su nieto. Su abuela ni siquiera fue capaz de estar presente en la conversación con nosotros. ¿No recuerdas cómo huyó de la cocina, cuándo nos vio aparecer?

—¿Y por qué me iba a dejar Samuel un mensaje esa misma mañana? ¿No se supone que ya estaba muerto?

—¿Estás seguro de que te lo dejó Samuel?

—Él sabe que todas las mañanas salgo al patio y desde luego conozco su letra. No hay error ni confusión posible. Hazme caso, no existe ninguna duda de que el mensaje provenía de Samuel.

—Dando por buena tu afirmación, ¿no te has planteado que te lo pudo dejar la noche anterior, antes de morir?

—En ese caso, podría haber sido descubierto por cualquier persona diferente a mí, su destinatario ¿Para qué iba a hacer eso? ¿Qué sentido tiene?

—No sé, pero ya no se lo podemos preguntar a Samuel —respondió Jucef, que no quería creer en lo que estaba escuchando.

—Además, hay una prueba irrefutable que no admite discusión —insistió Gabriel.

—¿Cuál?

—Que es imposible que me lo dejara la noche anterior. Estaba recién escrito, y no había signos de la humedad de la noche en el papel. No llevaría allí más de dos horas, como mucho. En caso de haberlo dejado la noche anterior, el papel estaría incluso mojado, y no era el caso.

Jucef se quedó callado, se le acababan los argumentos.

—¿No te has preguntado por qué Isaac insistió de esa manera tan firme en que olvidáramos la palabra «Corbera»? — preguntó Gabriel. —Fue algo muy extraño.

—¿Y qué significa esa palabra?

—No tengo ni idea, pero tendremos que investigarlo. Si Samuel se tomó semejante molestia y riesgo, podría tener su importancia.

Se quedaron un momento en silencio. Gabriel estaba pensativo y Jucef no sabía cómo sacar el tema que le preocupaba de verdad.

—Escucha, Gabriel. ¿Te acuerdas lo que hablamos antes de mi viaje a Sevilla? ¿Lo de la puerta de la biblioteca?

—Claro que me acuerdo, dijiste que a tu vuelta lo teníamos que investigar.

—He estado pensando. Ahora que hemos iniciado *Las doce puertas*, estoy asustado. No sé qué pasará en las próximas semanas.

—Pues imagínate yo, que sí sé lo que pasará —contestó Gabriel, con la voz temblorosa.

—En cuanto tengamos una oportunidad, hemos de volver a la biblioteca. Tengo que confirmar mis sospechas. Créeme cuando te digo que es importante de verdad.

—Cuando llegue el momento te acompañaré, no te preocupes. Mientras tanto, yo voy a investigar qué significa la palabra «Corbera».

—Yo tampoco me creo que Samuel esté muerto, a pesar de lo que dicen todos.

—Me temo que nos están engañando —concluyó Gabriel—. Lo que no entiendo es el porqué.

56 EN LA ACTUALIDAD, MIÉRCOLES 23 DE MAYO A MEDIODÍA

Rebeca salió hacia el periódico, todavía sorprendida por la información que le acababa de facilitar su tía. Nada más llegar se fue al archivo. Además de una copia impresa de cada ejemplar, ya hacía muchos años que en *La Crónica* se guardaba todo en formato digital. Buscó en el ordenador la fecha de fallecimiento de Tania Rives. Encontró un suplemento que publicaron en las páginas centrales. Lo ojeó, pero enseguida lo descartó porque era una especie de biografía de su vida y sus obras, no hablaban de su muerte.

Encontró tres noticias más. La primera hacía referencia a su caída del barco. Al parecer, se precipitó por la borda en el mar de Noruega, en un crucero por los fiordos.

Su marido la vio caer. El buque se detuvo y la estuvieron buscando, pero no consiguieron encontrarla. Según comentaba el periodista, en esa época del año, la temperatura del agua no superaba los cinco grados centígrados, por lo que una persona apenas puede sobrevivir unos minutos antes de morir por hipotermia.

La segunda noticia hacía referencia a la aparición de su cadáver, y la tercera a su entierro en el Cementerio de Valencia, que fue multitudinario e incluso retransmitido por una televisión local. Tuvo una gran repercusión, ya que parece que era una persona muy conocida en los ambientes culturales del país.

«Pues parece muerta y bien muerta», pensó Rebeca.

La teoría de Carlota saltaba por los aires, o por la borda, nunca mejor dicho.

Imprimió los tres artículos y volvió a su mesa de trabajo. Se puso a pensar en su próximo relato. «¿Había llegado la hora de escribir acerca de los papeles de la condesa, ahora que conocía su significado?», pensó. Estuvo jugando con esa idea durante un instante. Decidió empezar a esbozar algo, por si decidía tirarse a la piscina y publicarlo.

Estaba concentrada delante del ordenador, hasta que le interrumpió el sonido del móvil. Le había entrado un mensaje. Era de Carlota, «¿te apetece comer? Estoy en la cafetería de la esquina», leyó Rebeca.

«¿Comer?», pensó Rebeca. Miró el reloj, era la una y media. Sin darse cuenta se le había pasado la mañana. Recogió su mesa y salió de la redacción. Se encontró a Carlota sentada en la terraza del bar. Se abrazaron como de costumbre. Se pidieron algo sencillo, un plato combinado. Tenían más ganas de hablar que de comer.

—Debía pasarme por el centro para recoger unos análisis médicos de mi madre y he pensado, ¿por qué no le hago una visita a mi estudiante de Historia favorita? —dijo en un tono muy jovial Carlota.

—Pues con lo alegre que te veo, siento ser portadora de malas noticias.

—¿Qué has averiguado?

—Que Tania Rives está muerta y bien muerta —dijo Rebeca, mientras le enseñaba los artículos que había publicado *La Crónica* hacía dos años.

Carlota se puso a leerlos con interés. A medida que pasaba las páginas, su cara de incredulidad era mayor. Rebeca la estaba observando con detenimiento.

—Ya ves. Está muerta *del todo* y hasta enterrada con honores, con una gran comitiva — dijo Rebeca.

Carlota hizo un gesto de negación con la cabeza.

—No puede ser. Debe de estar viva. Es la única explicación lógica que encaja con todos los hechos que conocemos —dijo, cuando terminó de leer las noticias.

—Con todos los hechos no. Te olvidas de que Tania está muerta.

—Eso no es un hecho.

—¡Ah! ¿no? ¿Y qué es? ¿Una suposición?

—Es un engaño, un gran fraude, aunque reconozco que aún no tengo manera de demostrarlo.

—Me recuerdas a ese viejo dicho periodístico que rezaba «no dejes que la realidad te estropee un buen titular». Eso es lo que estás haciendo, aferrarte a tu titular, aunque la realidad vaya por otro camino.

—La realidad va por el mismo camino que yo, pero hay alguna nube que no nos permite verlo.

—¿Alguna nube? Nubarrón, diría yo.

De repente sonó el móvil de Rebeca, otro mensaje.

—A ver quién reclama de mi atención —dijo Rebeca, mientras miraba la pantalla del teléfono—. Vaya, remitente desconocido —. Lo abrió y lo leyó en voz alta —. «Une los dos mensajes. Tu amigo, Joan Corbera».

Rebeca se quedó perpleja, sin comprender el mensaje.

—Alguien se ha confundido. No conozco a ningún Joan Corbera —dijo, mientras volvía a dejar el móvil en la mesa sin prestarle mayor atención.

—¿Tienes un admirador secreto? No me extraña —dijo Carlota, mirando a Rebeca—. A mí, en cambio, esas cosas no me pasan.

—¡No seas puñetera! —dijo sonriendo Rebeca— Tienes mucho más éxito que yo con los chicos.

—Porque lo intento más veces, es una simple cuestión de probabilidad. Tú, sin embargo, tiro que pegas, pichón que cae a la saca, sin ningún esfuerzo.

Rebeca no pudo contener la risa, pero, en el fondo, debía de reconocer que Carlota tenía razón. No le interesaba que la conversación trascurriera por ese camino, así que insistió en su argumento inicial.

—Volviendo al mensaje, te repito que no conozco a nadie que se llame Joan Corbera, ni siquiera tengo su número guardado en mi agenda, y eso que tengo más de cuatrocientos contactos. Está claro que se ha equivocado. No te vuelvas loca con tus extravagancias.

Carlota se negó a soltar la presa con tanta facilidad.

—Vamos a fantasear un poco, ¿qué dos mensajes podríamos unir? ¿«cásate» y «conmigo»? —dijo, que aún seguía partida de risa.

—¡Idiota! —contestó Rebeca, también riéndose.

De repente, a Carlota le cambió la cara y se puso muy seria.

—¡Espera, espera! En realidad, sí que tenemos dos mensajes que unir.

Justo en ese momento volvió a sonar el móvil de Rebeca. ¿Otro mensaje de ese desconocido? Miró el teléfono. No, esta vez era su tía Tote.

«A las cinco en el despacho de la inspectora Cabrelles, avisa a Carlota», leyó.

—Vaya, parece que Sofía quiere hablar con nosotras, además ahora mismo —dijo Rebeca, intrigada por la premura del aviso.

Carlota casi ni la había escuchado.

Le brillaban los ojos, esa expresión que tanto asustaba a Rebeca.

57 6 DE JUNIO DE 1391

—¡Isach, ya vienen! —gritó Salomó, entrando a toda velocidad en su habitación de Sevilla, con la cara desencajada.

—¿Qué ocurre? —preguntó, alarmado Isach *lo Carnicer*, el padre de Jucef, al ver a su sobrino con semejante expresión de pánico en su rostro.

—Están asaltando la judería ahora mismo. Han entrado cientos de personas por las puertas de Borceguinería y la de la Carne, de forma coordinada, para evitar que nos podamos escapar por una de ellas. No se trata de algo espontáneo, esta vez parece perfectamente organizado. Ferrand Martinez, el arcediano, porta una gran cruz y va al frente de la muchedumbre, gritando «¡muerte a los infames judíos!». Van armados con cuchillos, dagas y mandobles. Hablan de destruir la judería y de incendiar todas las sinagogas. Parece que es el ataque definitivo, el que estábamos esperando.

—¿Estás completamente seguro? —pregunto Isach, angustiado. Aquello, de ser cierto, podía ser el final que nadie quería que ocurriera, pero que, en secreto, todos temían.

—¡Claro que lo estoy! Viniendo hacia aquí he pasado por la puerta de la Sinagoga Mayor. He escuchado gritos en su interior y he decido asomarme a ver qué pasaba. Delante de mí, han degollado a un niño, y su sangre ha salpicado la hornacina sagrada de los rollos de la *Torah*—. Salomó se tapó el rostro con sus manos—. No me puedo quitar esa imagen de la cabeza. Iban a pasar a cuchillo a todos los que se habían refugiado en la sinagoga. Me he tenido que ir, dejándolos detrás, sin poder socorrerlos.

—¡Es espantoso!

—En apenas unos minutos llegarán aquí. Van dejando un reguero de sangre tras ellos.

—¿Y el alguacil mayor de Sevilla?

—Ni rastro de Alvar. La turba es demasiado numerosa y estará atemorizado de correr la misma suerte que nosotros. Me parece que, esta vez, no los va a poder detener, ni siquiera con los guardias armados a caballo.

Isach puso cara de profunda preocupación. Aunque la situación cada día estaba peor, no esperaba el desenlace tan pronto. A pesar de la situación desesperada, se impuso su pragmatismo.

—¿Lo tienes todo preparado? —preguntó Isach, después de unos segundos, intentando simular la máxima tranquilidad posible.

—Sí, desde hace semanas —le confirmó Salomó—, por eso no te preocupes.

—Pues no te demores más. Ponte los ropajes cristianos, coge la cruz que construimos y mézclate con la turba de salvajes. Que no te identifiquen como judío. Dirígete a la puerta de la Carne, que da directamente al campo. Allí te estará esperando una mula. Viaja hasta la aljama de Valencia lo más rápido que puedas. Evita parar en posadas cercanas a ciudades donde existan juderías importantes, sobre todo ni te acerques a Córdoba, seguramente será la próxima en caer. Cuando llegues a Valencia, habla de inmediato con Jacob Abbu y dile lo que ya sabes, sobre todo coméntale que el momento ya ha llegado. Que no se esperen ni un instante más.

—Así lo haré, tal y como lo teníamos previsto. ¿Y qué va a pasar contigo?

—No te preocupes por mí, no creo que reparen en un pobre enfermo postrado en su lecho —mintió lo mejor que pudo Isach.

Se fundieron en un abrazo. Ambos eran conscientes de que, con toda probabilidad, era la despedida definitiva. No se volverían a ver jamás, porque la judería iba a desaparecer, y, con ella, Isach.

—Vete ya, o será demasiado tarde —dijo, con lágrimas en los ojos.

Salomó dejó a Isach tumbado en la cama, se vistió con los ropajes que tenía preparados y salió a la calle.

Lo que vio era aterrador. La muchedumbre salvaje estaba robando y matando a todos los judíos que encontraban en su camino. Nada más salir, vio como entraban en su casa. Estuvo tentado de volver sobre sus pasos, pero se contuvo. Tenía una misión muy importante que cumplir y no la podía poner en peligro.

Tal y como lo habían convenido, se mezcló entre el gentío, con su cruz en la mano. Se dejó llevar durante unos minutos. Estaba siendo testigo de algo que recordaría en pesadillas durante toda su vida. Los instintos más bajos del ser humano en plena acción. No parecían personas, sino alimañas salvajes. Aquello era odio destilado, el mal en esencia pura.

Levantó la vista y, a lo lejos, vio a Alvar Pérez de Guzmán, alguacil mayor, junto con algunos guardias. Estaban intentando apaciguar a las masas. Observó, con absoluto asombro, como era derribado de su caballo y rodeado por las masas. Desde la distancia le daba la sensación de que estaba herido.

«Esto sí que es el final», pensó Salomó.

Anduvo entre la turba salvaje el tiempo que consideró prudente y, en cuanto surgió la ocasión adecuada, se separó de ellos para dirigirse hacia la puerta de la Carne. La mula estaba escondida en un pequeño establo. Se subió en ella y abandonó Sevilla lo más rápido que pudo.

Al fondo se veían columnas de fuego y humo. Después de asaltar, robar, violar y matar, estaban quemando las casas. Era un auténtico horror.

Salomó era consciente que dejaba todo atrás para no volver jamás. Montado en su mula, no pudo evitar derrumbarse y prorrumpir en llantos, como un niño.

«¿Qué será de nosotros?», pensó angustiado.

58 EN LA ACTUALIDAD, MIÉRCOLES 23 DE MAYO POR LA TARDE

A las cinco menos diez, Rebeca y Carlota aparcaron sus bicicletas en una calle lateral de la Gran Vía, y accedieron a la Jefatura Superior de Policía. Estaba claro que Sofía había dado instrucciones.

—La inspectora Cabrelles les está esperando en su despacho, ¿saben dónde está? —les preguntó el policía de la puerta, nada más verlas aparecer.

—Sí, no se preocupe —contestó Rebeca—. Estuvimos la semana pasada.

Subieron hasta su pequeña oficina, llamaron a la puerta y entraron. La inspectora les recibió y les invitó a sentarse.

Esta vez estaba sola, sin visitas. Se saludaron. Rebeca tomó la iniciativa de la conversación.

—Mi tía me envió la segunda autopsia de la condesa. Muchas gracias por el detalle, Sofía, aunque más que respuestas, nos diera más dudas y preguntas.

—De nada. Confirma lo que ya sabíamos, pero, por lo menos, ahora nos quedamos tranquilas. Como suponía, no había ningún error. Era prácticamente imposible.

—¿Por qué? —preguntó Rebeca, con cierta curiosidad.

—Muy sencillo. Además de que tenemos unos médicos forenses muy buenos, pensad que, desde que ocupo este puesto, tan solo he visto un error significativo en más de mil autopsias. Era muy poco probable, pero hicimos bien en confirmarlo, y también hicimos bien en cerrar el caso.

A pesar de que Rebeca aún tenía sus dudas, asintió con la cabeza. Comprendía que era absurdo cuestionar las conclusiones de los profesionales.

Carlota cambió de tema. Era una vía cerrada, además, ya se imaginaba esa respuesta y no le había sorprendido nada.

—¿Habéis hecho algún avance en el caso del profesor Lunel? —preguntó.

—No, ninguno. Todo lo que os conté se ha confirmado. Seguimos buscando su cuerpo, pero aún no lo hemos encontrado.

Rebeca estaba reflexiva. Dadas las anteriores dos respuestas, no comprendía nada.

«Entonces ¿por qué estamos aquí?», pensó.

La inspectora pareció darse cuenta de los pensamientos de Rebeca.

—Si la confirmación de la autopsia de la condesa ya lo conocíais y no hemos avanzado nada en caso Lunel, supongo que estaréis pensando por qué os he citado hoy.

—Ahora mismo me lo estaba preguntando —reconoció Rebeca.

Sofía se giró y se quedó mirando a Carlota.

—La comisaria Rivera me llamó esta mañana para contarme las deducciones que habías hecho acerca de la identidad de la persona que visitó a Rebeca en el periódico, simulando ser la condesa.

Carlota contestó de inmediato.

—Sí, pero Rebeca ya me ha informado que Tania Rives está bien muerta. A pesar de que todos los hechos encajaban, supongo que estaba equivocada.

La inspectora hizo una pequeña pausa, como eligiendo las palabras que iba a pronunciar. Tanto Rebeca como Carlota se dieron perfecta cuenta. Se quedaron mirando y pensaron, al mismo tiempo, que algo estaba a punto de ocurrir.

—Tania Rives no está muerta, al menos oficialmente, aunque supongo que, en realidad, sí que lo estará —dijo, al fin. Le había costado.

Rebeca se quedó mirando a la inspectora sin comprender ni una sola palabra de lo que había dicho.

—¡Me encanta cómo te explicas, Sofía! No he entendido nada.

Carlota sí que parecía haberlo intuido.

—¡No me digas! —dijo, con los ojos abiertos como platos.

—Dejadme que os lo explique desde el principio.

—Mejor, porque el final es muy confuso —insistió Rebeca.

—Hace dos años, en un crucero por los fiordos noruegos, el marido de la condesa empezó a gritar que su mujer se había precipitado por la borda. De inmediato el barco se detuvo y arriaron dos botes en su busca. A pesar de todos los intentos, no la encontraron, y eso que estuvieron más de dos horas intentando localizarla.

—Sí, eso es lo que he leído esta mañana rebuscando en los archivos del periódico. Una semana más tarde apareció su cuerpo sin vida.

Sofía se quedó mirándolas.

—Eso no es cierto, su cadáver jamás apareció.

—¿Qué? —preguntó Rebeca, completamente pasmada.

—Como se trataba de una actriz conocida, su familia quería celebrar un funeral tradicional, con toda la fanfarria al uso. No nos importó que montaran ese numerito, simulando que enterraban a alguien, aunque, en realidad, el ataúd estaba vacío. Nos pidieron discreción y no hicimos ningún tipo de declaraciones, al fin y al cabo, no nos afectaba.

Carlota estaba emocionada.

—¡Asombroso!

—Por eso os decía antes que, oficialmente, no está muerta, está desaparecida. Según el Código Civil, tienen que pasar diez años hasta que se promueva su declaración de fallecimiento. Sabemos que su marido está intentando acortar los plazos, pero aún no lo ha conseguido. O sea, volviendo a lo que os decía al principio, Tania Rives no está oficialmente muerta, aunque probablemente sí que lo esté, ya que es imposible que hubiera sobrevivido en esas aguas. ¿Me comprendéis ahora mejor?

Rebeca se lo vio venir. Antes de que Carlota empezara con sus teorías conspiratorias acerca de una renacida Tania Rives disfrazada de condesa, intentó zanjar el tema.

Se dirigió a la inspectora de Policía.

—Escucha, Sofía, lo tienes muy fácil. Coge la grabación de las cámaras de seguridad que te llevaste del periódico y comprueba las imágenes. Verás si se trata de Tania Rives o no. No debería ser tan complicado, con un simple vistazo bastaría para salir de dudas.

Sofía puso una cara de extrañeza, como si no comprendiera lo que Rebeca le estaba diciendo.

—¿De qué grabaciones me hablas? —preguntó.

—¿De cuáles van a ser? De las que te llevaste hace unos diez días de *La Crónica.* Me lo contaron el director y su secretaria.

—Yo no me llevé ninguna grabación de tu periódico, ni nadie de mi equipo ha vuelto a la redacción desde nuestra primera visita. Me parece que te estás confundiendo.

Ahora era Rebeca la que se había quedado con los ojos abiertos como platos.

59 14 DE JUNIO DE 1391

Salomó el Mercader hizo el viaje desde Sevilla a Valencia en apenas ocho días. Cuando pasó cerca de Córdoba, se enteró que su judería y el castillo también estaban siendo asaltados en ese momento. Según las palabras de los que huían a toda prisa, había saqueos y muerte por todas partes. El terror se reflejaba en sus rostros.

«¿Qué está ocurriendo? ¿Nadie nos defiende? ¿Dónde están nuestros protectores?» Estaba claro que los habían abandonado a su suerte. Salomó no podía dejar de preguntarse qué iba a ser de ellos. «¿Era el fin de todo?».

Llegó a la aljama de Valencia completamente exhausto. Sin descansar ni un solo minuto, se dirigió hacia la casa de Jacob Abbu. Recordaba con precisión las instrucciones que le había dado Isach. Llamó a la puerta.

—¿Quién eres? —preguntó un sorprendido Jacob, al ver a un joven con una mula, con aspecto de no haber dormido los últimos días.

—Soy Salomó el Mercader, sobrino de Isach *lo Carnicer*.

—¡Salomó! —dijo alarmado Jacob—. Por favor, pasa, pasa, no te quedes en la puerta.

Entró en la casa y aceptó algo de comida, que devoró con verdadera avidez. Salomó no había perdido demasiado tiempo en las posadas, de hecho, había cubierto parte del viaje de noche. Tan solo había parado por los descansos que su mula necesitaba.

Cuando dio buena cuenta de la comida, Jacob se dirigió a Salomó.

—¿Cómo está Isach?

Salomó estaba visiblemente afectado. Cubrió su cara con sus manos.

—No pude protegerlo, tuve que abandonar nuestra casa antes de que llegara la turba enloquecida para poder emprender el viaje hasta aquí —dijo como pudo, con voz temblorosa—. No sé qué habrá sido de él, tengo que suponer que nada bueno.

—¿Qué ha ocurrido?

—La judería de Sevilla ya no existe. El arcediano de Écija la asaltó hace ocho días, al grito de «muerte a los judíos». Esta vez ni el alguacil mayor ni el conde de Niebla pudieron detenerlo. La muchedumbre estaba enloquecida. Había muertos por todas partes. Cuando la abandonaba pude observar las columnas de humo, la estaban incendiando. Supongo que, en estos momentos, la judería será un simple recuerdo.

Jacob estaba espantado por el relato que estaba escuchando.

—Parece que nuestros peores presagios se han confirmado. Los acontecimientos se han precipitado.

—No solo eso. A mi paso por Córdoba pude conocer que su judería también estaba siendo asaltada y arrasada. Hablé con gente que huía de allí a toda prisa, para salvar sus vidas. Lo que contaban era pavoroso. Parece que está muriendo mucha gente.

Unas lágrimas se escaparon de los ojos de Jacob. Parte de su familia vivía en la aljama de Córdoba y no tenía ninguna noticia de ellos. Se recompuso lo mejor que pudo. No podía dejar traslucir sus sentimientos delante de aquel muchacho, que, con seguridad, había perdido a toda su familia.

—Ahora tienes que descansar, Salomó. Has hecho un gran viaje y, por lo que veo, no has descansado mucho. Te lo agradezco de verdad. En estos momentos yo me ocuparé de todo.

Jacob acompañó a Salomó a una pequeña estancia con una cama. Se tumbó y se quedó profundamente dormido. Era evidente que la tremenda tensión acumulada de los últimos días, había hecho sus efectos.

Una vez Salomó estuvo reposando, Jacob se apresuró a convocar una reunión del Gran Consejo para esta misma noche. Vistas las terribles noticias, no podían perder ni un solo minuto más.

Había llegado el momento que todos temían.

60 EN LA ACTUALIDAD, MIÉRCOLES 23 DE MAYO POR LA TARDE

Carlota estaba completamente excitada por lo que acababan de enterarse. Ella creía que se confirmaba su teoría. No podía ser de otra manera.

—¿No te das cuenta de la perfección del plan? Tania Rives suplanta la identidad de la condesa de Dalmau y acude al periódico. Después vuelve para borrar sus huellas, llevándose la grabación. Si no llega a ser por la fotografía que le hizo el director Fornell de forma furtiva, ahora mismo no tendríamos ninguna imagen de ella.

Habían salido del despacho de la inspectora Cabrelles con muchas más dudas que entraron, sobre todo Rebeca, que seguía teniendo sus reticencias.

—Ya has oído a Sofía. No cree que puedan identificar la foto que hizo el director. La supuesta condesa lleva media cara tapada por el sombrero, y la otra media, sepultada en varias capas de maquillaje. Además, la fotografía no está demasiado nítida —dijo Rebeca.

—Pero el profesor Lunel sí que la identificó. Tania no contaba con eso —le corrigió Carlota.

—El profesor Lunel está muerto.

—Esa es otra de esas maravillosas coincidencias de este caso, ¿no percibes la ironía?

—Percibo cualquier cosa menos ironía.

—No te hagas la idiota, que sé que también te has dado cuenta. Abraham Lunel no está oficialmente muerto, está desaparecido, exactamente igual que Tania Rives. Dos miembros del Gran Consejo, dos desaparecidos. ¿Casualidad? Lo siento, pero no me lo creo.

—Tania Rives cayó en aguas heladas y Abraham Lunel se dejó más de dos litros de sangre en su casa. No sé, aunque no hayan aparecido los cadáveres, no parece muy probable que estén vivos.

Carlota cambió de tema. Había otra cuestión que le rondaba la cabeza.

—Luego está el tema de ese admirador secreto que te ha salido.

—¿Aún sigues con eso? No conozco a ningún Joan Corbera. Está claro que era un mensaje enviado al destinatario equivocado.

—No lo creo —dijo Carlota, con esos ojos brillantes que la caracterizaban cuando su mente estaba en ebullición.

—¿Qué estás tramando? Reconozco esa mirada y no me gusta nada.

—Invítame a cenar y te lo cuento.

—He quedado con mi tía en casa. Joana está de viaje. Vente y cenamos las tres juntas.

—¿No os molestaré?

—¡Qué va! Así de paso le puedes contar a mi tía alguna teoría fantástica de esas que te gustan tanto, por ejemplo, que el tal Joan, ese del mensaje, en realidad es el conde de Ruzafa, que no murió en la cacería, que también está desaparecido y que se quiere casar conmigo.

Carlota se rio con ganas.

—Pues igual tiene más sentido que lo que vais a escuchar —dijo, divertida.

61 14 DE JUNIO 1391

Todos los miembros del Gran Consejo acudieron a la Sinagoga Mayor con gran nerviosismo. La reunión había sido convocada de urgencia. Aquello solo podía significar una cosa y no era nada buena. Se miraban entre ellos con cara de evidente ansiedad.

Comenzó la reunión.

—Soy el número uno. Antes que nada, disculpad por la premura en la convocatoria, pero la gravedad del asunto así lo requiere.

Hizo una pequeña pausa. No sabía cómo plantear el tema de la forma más delicada posible. Al final, decidió que lo mejor era narrar los hechos tal y como habían ocurrido.

—Hace apenas unas horas ha llegado a mi casa Salomó, que es el sobrino de Isach *lo Carnicer*. Sabéis que viene directamente desde la judería de Sevilla.

Jucef no pudo evitar interrumpir al número uno.

—¿Cómo está mi padre? —pregunto con nerviosismo.

—Cuando Salomó lo dejó estaba bien, poco a poco se estaba recuperando —le contestó Jacob. Prefirió no contarle nada más, no era necesario.

—Soy el número cuatro. Si ha venido Salomó es que es portador de malas noticias, ¿no?

—Malas no, malísimas —dijo el número uno, mientras les explicaba la destrucción de la judería de Sevilla a manos de una turba salvaje encabezada por el arcediano de Écija, sin apenas oposición por parte de las autoridades.

—Es la chispa que esperábamos. ¿Hay noticias del contagio en otras juderías? —preguntó una voz.

—Desgraciadamente sí. La aljama de Córdoba también ha sido arrasada. Hay muchos muertos por todas partes.

La consternación era total en el Gran Consejo. Sus caras reflejaban el terror que sentían.

—Se va a extender por todas las juderías de los reinos de Castilla y Aragón — dijo otra voz—. Este vendaval antijudío también acabará llegando aquí. Desde este momento, todos estamos en peligro.

—Hablaremos con los *adelantados* para que pidan ayuda al rey y a la reina Violante, que no olvidéis que nos tiene bajo su especial protección. Pero hay que ser realistas, no creo que sirva de gran cosa —dijo el número uno, contagiado por el pesimismo general—. Tanto las juderías de Sevilla como la de Córdoba eran bastante más importantes que la nuestra, y mirad cómo han terminado. Arrasadas.

Otra voz tomó la palabra.

—Nada podemos esperar de los reyes cristianos ni de los nobles que siempre nos han protegido. Seguro que ellos mismos tienen miedo de enfrentarse a la turba enfurecida y caer también bajo su mandoble. No olvidemos que el rey de Castilla, Eduardo III, tiene apenas once años y ninguna autoridad.

Ahora, tomó la palabra Isaac, el abuelo de Samuel.

—Es cierto, pero la diferencia con otras juderías es que nosotros sí que estamos preparados. Nos costó más de treinta años trasladar el árbol y no vamos a dejar que todo nuestro trabajo sea destruido —intentando insuflar ánimos, ante el desolador panorama.

—Es verdad lo que dice Isaac, estamos perfectamente preparados para lo peor. En la anterior reunión del Gran Consejo ya os informamos de la puesta en marcha de *Las doce puertas*. Ahora conoceréis el plan de escape en su detalle —intervino el número uno.

—Levantaos y poneos alrededor del pupitre de lectura —dijo Isaac, mientras sacaba unas láminas.

Todos lo hicieron. El número dos extendió dos dibujos. Uno representaba las doce puertas de la muralla medieval de la ciudad y la otra representaba el árbol cabalístico, con los números de cada *sefiráh*, es decir, de cada uno de los miembros del Gran Consejo.

—Reconoceréis lo que quieren decir estos dos dibujos que he preparado. Cada uno de nosotros abandonará la ciudad en el orden que establece el primer dibujo, el que señala las puertas de la ciudad. Es muy importante hacerlo de una manera organizada, ya que las autoridades cristianas no tienen que sospechar nada de nosotros. Cada uno conoce su destino. Deberéis permanecer ocultos y a salvo en vuestros lugares designados hasta que el nuevo número uno considere que ya ha pasado el peligro.

—¿El nuevo número uno? —preguntó una voz.

—Ya soy un anciano, para mí es tarde. Yo no saldré de la ciudad, moriré en ella —contestó Jacob.

Se oyó algún murmullo de preocupación. Parecía que, ahora, toda iba en serio.

—¿Y por qué dices que deberéis permanecer ocultos? ¿Tú tampoco vienes, Isaac? —preguntó el número seis al número dos.

—Mi destino también está escrito —contestó Isaac, el abuelo de Samuel—. Tampoco saldré de la ciudad.

Ahora sí. Se formó un gran revuelo en la reunión. Nadie estaba informado del destino de los dos primeros números y estaban sorprendidos. Ellos los habían guiado hasta ese momento y no concebían que murieran.

—Somos conscientes de vuestra turbación. Nuestra participación en *Las doce puertas* no será necesaria, pero no os preocupéis, ya tenemos recambio. Nadie es imprescindible en este plan. Tampoco seremos los únicos miembros del Gran Consejo que jamás saldrán de la ciudad —dijo Isaac, mirando a Mayionam.

Esta vez todas las miradas se dirigieron hacia el número siete, la madre de Gabriel.

—Mi marido y yo moriremos cuando se produzca el asalto, en caso de que ocurra. Mi hijo será el nuevo número siete, él ya lo sabe y está iniciado. Aunque sea muy joven, está preparado —dijo Mayionam, con voz temblorosa.

Jucef no pudo evitar estremecerse. Casi se le escapa una lágrima. Ahora comprendía lo que le intentaba decir Gabriel cuando, en la última reunión del Gran Consejo, le anunció que se iba a quedar sin familia.

«Esto es un auténtico desastre», pensó, arrasado por el dolor.

—Los nuevos números uno y dos también han sido iniciados en secreto desde hace algún tiempo, y conocen cuál será su responsabilidad. Todo está preparado —dijo Jacob—, no os debéis preocupar. Llevamos tiempo trabajando en la sombra y el plan está concluido. Tan solo falta terminar de llevarlo a cabo.

—¡No puede ser, demasiados sacrificios personales! —dijo una voz, casi llorando.

—Desgraciadamente no solo puede ser, sino que será. El plan estaba trazado desde hace tiempo. Una vez ejecutado, pasaremos a llamarnos *puertas*, cada uno con su número correspondiente. Como veis, se avecinan grandes cambios en el Gran Consejo.

—Entonces nos falta una puerta. Somos diez en el Gran Consejo, más el número once. ¿Quién es la duodécima puerta? —preguntó una voz.

Jacob se levantó de su asiento. Se dirigió a todos los presentes con una voz muy profunda, no exenta de cierta preocupación.

—Esa es la parte irónica del plan. La puerta número doce ni siquiera sabrá que lo es —dijo.

El desconcierto era generalizado. Se escucharon a diversos miembros hablando al mismo tiempo.

—¿Eso cómo es posible? —dijeron varias voces, sin comprenderlo.

Jacob Abbu, la puerta número uno, lo explicó de forma detallada, sin omitir ningún detalle.

Ahora, la perplejidad se apoderó del Gran Consejo. Al principio, no sabían si creerle o no. El tono de su voz les confirmó que hablaba en serio.

¡Aquello era una locura!

62 EN LA ACTUALIDAD, MIÉRCOLES 23 DE MAYO POR LA NOCHE

Rebeca y Carlota llegaron a casa, charlando animadamente. Se fueron hacia la cocina. Tote estaba metiendo un recipiente en el horno. Levantó la vista cuando las oyó entrar.

—Hola, Carlota, ¡qué sorpresa! ¿Te quedas a cenar supongo?

—Sí, tu sobrina me ha invitado, yo le he dicho que si molestaba y… —empezó a decir Carlota.

—Tu no molestas nunca en esta casa. Ya sabes que es como si fuera tuya, además hay cena de sobra —le cortó—. Mientras controlo que no se me queme el bicho este, podríais ir poniendo la mesa.

—Claro —contestó Carlota.

—¿Qué tal os ha ido la reunión con Sofía? —preguntó Tote—. ¿Ha sido interesante?

Rebeca se echó las manos a la cabeza, de forma muy exagerada.

—¡Qué tema acabas de sacar, insensata —exclamó, riéndose—. Espérate para escuchar la teoría de la conspiración *carlotiana*. Lo más gracioso es que parece que se la cree. Ya confunde la realidad con la ficción de su mente alocada.

—No es una teoría, es una realidad, y ahí están todos los hechos que la corroboran. La guinda en el pastel ha sido la conversación de esta tarde con Sofía —dijo, simulando hacerse la ofendida.

—Vamos a cenar y me la cuentas —dijo Tote, animada—, que, por vuestras reacciones, parece que el tema promete.

Se sentaron en la mesa. Rebeca abrió una de las botellas que guardaba de *Chimay etiqueta roja*, esa cerveza trapista belga que tanto le gustaba.

Carlota contó sus sospechas de que Tania Rives, la puerta número tres del Gran Consejo, estaba detrás de todo desde el principio. Que su fallecimiento fue una ficción, igual que su entierro.

Tote la escuchó con atención.

—Recuerdo el funeral, fue un acontecimiento por todo lo alto en la ciudad. Se retransmitió hasta por una televisión local y la noticia salió en todos los informativos nacionales. A pesar de ello, la verdad es que, si se confirmara que Tania Rives estuviera viva, tu relato de los hechos tendría todo el sentido del mundo.

—Solo me falta que te pongas de su parte y le jalees sus locuras —dijo Rebeca, dirigiéndose a su tía con los brazos en jarras.

—No lo puedo evitar, lo siento. Me encanta tu mente analítica, Carlota. Serías una gran policía investigadora, ¿nunca te lo has planteado? —le preguntó Tote, con una sonrisa pícara en sus labios.

—Espérate a escuchar lo que pienso del mensaje que ha recibido Rebeca de su admirador secreto, igual cambias de opinión —le contestó, con otra sonrisa, esta vez, enigmática.

Tote se giró hacia su sobrina, sorprendida.

—¿Tienes un admirador secreto y no me habías contado nada?

—¡Qué va! Son las locuras habituales de Carlota —contestó Rebeca, mientras le enseñaba a su tía el mensaje que había recibido en su móvil, «Une los dos mensajes. Tu amigo Joan Corbera».

Tote puso cara de no comprender nada.

—¿Qué significa esto?

—No lo sé, no tengo ningún amigo que se llame así. Quienquiera que sea ese Joan Corbera, está claro que se ha equivocado de destinatario.

—Quizá no caigas ahora mismo quién es ese tío, pero te puedo asegurar que el mensaje sí que era para ti —dijo muy segura Carlota.

Las dos se quedaron mirando a Carlota, con cara de perplejidad.

—¿En qué te basas para decir eso? —preguntó Tote— Si reconoces que tampoco sabes quién es el remitente, no alcanzo a comprender tu razonamiento.

—Ni tú ni nadie, y dudo que hasta ella misma —intervino Rebeca.

—Os equivocáis las dos. Es muy sencillo. Mi razonamiento se basa en que, realmente, sí que tenemos dos mensajes que unir. ¿Cómo puede tener esa información un perfecto desconocido para todas nosotras? Yo me autorrespondo, es imposible. Está claro que, al menos, conoce a Rebeca.

—Perdona, y mira que es difícil, pero cada vez me entero de menos —le respondió.

Tote hizo un gesto con la cabeza, dándole la razón a su sobrina.

—Pensad qué dos mensajes hemos conocido recientemente del entorno de los condes —dijo Carlota.

Tote y Rebeca se quedaron cavilando.

—¿Del entorno de los condes? Bueno, está el mensaje del sobre que descifró Bonet, si te refieres a eso —dijo Rebeca.

—Muy bien, ya tenemos uno. ¿Y el segundo?

—No caigo —dijo Tote—. No tengo ni idea.

—Ni yo —contestó Rebeca, pensativa.

—¿Os acordáis del mensaje que estaba grabado en la gargantilla con el diamante rojo, que ahora está desaparecida? —preguntó Carlota.

—«Bajo las estrellas» o algo así, no se terminaba de ver bien en la foto que nos enseñó mi amigo, el detective Richie —recordó Tote.

—¡Exacto! Ya tenemos los dos mensajes misteriosos, de idéntica procedencia —dijo Carlota, triunfal—. Además, Rebeca, en realidad, tú ya lo habías descubierto, aunque no seas consciente de ello.

—¿Yo? —preguntó, incrédula.

—Sí, tú. Cuando desciframos el mensaje del sobre, recuerdo perfectamente que dijiste que igual no lo comprendíamos porque formaba parte de algo más grande. Ahí lo tienes, el mensaje completo, las dos partes unidas. Joan Corbera en plena acción.

—«Lujuria de seda bajo las estrellas», o «bajo las estrellas lujuria de seda» —dijo Rebeca— ¿Y qué demonios significa eso? —preguntó con cara de incredulidad.

Tote y Rebeca se quedaron mirando a Carlota, aguardando una respuesta que las sacara de dudas. Esta se quedó callada unos segundos, observando sus caras.

—¡Ah! eso no lo sé. Pero no me negaréis que tiene su gracia.

—¡Carlota! ¡Te mato! —dijo riendo Rebeca.

—Por un momento pensaba que hablabas en serio —dijo Tote, soltando una carcajada.

Entre las risas, Carlota le dijo a Rebeca.

—Oye, ¿por qué no le contestas el mensaje al Joan Corbera ese y le preguntas quién es?

—Venga, vamos a continuar el cachondeo —dijo Rebeca, cogiendo el móvil. Empezó a teclear «no sé quién eres» y lo envió.

—Anda, abre otra *Chimay* —dijo Carlota muy animada— ¡Y que siga la fiesta!

Se sirvieron más cerveza y brindaron.

—¿Os acordáis de la famosa frase que aparece en la obra *El mentiroso* del dramaturgo francés Pierre Corneille? —preguntó Carlota.

Como en el colegio, a Rebeca le faltó tiempo para levantar la mano.

—¡Yo me la sé! Aunque, en realidad, esa obra que mencionas de Corneille se basa en otra anterior del español Ruiz de Alarcón. La frase es «los muertos que vos matáis gozan de buena salud». Erróneamente, en algunas ocasiones, se le ha atribuido a Zorrilla y su *Tenorio*. ¿Te refieres a esa?

—¡Muy bien, Rebeca! Pues ese es el brindis que quería proponer. ¡Por la buena salud de nuestros muertos, Abraham Lunel y Tania Rives! —dijo Carlota, mientras levantaba su vaso de cerveza.

Las tres se rieron a gusto. La velada no había comenzado demasiado bien con las *marcianadas* irracionales de Carlota, pero ahora se lo estaban pasando bien.

De repente, sonó el teléfono de Rebeca. Era el tono de un mensaje.

—Parece que mi admirador secreto me ha contestado. Supongo que se disculpará por el error anterior —dijo Rebeca, mientras cogía el móvil, sonriente.

—¿Qué te apuestas a qué no se disculpa? —preguntó Carlota, en su línea—. ¿A qué continúa la conversación?

—Otra ronda de *Chimay*.

—¡Hecho! Además, son tuyas, doble satisfacción.

Rebeca se quedó mirando la pantalla, leyendo el mensaje. Le cambió el color de la cara. Se quedó más blanca que el mármol de la cocina.

Las risas habían cesado de golpe.

Parece que Carlota tenía razón, una vez más.

63 21 DE JUNIO DE 1391

Gabriel y Jucef quedaron para hablar, al terminar la escuela.

—Ya se han iniciado *Las doce puertas* —dijo Jucef.

—Lo sé, ya ha comenzado el éxodo de las primeras puertas, me lo ha dicho mi madre. Cada uno parte hacía una judería diferente.

—Nosotros saldremos de los últimos. Tú eres el número siete, y yo el número nueve.

—No sé qué será de mi nueva vida. Me voy a la judería de Morvedre con mis tíos. Dicen que es más segura que la de Valencia, ahora mismo. Aún no entiendo por qué tienen que morir mis padres y no se pueden venir conmigo —dijo Gabriel, con voz temblorosa.

—Dicen que el plan estaba escrito desde hace tiempo. Tu madre es de las pocas personas que lo conocía desde el principio.

—Lo sé, además se presentó voluntaria. Me lo explicó todo, pero sigo sin entenderlo. No comprendo la necesidad de tantos sacrificios personales. Después de todo lo que han hecho por salvaguardar el árbol, no entiendo que ahora tenga que morir. ¿Qué sentido tiene?

—Me gustaría tener respuestas para todas las preguntas, pero ya sabes que no es así. Yo me iré a la aljama de Zaragoza con mi madre. No tenemos familia allí, así que también será toda una aventura. Abandonaremos la ciudad los últimos, según el dibujo que nos mostró Isaac, el abuelo de Samuel. Rumbo a lo desconocido, además en solitario. No habrá nadie esperándonos allí.

—¡Samuel! — exclamó Gabriel, acordándose de repente de su amigo.

—¿Has averiguado algo de él? —preguntó Jucef.

—Sí, dos cosas, pero ninguna tiene demasiado sentido. De hecho, no tienen ninguno.

—Cuéntamelas, anda.

Gabriel le contó los dos posibles significados que había averiguado de la palabra «Corbera», que había aparecido en un mensaje escrito por su amigo Samuel.

Jucef sonrió misteriosamente.

—Ahora que me dices eso, todo cobra sentido. Ya sé qué ha pasado con Samuel.

—¿En serio? —preguntó intrigado Gabriel—. ¿Por lo que te acabo de contar?

—Exactamente por eso.

64 EN LA ACTUALIDAD, MIÉRCOLES 23 DE MAYO POR LA NOCHE

Rebeca no reaccionaba. Se había quedado pasmada cuando había leído el mensaje que acababa de recibir en el móvil. Miraba a Carlota, incrédula.

—¿Cómo lo sabías?

—¿Cómo sabía qué? Anda, léenos el mensaje que acabas de recibir de una vez —dijo Carlota, impaciente.

Rebeca le pasó el móvil a su amiga. Carlota leyó el mensaje en voz alta.

—«Ya nos conocemos. Enfrente del Mercado Central, a la una esta noche. Nada es lo que parece»

Se quedaron pasmadas, con la boca abierta.

—¿Joan Corbera es Abraham Lunel? —preguntó asombrada Tote.

—La frase «nada es lo que parece» es del profesor Lunel, sin duda —dijo Rebeca—. La ha escrito porque sabía que la reconocería, es como si hubiera firmado el mensaje con su nombre.

Carlota estaba completamente excitada. Le faltaba ponerse a saltar encima de la mesa.

—¡Está vivo también! ¡Los muertos van resucitando uno a uno! ¡Halloween se anima! ¿Cuál creéis que será el próximo? ¿Elvis o Michael Jackson?

A pesar de la tensión, Tote y Rebeca no pudieron evitar reírse.

—Anda, no digas tonterías Carlota. Además, nos ha citado apenas dentro de una hora —dijo Rebeca, mirando el reloj, nerviosa.

—No pensaréis acudir a esa cita sin sentido, ¿vedad? —preguntó Tote—. Hasta podría ser peligroso.

Rebeca hizo un gesto negativo con la cabeza.

—He quedado con el profesor Lunel dos veces, una de ellas a solas en su propia casa. Jamás me ha parecido una persona peligrosa. Tía, podrías acompañarnos. Tú eres policía y estaríamos más tranquilas.

—Por supuesto, no pensaba dejar que fuerais solas.

—¿Por qué nos citará tan tarde y en ese preciso lugar? —preguntó Carlota—. Es un sitio un tanto extraño para quedar, a estas horas. No estará muy concurrido.

—No lo sé, pero no iremos en bicicleta, cogeremos mi coche —dijo Tote—. Carlota tiene razón, no me parece un lugar muy adecuado ni unas horas muy prudentes.

Salieron de casa y aparcaron el vehículo en una calle cercana. Se fueron andando hasta la entrada principal del Mercado Central, que evidentemente estaba cerrado a esas horas de la noche. Su interior estaba en completa oscuridad, aunque su fachada estaba iluminada.

A Rebeca le encantaba venir a comprar al Mercado Central y perderse entre sus más de mil puestos, que vendían todo tipo de alimentos. Además de ser una auténtica joya arquitectónica, una de las obras maestras del modernismo valenciano de principios del siglo XX, también era el mercado de productos frescos más grande de Europa. Las formas de la construcción del mercado, con su espectacular cúpula central, siempre le habían evocado una especie de catedral del comercio. Desde luego lo era.

Llegaron al punto de reunión. No había nadie, salvo un vagabundo sentado en sus escalones.

—Aún no ha venido, esperaremos —dijo Rebeca.

De repente, escucharon una voz dirigiéndose a ellas.

—¿Ya no reconoces a un amigo?

Rebeca se giró hacia el vagabundo.

—¡Abraham! ¡No te había reconocido! —dijo, dándole un abrazo.

—Veo que traes refuerzos.

—Te presento a mi tía Tote y a mi amiga Carlota. —se giró hacia sus acompañantes—. Él es Abraham Lunel.

—La tía comisaria y la prodigiosa *mentalista* Carlota, encantado de conoceros. Anda, sentaos todas conmigo, si no os importa compartir un trozo de suelo con un humilde vagabundo.

Saludaron al profesor y se sentaron en las escaleras de acceso al Mercado Central.

—¡Y yo no soy ninguna *mentalista*! No sé qué te habrá contado Rebeca de mí, pero no soy eso.

—Perdona si te he ofendido. Siempre me ha hablado muy bien de ti, de tus dotes mentales, por eso he utilizado esa expresión. Disculpa si te he ofendido —le respondió, con mucha educación—. Por mi trabajo, admiro a la gente deductiva como tú.

Rebeca dio un pequeño empujón al profesor.

—¡Menudo susto nos diste con tu aparente muerte! —le reprochó —. Eso no se le hace a una amiga.

—Fue un teatro necesario, lo siento de verdad. Enseguida lo entenderás.

—No sé por dónde empezar, ¡tengo tantas cosas qué preguntarte! —dijo Rebeca.

—Un buen inicio sería que nos explicaras qué hacemos aquí, sentados en la puerta del Mercado Central, a estas horas de la noche —dijo Tote, la voz de la cordura.

—Estamos esperando.

—Esperando, ¿a qué?

—Más bien a quién.

—¡No me digas! —preguntó Carlota, con la cara iluminada.

—Sí, te digo —contestó divertido el profesor.

Carlota estaba excitada. Sus ojos le brillaban. Rebeca, en cambio, no comprendía nada.

—¿Alguien me puede traducir todo lo que estáis diciendo?

—Todo empezó cuando vi la foto que me enseñaste la semana pasada en el Ateneo, Rebeca. De repente, todos los acontecimientos cobraron sentido y comprendí lo que estaba sucediendo en realidad. Había que tomar medidas urgentes, y por qué no decirlo, también algo desesperadas. Era necesario intervenir lo más rápido posible.

Rebeca puso cara de no entender nada. Carlota tomó la palabra, parecía sinceramente emocionada.

—¿No lo entiendes, Rebeca? ¡El profesor reconoció en la foto que le enseñaste a Tania Rives y ahora mismo la estamos esperando! —dijo emocionada.

Tote y Rebeca se quedaron mirando al profesor Lunel, con un gesto en la cara difícilmente descriptible.

65 21 DE JUNIO DE 1391

Jucef le acababa de decir que había comprendido cuál había sido el destino real de Samuel. Gabriel se le quedó mirando, como si no comprendiera nada.

—Pues ya tardas en explicármelo.

—¿No lo entiendes? —insistía Jucef.

—La verdad es que no —le contestó Gabriel.

—Me acabas de contar que has averiguado que la palabra «Corbera» tiene dos posibles significados. El primero es el nombre de un pueblo y el segundo, el nombre de una familia cristiana que vive en Valencia, ¿verdad?

—Sí, así es.

—Pues yo sé algunas cosas que tú desconoces. La primera, ¿no te has preguntado el porqué del nombre de *Las doce puertas* si solo conocemos los diez miembros del Gran Consejo, y el número once, que era Samuel? Somos once, no doce.

—Siempre supuse que eran las doce puertas de la muralla de la ciudad.

—Y lo son, pero cada puerta tiene asignada a una persona. ¿Sabes quién es la persona asignada a la duodécima puerta?

Gabriel se quedó pensativo.

—No, y tampoco se me ocurre quién puede ser.

—No te lo vas a creer.

—Si le pones tanto misterio, supongo que será alguna persona muy conocida en la judería.

—Bueno, podría encajar en esa descripción.

—¡Dímelo de una vez!

—Es fray Vicente Ferrer.

Gabriel pegó un brinco.

—¡Eso es imposible! ¡Ese fraile cristiano jamás participaría de un plan judío!

—Jamás... de una manera consciente.

—No te entiendo, Jucef.

—Vicente Ferrer será la duodécima puerta, sin él saberlo.

—¿Y eso cómo es posible? —preguntó Gabriel con cara de incredulidad.

—Porque la única función de la puerta número doce, en realidad, es cuidar del número once. No tiene por qué saber nada más. De hecho, fray Vicente Ferrer no tiene ningún conocimiento del Gran Consejo ni de *Las doce puertas*. Simplemente es un protector.

Gabriel cayó en la cuenta del alcance de la revelación que le acababa de hacer Jucef.

—¡Espera, espera! Si ese fraile, como número doce, tiene que cuidar del número once, ¡eso significa que Samuel está vivo!

—Efectivamente —contestó Jucef.

Gabriel estaba emocionado. Jucef continuó hablando.

—Pero no solo eso, continuemos con el razonamiento. La segunda cosa que conozco es que Vicente Ferrer no vive en ese pueblo llamado Corbera, reside en Valencia, además cerca de la judería. Si tiene que cuidar de Samuel, podemos prescindir de uno de los dos significados de esa palabra. En consecuencia, descartamos el nombre del pueblo. ¿Lo entiendes y sigues mi razonamiento?

—Claro. Entonces, la palabra Corbera se refiere al apellido de esa familia cristiana que vive en la ciudad, pero sigo sin comprender qué quieres decir con ello —comentó Gabriel, que ahora estaba esperanzado.

—Me contaste que el abuelo de Samuel tenía contactos con ese fraile. Pues creo que ya sé para qué, y también sé por qué Isaac nos dijo que Samuel había muerto en nuestra comunidad. Ahora lo comprendo.

Gabriel estaba perplejo, pero enganchado a las explicaciones de Jucef. Samuel tenía razón, se hacía el tonto, pero no lo era en absoluto y, ahora, lo estaba demostrando. Muy a su pesar, tenía que reconocer que era más listo que él, bajo esa capa de supuesta incultura.

—¿Por qué Samuel ha muerto en nuestra comunidad? —preguntó.

—Solo hay una explicación que encaje con toda la información que tenemos —contestó Jucef con mucha seguridad.

—Venga, ¡dímelo de una vez! —suplicó Gabriel—. No te hagas de rogar.

—Samuel ha dejado de existir como tal, con el nombre de Samuel, porque ahora es hijo de esa familia de cristianos, de apellido Corbera. Eso es lo que te intentaba decir Samuel cuando te dejó esa nota en el patio.

Gabriel se levantó de golpe.

—¡Claro! Tienes razón, ahora todo tiene sentido —dijo, con la emoción a flor de piel.

—No solo tengo razón con lo que te acabo de contar. Mi razonamiento no acaba aquí, va más allá. En realidad, falta la parte más importante.

—¡Ah! ¿no? ¿Y qué te falta por contarme?

Jucef hizo una pequeña pausa, para enfatizar sus palabras.

—También afirmo que Samuel quiere que le hagamos una visita.

Gabriel se sorprendió ante la afirmación de su amigo. No lo había visto venir. La primera parte del razonamiento de Jucef tenía sentido, pero a esta segunda no se lo encontraba, por más que pensara.

—¿Cómo puedes saber eso si no hemos hablado con él? —preguntó intrigado—. No me parece que nos lo haya dicho en ningún momento.

—Sí que lo ha hecho.

—¿Cuándo ha ocurrido eso?

—Es evidente. ¿Para qué te iba a dejar una nota con el nombre de su nueva familia si no quisiera que lo localizáramos? Ese mensaje es, en realidad, una invitación de visita, eso sí, un tanto particular.

—¡Y tan particular! Pero puede ser —reconoció Gabriel, después de pensarlo un momento—. Aunque tengas razón, no podemos salir de la judería. Ya sabes que, ahora, los cuatro portales de salida están fuertemente vigilados. No podríamos cruzarlos.

—¿Y quién necesita un portal para salir? —dijo Jucef, guiñándole un ojo.

—¡El pasaje oculto que me enseñaste! —dijo Gabriel, casi gritando— ¡Podemos salir de la judería sin ser vistos!

—Esa es la parte fácil. Ahora tan solo nos falta un pequeño detalle que complica un tanto las cosas.

—¿Cuál es ese detalle?

—¿Tú sabes dónde vive la familia Corbera?

—¡Claro que no! ¿Cómo quieres que sepa eso, si me acabo de enterar de su existencia?

—Pues yo tampoco conozco el lugar de su residencia. No sé dónde vive ahora Samuel.

«¿Un pequeño detalle?», pensó Gabriel, que se le había pasado toda la euforia de golpe.

66 EN LA ACTUALIDAD, MIÉRCOLES 23 DE MAYO POR LA NOCHE

Rebeca estaba boquiabierta, incapaz de reaccionar.

—¿Has quedado ahora mismo con Tania Rives? —preguntó Tote, sorprendida.

—No exactamente. En realidad, ella no sabe que estamos aquí, pero no me cabe ninguna duda de que acudirá a la cita —contestó el profesor.

Carlota no se pudo aguantar. Rebeca y Tote estaban sorprendidas, pero ella parecía excitada.

—¡Porque ha descifrado el mensaje completo! —dijo, con esos ojos brillantes que caracterizan a su mente en acción.

Abraham Lunel se la quedó mirando. Ahora el sorprendido era él.

—Veo que era cierto lo que contaban de ti —dijo con un tono de evidente admiración.

Rebeca, por fin, parecía que había reaccionado.

—De verdad os lo repito, por favor. Explicad las cosas desde el principio, porque no entiendo nada —dijo, muy seria.

—¿Desde el principio? Bueno, no tenemos demasiado tiempo, así que haré un resumen rápido. Efectivamente, la foto que me enseñaste de la persona que suplantaba la identidad de la condesa de Dalmau era Tania Rives. No tenía ni idea de que estuviera viva. Yo mismo asistí a su entierro hace dos años, ¡imaginaos mi absoluta sorpresa!

Rebeca parecía un tanto abochornada. embarrassed

—Está claro que te interpreté mal, pensé que habías reconocido a la condesa.

—No, no, mi sorpresa fue por ver a Tania y, además, porque comprendí cuál era el único motivo que tenía para haber fingido su muerte. Y entonces fue cuando me asusté. Por eso decidí desaparecer yo también.

—¿Y cuál era ese motivo?

—Es evidente. Estaba buscando el árbol, el tesoro cultural judío perdido desde el siglo XVI. Ya conté que Tania Rives siempre pensó que la familia del conde de Ruzafa conocía quién era la puerta número once. Recordad que la puerta número uno, que era el conde, tenía la mitad de un mensaje, y que la undécima puerta tenía la otra mitad. Entre los dos, uniendo los mensajes, sabrían dónde localizar el tesoro cultural, podrían reconstruir el mensaje completo y recomponer el Gran Consejo.

—Sí, recuerdo que me lo contaste la semana pasada en el Ateneo —dijo Rebeca.

—¡Los dos mensajes! ¡Une los dos mensajes! Eso fue lo que enviaste al móvil de Rebeca, firmado por un tal Joan Corbera —dijo Carlota.

—¿Y los unisteis? —preguntó con curiosidad Abraham, con una pequeña sonrisa en los labios.

Se quedaron los cuatro callados un momento. Rebeca rompió en silencio.

—Lo único que se le ocurrió a Carlota fue la disparatada idea de unir el texto grabado en la gargantilla de la familia del conde «bajo las estrellas», con el mensaje que Bonet descifró del sobre de la condesa «lujuria de seda» —dijo—, pero no le encontramos ningún sentido. Lo hemos leído poniendo primero uno y luego el otro a continuación, y viceversa. De ninguna de las maneras los comprendemos.

Abraham Lunel volvió a mirar a Carlota con cara de evidente admiración.

—Eres sorprendente, de verdad.

—Seré sorprendente, pero no entiendo lo qué significa «bajo las estrellas lujuria de seda» —dijo Carlota, un tanto fastidiada, al darse cuenta de que el profesor sí que lo sabía y ella no. No le gustaba dejar los razonamientos a medias.

Rebeca estaba perpleja. Tenía muchas dudas.

—Vamos a ver, Abraham, si no te importa, volvamos varios pasos hacia atrás. ¿Cómo conocía Tania Rives toda esa información? —preguntó.

—Supongo que Tania entraría de alguna manera en el palacio de la condesa de Dalmau, robando la gargantilla y los dibujos con el sobre. Lo que no me explico es por qué te los llevó a ti, Rebeca. Es lo más extraño del asunto.

—¡Y tanto! Yo no conocía de nada a Tania Rives. ¿Por qué me eligió a mí?

—Supongo que por tu trabajo en *La Crónica*. La cuestión fundamental es que debió suponer que el mensaje en la gargantilla era la mitad que correspondía al número uno, y que el mensaje cifrado en el sobre, quizá fuera la otra mitad, la que debía corresponder al número once. Entre los dos debían formar el *gran mensaje*, es decir, la pista definitiva que condujera al árbol, al saber milenario de los judíos.

—¿Y por qué tenía el conde los dos mensajes?

—Ya os he contado que Tania siempre sospechó que el conde y su familia disponían de toda la información. Por eso estaban tan tranquilos y jamás quisieron compartirla ni reconstruir el Gran Consejo. Esa era su teoría.

—¿Pero eso es cierto? ¿Conocían el conde y la condesa quién era, o, mejor dicho, quién es, la undécima puerta? —preguntó Carlota.

—Tania me dijo que tenía información que le confirmaba que así era. Supuse que por eso fingió su muerte, para poder espiar a la condesa sin despertar ninguna sospecha. También supongo que el retorno por sorpresa a Valencia de la condesa, para resolver cuestiones legales, precipitó todos los acontecimientos que ya conocemos.

—Volviendo a la conversación anterior, entonces tú le mandaste a Rebeca a su móvil «Une los dos mensajes. Tu amigo Joan Corbera» —dijo Carlota.

—Sí, fui yo. Confiaba en que lo entendiera.

—Lo de unir los dos mensajes lo comprendió Carlota, como ya te hemos contado, pero ¿qué quiere decir «tu amigo Joan Corbera»? —preguntó Rebeca.

Abraham se la quedó mirando con curiosidad.

—¿De verdad que no sabes quién es Joan Corbera?

—No tengo ni la más remota idea.

—¿En serio? En realidad, sí que la tienes. La culpa es mía porque he formulado mal la pregunta. Vuelvo a empezar. ¿No sabes quién fue Joan Corbera, más conocido en su época por Johan Corbera?

Rebeca dio un salto.

—¡Johan Corbera! ¡En su época! ¡Claro, con ese nombre y en otra época sí que sé quién es! — dijo Rebeca, casi gritando—. Estaba pensando en algún amigo actual, en alguien del presente, no del pasado, por eso no había caído con el nombre ¡Cómo no se me había ocurrido antes! ¡Qué idiota!

—Más vale tarde que nunca —dijo el profesor, mientras le sonreía.

—¿Y qué tiene qué ver él en toda esta historia? —preguntó extrañada.

—Johan Corbera, además de por lo que sabe Rebeca, fue la última undécima puerta conocida. Su abuelo, que se llamaba igual, fue el primer número once. Vivió a caballo entre el siglo XV y el XVI. Recibió el encargo del Gran Consejo, en el año 1500, de trasladar el árbol, el tesoro, hasta su nuevo emplazamiento. Le costó sus buenos ocho años. Luego dividió el mensaje que conducía a su localización en dos partes, le entregó la mitad al número uno, y él se quedó con otra mitad. Jamás se supo nada más del Gran Consejo, ni se volvieron a reunir desde entonces. Los acontecimientos históricos de aquella época, tan calamitosos para los judíos, con su expulsión de España por los Reyes Católicos incluida, supongo que dinamitaron el Gran Consejo. El resto ya lo conocéis.

Rebeca estaba pensando a toda velocidad en todo lo que acababa de decir Abraham.

—¡Lujuria de seda! ¡Claro! ¡Ahora lo comprendo todo!

—Ahora soy yo la que no entiendo nada —dijo Carlota.

—Ni yo —repitió Tote.

—Por una vez, y sin que sirva de precedente, te llevo ventaja en una deducción —dijo Rebeca, riéndose y mirando a Carlota.

—Porque manejas información que yo no tengo —protestó—. Juegas con ventaja por ser historiadora.

—Johan Corbera fue uno de los arquitectos, o maestros canteros, como se llamaban entonces, que construyó esa maravilla de edificio que tenéis justo enfrente de vosotras —dijo solemne Rebeca, señalando con su mano.

Los tres levantaron la vista.

—¿La Lonja de Valencia? —preguntó Tote.

—Exacto, la Lonja de los Mercaderes —contestó Abraham.

—La Lonja de los Mercaderes, declarada Patrimonio de la Humanidad por la UNESCO en 1996, también conocida como la Lonja de la Seda, sobre todo por los judíos y los conversos, porque dominaban el comercio textil en aquella época —dijo Rebeca.

—¡La seda! —exclamó Carlota, recordando el mensaje.

—¿Pero su arquitecto no fue un tal Pere Compte? ¿No se llama así una calle lateral de la Lonja, en su honor? —preguntó Tote.

—Sí, pero falleció antes de terminar la obra. Luego le encargaron los trabajos a Johan Corbera, que los concluyó —explicó Rebeca.

De repente, escucharon un coche patrulla de la Policía Nacional aproximarse con la sirena y las luces azules encendidas. Se detuvo en la misma puerta de la Lonja, subiéndose encima de la acera con cierta violencia, como si tuviera prisa.

Abraham se levantó de las escaleras del Mercado Central, con esos aires teatrales tan de su gusto.

—Mis queridas amigas, me parece que Tania Rives ya ha llegado a su cita con la historia, y también a su cita con nosotros, aunque ella aún no lo sepa.

67 21 DE JUNIO DE 1391

Jucef se fue a buscar a Gabriel, cuando terminaron la escuela.

—Prepárate, que nos vamos de expedición —dijo Jucef, en un tono misterioso.

A Gabriel se le iluminó la cara.

—¿Nos vamos a ver a Samuel?

—Sí, ayer averigüé dónde vive su familia.

—¿Cómo lo hiciste?

—¡Cómo va a ser! Preguntando.

—¿A quién? No se me ocurre a nadie posible.

—Salí de la judería por el pasadizo y me acerqué a casa de fray Vicente Ferrer. Ya sabía que no estaría, porque a esa hora imparte clase en *La Seu*, pero me atendió otra persona. Le dije que era amigo de su discípulo Corbera y que se había dejado un libro en mi casa. Debía devolvérselo. Me tomó por un estudiante cristiano. Enseguida me dijo dónde vivía.

—¡Qué descarado! ¡Y qué atrevido también! ¡Te podían haber descubierto!

—Pero funcionó. Resulta que vive justo al lado del fraile, o sea, muy cerca de la salida del pasaje que ahora mismo vamos a utilizar.

—¿Qué estamos esperando? ¡Vámonos ya! —dijo un excitado Gabriel.

Salieron de la judería utilizando ese pasadizo medio subterráneo, que trascurría entre la muralla. Se dirigieron hacia el este, dónde vivía el fraile. Pasaron por la puerta de su casa y la dejaron atrás. Giraron por la esquina de la calle hacia la izquierda y vieron una especie de plazoleta. Allí estaba la casa de la familia Corbera. Se quedaron mirando alrededor.

A esas horas, estaba bastante concurrida. Vieron un grupo de chicos jugando, junto a un pozo.

—¡Es Samuel! —dijo Gabriel, mientras señalaba a uno de los chicos. Estaba emocionado, pero debía reprimir sus ganas de salir corriendo para abrazar a su amigo.

Disimulando como pudieron, se fueron acercando al grupo de muchachos, con la esperanza de que Samuel los reconociera, sin necesidad de llegar a juntarse con los demás. Si descubrían que eran judíos, sería un auténtico desastre.

Así ocurrió. De repente, Samuel se separó del grupo y se fue hacia ellos, con disimulo.

—Seguidme la corriente, vamos a hacer cómo si jugáramos con el agua que sale del pozo. Nadie debe notar nada raro —dijo Samuel, casi sin mirarlos.

—Yo también me alegro de verte —dijo Jucef— ¡Menudo recibimiento más soso!

—¡Eso! Pensábamos que estabas muerto —insistió Gabriel a modo de reproche.

—Tengo tantas ganas de abrazaros como vosotros, pero ahora no debemos llamar la atención. Me alegro muchísimo de que me hayáis encontrado, veo que entendiste la nota que te dejé —dijo, mirando a Gabriel.

—No fue tan fácil. Al principio no sabíamos qué querías decir. Fue Jucef quién lo descubrió.

—¿Qué ha pasado, Samuel? —preguntó Jucef.

Samuel se les quedó mirando. No sabía por dónde empezar las explicaciones.

—Llevo estudiando libros de religión católica desde hace algún tiempo. No entendía por qué tenía que hacerlo, pero venía fray Vicente Ferrer a mi casa para darme clases particulares. Mi abuelo decía que era todo un honor. De verdad que no comprendía nada, hasta hace casi tres meses.

—¿El día que desapareciste?

—Sí. Mis abuelos me dijeron cuál era mi destino. La puerta número once jamás debía abandonar la ciudad, no como el resto de miembros del Gran Consejo, que huirán con el plan de *Las doce puertas*. La manera más segura de quedarse en Valencia sin ser molestado por los cristianos era dejar de ser judío, ser uno de ellos.

—¿Te has convertido al cristianismo? —preguntó Jucef.

—Aún peor.

—¿Qué puede ser peor? —preguntó extrañado Gabriel.

—No soy un judío converso, soy un cristiano de nacimiento, lo que se conoce como un *cristiano viejo*.

—Eso es imposible, tú naciste judío —contestó Gabriel, con rotundidad y sin entender nada.

—Aunque parezca increíble, no lo es. Resulta que la familia Corbera vivía en un pueblo que se llama como su apellido, y no podían tener hijos. Fray Vicente Ferrer falsificó un acta de nacimiento y les facilitó una vivienda en Valencia. A cambio de todos esos favores, tenían que fingir que yo era su hijo natural. También debían de comprometerse a educarme en el cristianismo y en sus valores, como si fuera su hijo verdadero. Aquí, en la ciudad, la familia Corbera son unos recién llegados y la gente desconoce su vida anterior. El fraile se ha ocupado de todos los detalles.

—Sí que parece increíble —dijo Jucef, con la boca abierta de la sorpresa.

—Samuel Perfet jamás ha existido. Mi abuelo jamás ha sido mi abuelo. En este momento mi nombre es Johan Corbera y soy hijo de cristianos. Así debe ser, para preservar, a salvo y oculta, la undécima puerta. Eso es lo más importante en estos momentos tan delicados.

Gabriel y Jucef estaban pasmados.

—Ahora entiendo lo que decía tu abuelo, que habías muerto —dijo Gabriel.

—¿Y por qué ha hecho eso el fraile? Tengo entendido que odia a los judíos —preguntó Jucef.

—Tenemos un concepto algo equivocado del fraile dominico. Vicente Ferrer no es partidario de la violencia que se ha desatado contra nosotros. No nos odia como personas, pero sí que es cierto que odia nuestra religión y nuestras costumbres. A cambio de salvarnos, nos ofrece convertirnos al cristianismo de forma voluntaria. Mi abuelo va a hacer un gran sacrificio.

—En el último Gran Consejo dijo que su destino estaba escrito y que había designado un sucesor, que ya estaba iniciado —dijo Jucef.

—Sí. El nuevo número dos es el marido de mi tía Preciosa, una de las tres hijas de mi abuelo. Se llama Abraham Lunel. Lleva preparándolo en secreto algún tiempo. También tenemos a un nuevo número uno, un *adelantado* de la judería de Morvedre, creo.

—¿Y cuál es ese sacrificio que va a hacer tu abuelo? —preguntó Gabriel.

—Isaac Ben Sheshet Perfet, rabino de Valencia y una de las máximas autoridades talmúdicas vivas, está dispuesto a convertirse al catolicismo de la mano de fray Vicente Ferrer, si es necesario. Si no lo es, seguramente lo condenarán a morir en la hoguera.

—¡Qué dices! ¡No me lo puedo creer! —dijo Gabriel.

—Créetelo. Forma parte de un gran pacto que han hecho. Para el fraile supone una gran victoria del cristianismo sobre el judaísmo, sin duda pensará que es un triunfo personal. En realidad, desconoce que no es más que un peón en la gran partida de ajedrez que estamos jugando.

—¡Isaac el gran rabino, un converso! ¡Jamás me lo hubiera imaginado! —dijo Jucef.

—Sabéis que todos estamos haciendo grandes sacrificios para preservar el árbol, y mi abuelo no es una excepción. Conversión o muerte, casi nada para mi abuelo.

Los tres amigos se quedaron, durante un instante, en silencio.

—¿Para qué nos has citado, Samuel? No creo que haya sido para contarnos toda esta historia. La hubiéramos averiguado tarde o temprano, y estamos corriendo un gran riesgo —se aventuró Gabriel.

—Tienes razón. Necesitaba veros por dos cosas. Esperadme un momento aquí, no os vayáis.

Samuel salió corriendo hacia una casa. Gabriel y Jucef se quedaron extrañados con la actitud de su amigo. Al poco tiempo volvió con un paquete de unos dos palmos de tamaño y se lo dio a Jucef, ya que era algo pesado.

—Escuchad, os parecerá muy extraño lo que os voy a pedir que hagáis ahora mismo, pero tenéis que seguir mis instrucciones al pie de la letra. Creedme, es muy importante.

Samuel, o mejor dicho Johan Corbera, empezó a explicarles su misión.

Gabriel y Jucef no daban crédito a lo que estaban escuchando. «¿Se había vuelto loco? ¿Qué tontería era esa?»

—No me he vuelto loco, que seguro que estáis pensando eso —dijo Samuel, mirando a la cara a sus amigos.

—Si tú lo dices... —contestó Jucef—. No sé si te habrás vuelto loco, pero nos pides que hagamos una locura. No sé cuál es la diferencia.

Gabriel tampoco lo entendía. Desde luego aquello era muy extraño, pero confiaba en su amigo, así que cambió de tema.

— ¿Y la segunda cosa por la que necesitabas vernos?

—Venid aquí —dijo Samuel.

Ahora sí, los tres se dieron un gran abrazo. Permanecieron al menos un minuto juntos, no se querían separar.

—Jamás nos volveremos a ver. Nunca más. Quería despedirme para siempre de vosotros — dijo Samuel—. Hemos pasado unos años maravillosos. Ha sido un verdadero placer compartir los mejores momentos de mi infancia con vosotros, pero se han acabado. Ahora estoy muerto en vida, que es lo peor. Tengo que borrar todas las trazas de mi pasado. Es como si no hubiera existido jamás y hubiera nacido hace tres meses. Intentad concebirlo tan solo por un momento. Es mucho más duro de lo que os podéis imaginar.

Seguían abrazados, con lágrimas en los ojos.

Sus vidas tomaban diferentes rumbos, cada uno iba a seguir su propio camino. Definitivamente todo su universo se venía abajo con estrépito.

Una nueva vida.

68 EN LA ACTUALIDAD, MIÉRCOLES 23 DE MAYO POR LA NOCHE

Abraham, Rebeca, Carlota y Tote se levantaron de las escaleras del Mercado Central. Vieron como la patrulla de la Policía Nacional, cuyo vehículo había invadido la acera, entraba en la Lonja.

—¿Qué ocurre? Voy a ver —dijo Tote.

—No, espera un poco, no te preocupes. Volverán a salir en breve —dijo con seguridad el profesor Lunel—. Mientras tanto vamos a aproximarnos a una de las principales maravillas del arte gótico civil en todo el mundo, que es la Lonja de Valencia. Quiero que veáis algo muy curioso, que hace que este edificio sea verdaderamente único. Supongo que Rebeca ya lo conocerá, pero me va a permitir que os lo explique.

—Son todas tuyas —respondió.

Se aproximaron a su fachada.

—La Lonja posee infinidad de detalles arquitectónicos que la hacen singular y que no son muy conocidos. Quiero que os fijéis en las gárgolas, que son las figuras que sobresalen en la fachada, que sirven para evacuar el agua de la lluvia. Precisamente por eso en su día se llamaban *canals*.

Llegaron a la esquina de la calle Pere Compte, el primer arquitecto de la Lonja.

—Mirad la gárgola que está justo encima de nosotros, en la misma esquina. ¿Qué es lo que veis? ¿Os llama algo la atención?

—¿Qué tiene esa extraña criatura en la mano, que parece que lo está metiendo en un jarrón? —preguntó con curiosidad Carlota

—¿Qué te parece que es?

—¿Es su pene? —preguntó, incrédula.

—Exactamente es un hombre con alas introduciendo su pene en una especie de jarrón. Podría ser un ángel. La gárgola es una recreación neogótica de la original.

—Sí que es asombroso —dijo Carlota, sorprendida.

Continuaron andando, cruzando toda la fachada principal. El coche patrulla de la Policía Nacional, que se había presentado hacía unos minutos, estaba vacío, y la puerta de la Lonja abierta. Pasaron de largo, llegando a la esquina de la calle Cordellats, justo al otro extremo de la fachada.

—Mirad la gárgola que tenemos encima de nosotros. Es una especie de hombre peludo con una jarra en sus manos, parece que esté borracho. Diría que es un sátiro, y representa al vicio o la gula sin control. La figura es original de la época, del siglo XVI.

Carlota se la quedó mirando, intentando interpretarla.

—Es verdad, da esa impresión.

Giraron por la calle Cordellats. A mitad de su recorrido, Abraham les señaló otra gárgola.

—Fijaos en esa de ahí arriba, también es original de la época. ¿Qué veis?

—¡Ostras! ¡Es una mujer desnuda tocándose el sexo! —respondió sorprendida Carlota—. Con esta gárgola no tengo ninguna duda de otras interpretaciones.

Abraham asintió con la cabeza, sonriendo.

—Pensad que, en aquel momento, Valencia era la ciudad más poblada de la península ibérica y una de las primeras de Europa. Su censo de habitantes se situaba entre los 75.000 y 100.000, cuando Londres, por ejemplo, apenas tenía 60 000. En la ciudad se dieron unas condiciones magníficas para el desarrollo de una vida intelectual muy fecunda, como así ocurrió. Pronto se convirtió en una de las capitales culturales de Europa, no en vano el primer Siglo de Oro de la literatura peninsular fue en lengua valenciana. ¿Sabéis que en la ciudad se introdujo la imprenta en 1474, cuatro años antes que en el reino de Castilla? —preguntó Abraham, mirando a sus acompañantes—. Y no solo se imprimieron libros religiosos como la Biblia, también poemarios de Ausiàs March o el *Tirant lo Blanch* de Joanot Martorell, todos en lengua valenciana. Existía una burguesía inquieta que controlaba la cultura, y no la Iglesia, como era lo habitual en aquella época en otros lugares. Todo ello, unido a una vida social muy rica y una comunidad judeoconversa de gran relevancia, hizo que Valencia floreciera con gran rapidez. Eran años de una gran explosión cultural y social.

—Desconocía la importancia que había tenido Valencia en aquella época —dijo Carlota, asombrada por lo que acababa de escuchar.

—Es inaudito que haya tanta gente que lo ignore, para empezar la mayoría de los propios valencianos. Yo no he nacido aquí, aunque soy israelí, me considero un ciudadano del mundo, pero ahora este es mi lugar de residencia. Me cuesta comprender ese desconocimiento por la propia historia de los nacidos aquí.

—Creo que algo tiene que ver nuestro carácter —intentó disculparse en vano Carlota.

—Pues no debería ser una cuestión de carácter, sino de cultura, de conocer vuestras raíces y vuestra historia, que es muy rica —contestó el profesor Lunel, casi en tono de riña.

Rebeca permanecía callada. Lógicamente ella, como estudiante, conocía todos los detalles.

Abraham continuó con su relato.

—Nos hemos desviado un poco del tema, pero lo que os acabo de contar nos viene al pelo para comprender lo que estamos viendo en La Lonja. Situaros por un momento en aquella época, hace quinientos años. Pensad que nos encontramos ante el edificio civil más emblemático de una de las ciudades más importantes de Europa. ¿Y qué es lo que observamos?

Las tres estaban absortas escuchando a Abraham, que continuó con su explicación.

—Pues nada más y nada menos que una representación de la lujuria, que era el pecado más perseguido, esculpido en una de sus gárgolas. ¿No os resulta extraño y a la vez sorprendente? Incluso diría que fascinante, enigmático y casi hasta mágico.

—¡Lujuria de seda! —gritó Carlota, que por fin comprendió el sentido de las explicaciones de Abraham— Ese era uno de los mensajes ¡Lujuria en la Lonja de la Seda!

El profesor Lunel continuaba con esa sonrisa en la cara tan enigmática.

—En la Lonja hay veintiocho gárgolas o quimeras, que son lo mismo, pero sin salida de agua. Cada una tiene una historia y un mensaje diferente, desde luego nada convencional. Os he enseñado tan solo tres de ellas, pero hay otras que son mucho más exageradas que estas que acabamos de ver. Os recomiendo que, otro día, le dediquéis un par de horas. Os aseguro que pasaréis un rato muy entretenido y os vais a sorprender de verdad. Merece la pena. Todas ellas hacen de este edificio un lugar único y mágico en todo el mundo. Y lo tenemos en nuestra ciudad, pasamos por delante de él infinidad de veces y lo vemos, pero no lo miramos de verdad.

Tote y Carlota estaban asombradas. Rebeca ya las conocía, por sus estudios de Historia, por eso había comprendido el mensaje, incluso antes de ver las gárgolas.

—Desgraciadamente ahora no tenemos tiempo, ya que nos espera nuestra cita con Tania Rives —dijo el profesor Lunel, mientras volvía sus pasos hacia la puerta principal de la Lonja. Las tres le siguieron.

Cuando llegaron, se encontraron con un vigilante de seguridad, acompañado de dos policías nacionales. Tote se dirigió hacia ellos.

En cuanto la vieron aparecer, aunque vestida de particular, la reconocieron de inmediato.

—¡Comisaria Rivera! ¡A sus órdenes! —dijeron los agentes, adoptando una posición casi militar, evidentemente sorprendidos con su presencia a semejante hora y lugar.

—¿Qué es lo que ha ocurrido aquí? —preguntó Tote—. ¿Por qué habéis venido?

—Se ha disparado la alarma del salón principal. La empresa de seguridad privada nos ha llamado de inmediato y hemos acudido.

—Os he visto llegar con el coche patrulla, por eso me he acercado ¿Habéis revisado el interior?

—Hemos accedido, pero no hemos visto a nadie.

—¿Estáis seguros?

—No es la primera vez que la alarma nos da una falsa detección estos últimos días, de hecho, es la tercera vez que acudimos. Suponemos que algún sensor o detector de movimiento estará estropeado.

—¿La han desarmado?

—Sí, señora comisaria. Hemos procedido a desconectar la alarma. La empresa instaladora y mantenedora vendrá mañana a revisarla. Tenemos órdenes de quedarnos esta noche aquí, en la puerta, ya que el sistema de seguridad va a permanecer desactivado.

—Muy bien. Ábranme la puerta, voy a acceder con mis compañeros a echar un vistazo. Ustedes cumplan con sus órdenes y vigilen que no entre nadie más. ¿Lo han comprendido?

—Sí, señora comisaria, por supuesto.

Los policías abrieron de inmediato la puerta principal. El profesor Lunel, Rebeca, Carlota y Tote entraron en el salón principal de la Lonja, en la llamada Sala de Contratación.

Tote preguntó dónde estaban los interruptores para encender la iluminación. Se lo indicaron.

—Ahora cierren la puerta. Ya les avisaré cuando hayamos terminado la inspección ocular. Recuerden, por seguridad, no permitan la entrada de otras personas bajo ningún pretexto. No quiero interferencias.

—A sus órdenes, comisaria Rivera. Aquí estaremos, en la puerta. Si necesitan algo, háganoslo saber y acudiremos de inmediato.

Los policías cerraron la puerta principal de la Lonja y los cuatro se quedaron solos en su interior. Abraham parecía divertido con lo que acababa de presenciar.

—La verdad es que así es mucho más fácil entrar que como yo tenía previsto —dijo.

—Prefiero no saber cómo pretendías acceder al edificio —le contestó Tote, sonriente—. Si me lo cuentas, igual te tendría que detener.

Encendieron las luces. La solemne majestuosidad de la Sala de Contratación, vista así, a solas y en completo silencio, los dejó sin palabras durante un momento. Las veinticuatro columnas helicoidales que sostienen la bóveda de crucería son de una belleza y armonía fuera de lugar.

—Es impresionante —dijo Carlota.

—Más que eso —Rebeca también estaba impresionada.

—Verdaderamente espectacular. Si ya es preciosa con el bullicio habitual, verla así, sin nadie en su interior, resulta sobrecogedora —dijo Abraham.

De repente, para su completa sorpresa, escucharon una voz salir del fondo de la sala.

—¿Sin nadie en su interior? ¡Por Dios!, ¿has perdido la cabeza, Abraham?

—¿Quién habla? ¡Salga inmediatamente! ¡Le habla la Policía! —gritó Tote, mientras retiraba su arma reglamentaria de la funda. No llegó a levantarla, pero la mantenía bajada, empuñándola en su mano.

Aparecieron dos personas, que permanecían ocultas detrás de una de las grandes columnas de la sala.

—Por favor, Abraham, ¿cómo se te ocurre venir y, además, traerla, precisamente a ella? —dijo una voz femenina completamente indignada— ¿Te has vuelto loco del todo?

Rebeca la reconoció de inmediato. Era la voz de la persona que se había hecho pasar por la condesa de Dalmau, en su visita al periódico.

Abraham Lunel se dirigió a Tote.

—Vuelva a enfundar el arma, señora comisaria, no será necesaria. Tengo el placer de presentaros a Tania Rives y a su marido, Mario Alcántara.

—Me parece que usted y yo ya nos conocemos de algún otro día —dijo Rebeca, algo enfadada.

Tania Rives también lo parecía. Estaba claro que no esperaba esta visita y no le había sentado demasiado bien. Su rostro reflejaba, incluso, algo de furia.

—¡Y tanto que nos conocemos! ¿Acaso me tomas por una imbécil? No me has engañado ni un solo minuto.

—Creo que aquí, la única engañada fui yo —le respondió Rebeca—. ¿Le tengo que recordar su desagradable interpretación de la condesa, aquel día en *La Crónica*?

—No diga idioteces, *señorita Mercader*, ni intente desviar la conversación. Sé perfectamente cuál es el secreto que oculta. Anda, Abraham, haz los honores y cuéntaselo tú mismo.

Se hizo el silencio durante unos interminables segundos.

—Bueno, si Abraham no se atreve, te lo diré yo, *niñata*. Como te decía, podrás engañar a tus ignorantes amigos, pero no a nosotros. Conocemos perfectamente quién eres en realidad, Rebeca Mercader. Sabemos cuál es tu verdadera identidad que llevas ocultando mucho tiempo.

Todos estaban mirando a Rebeca con curiosidad.

¿A qué se refería Tania?

Continuó hablando, y descubrió el supuesto secreto que guardaba Rebeca.

—Sabemos que eres la undécima puerta, así que deja de disimular de una vez, entre nosotros ya no es necesario.

A Rebeca le cambió completamente la cara. No respondió de inmediato, de hecho, permaneció en silencio.

«¡Atiza!», pensó Carlota. Se quedó mirando a su amiga y le vino a la mente la frase de Abraham Lunel, «nada es lo que parece».

Desde luego.

69 24 DE JUNIO DE 1391

Gabriel y Jucef dejaron a Samuel, ahora conocido como Johan Corbera. La despedida había sido dura, se habían criado casi toda la infancia juntos y, ahora, tenían que asumir que jamás se volverían a ver. Aún tenían los ojos llorosos. La pena que sentían era inmensa.

Samuel les había dado un paquete con unas instrucciones muy concretas. Jucef, que tenía bastante más fuerza que Gabriel, cargaba con el bulto, que, aunque no fuera de gran tamaño, pesaba bastante. Iban en dirección al pasaje oculto que los llevaría de vuelta a la judería, sin que nadie advirtiera su entrada.

—Samuel nunca nos hubiera pedido una cosa tan extraña sin un motivo realmente importante —intentaba justificarlo Gabriel.

—No te esfuerces, no tiene ningún sentido, lo mires por dónde lo mires.

—Pero ha insistido mucho en que lo hiciéramos y, además, ahora mismo, en nuestra vuelta a la judería.

—Claro que lo tenemos que hacer ya. Imagínate si cualquiera nos descubre con el contenido de este paquete, a ver cómo lo justificamos.

Gabriel esbozó una sonrisa.

—La verdad es que estaría muy gracioso, a ver qué explicaciones podríamos dar.

—¿Gracioso? No podríamos dar ninguna explicación, ni siquiera medio coherente —contestó Jucef, también con una sonrisa en su rostro.

Entraron en la judería y anduvieron hasta la Sinagoga Mayor. Aún había gente en su interior, tenían que esperar a que se quedara vacía.

—Debemos tener paciencia. Hay que aguardar a que toda la gente se vaya —dijo Jucef.

—¡Claro! No me atrevo a entrar con ese paquete mientras haya una sola persona de su interior —dijo Gabriel, aún con media sonrisa en su rostro.

—Mira que mi padre me ha encargado cosas raras, pero tanto como esto, jamás en la vida.

—No sigas, que me entra la risa floja.

Gabriel se asomó a la sinagoga. Ya estaba completamente vacía.

—Es el momento.

Samuel había insistido en el lugar exacto donde debían de enterrar el objeto. En cuanto localizaron el emplazamiento, empezaron a cavar en el suelo todo lo rápido que pudieron.

—Debe ser lo más superficial posible, ya escuchaste a Samuel —recordó Gabriel.

En cuanto el hueco fue lo suficientemente amplio para acoger el objeto que trasportaban, que mediría unos dos palmos, lo desenvolvieron y lo depositaron en el agujero, cubriéndolo con arena.

Cuando terminaron la extraña labor que les había encargado Samuel, Jucef decidió cambiar de tema.

—Ya que estamos aquí, en la Sinagoga Mayor, y que ahora mismo está vacía, podríamos aprovechar para hacer otra visita a la biblioteca.

A Gabriel no le hacía demasiada gracia, ya que le daba cierto respeto, pero aceptó. Antes de dirigirse a la biblioteca, Jucef cogió la *ner tamid*, la lámpara que simbolizaba la llama eterna.

—La necesitaremos para iluminarlos, todo está muy oscuro allí dentro.

—Como nos descubran, nos va a caer un buen castigo.

—Después de lo que acabamos de hacer, ¿te preocupa? —le respondió Jucef.

Se fueron hacia la biblioteca. Abraham ya se había ido y la puerta estaba cerrada con llave. Jucef llevaba el gancho que había utilizado en la otra ocasión para abrir la cerradura. La manipuló y enseguida consiguió su objetivo.

—Nos la estamos jugando otra vez, y ya he perdido la cuenta de las veces que lo hemos hecho. ¿Tan importante es lo que esperas encontrar en su interior? —preguntó Gabriel, asustado.

—Créeme, si se confirman mis sospechas, no será importante, será importantísimo.

Cerraron la puerta tras ellos y anduvieron hasta el fondo de la biblioteca. Se sentaron en la mesa de Abraham, justo enfrente del armario que ocultaba el acceso secreto.

—No me has contado tus sospechas.

—Ahora saldré de dudas, pero el razonamiento es obvio.

—¿Qué razonamiento?

—Vamos a ver Gabriel. ¿Te acuerdas que nos extrañamos al encontrar una segunda puerta oculta detrás de un armario que daba acceso a la sinagoga? ¿Qué utilidad podía tener, si cualquier persona podía entrar por la puerta principal sin ningún problema? ¿Para qué se necesita una puerta secreta para acceder a un lugar público, en el que nadie te pone ningún impedimento para entrar a cualquier hora?

—No se me ocurre.

—En realidad, tan solo hay una explicación posible.

—¿Cuál?

—Que el sentido de la puerta no sea para entrar y salir de la sinagoga. Para eso ya tienen el acceso principal, como te acabo de decir.

—Sigo sin entenderlo.

—¡El sentido de la puerta no es entrar y salir de la sinagoga, sino entrar y salir de esta misma biblioteca sin ser vistos! No es la sinagoga, la biblioteca cerrada es la clave de la puerta secreta.

Gabriel no comprendía nada.

—¿Y para qué? Si cualquiera puede acceder cuando está abierta.

—Esa es la pregunta fundamental. ¿Para qué se iban a tomar la molestia de construir una puerta y, además, camuflarla de esta manera, para entrar en secreto a la biblioteca? Tú mismo lo has comprendido.

—Yo no he comprendido nada.

Jucef hizo una pausa. Gabriel esperó que continuara con su explicación.

—Para contestar a esa pregunta, hemos de analizar el resto de detalles que conocemos. Dentro de ese armario hay una capa del Gran Consejo, y la puerta secreta la utilizó Jacob Abbu, que es el número uno. Gabriel, tú siempre has sospechado que esta biblioteca ocultaba algo relacionado con los encapuchados, por eso me dijiste que la vigilara

—Sí, eso es cierto.

—¿Qué puede ser tan importante para el Gran Consejo, que se tome la molestia de ocultarlo de esa manera, incluso construyendo una puerta secreta para poder acceder sin ser vistos por nadie? Tú mismo has dado con la clave, aunque aún no te hayas dado cuenta.

Gabriel se quedó pensativo. De repente, se levantó de la mesa de Abraham de un salto.

—¡No puede ser!

—Claro que puede ser —dijo Jucef, con media sonrisa en el rostro, cuando comprendió que Gabriel había deducido la gran verdad.

—Tan solo una cosa lo justificaba.

70 EN LA ACTUALIDAD, MIÉRCOLES 23 DE MAYO POR LA NOCHE

Rebeca se había quedado paralizada con la revelación que acababa de hacer Tania Rives, acusándola de ser la undécima puerta.

Carlota se dirigió a su amiga.

—¿Es cierto lo que acaba de decir Tania?

Rebeca pareció reaccionar, por fin. Su silencio era muy preocupante.

—Escucha, Tania. No sé de dónde te has sacado esa idea tan disparatada, pero yo no sé nada de puertas ni de judíos ni de grandes consejos. De hecho, estoy aquí esta noche porque me ha citado Abraham Lunel, no por iniciativa propia. Creo que eso te ha quedado claro.

—Deja de mentir, el conde y la condesa conocían perfectamente tu identidad, pero eso no es lo más importante ahora mismo. Debemos localizar el tesoro, que está escondido aquí mismo.

—Por la parte del mensaje «lujuria de seda» sabemos que se refiere a este edificio, la Lonja, pero es un complejo grande. ¿Cómo puedes saber dónde buscar exactamente? —preguntó Carlota.

—Esa pregunta te la puedo responder yo —dijo el profesor Lunel—. Mirad la bóveda de la Sala de Contratación, que es dónde estamos ahora.

Todos levantaron la mirada hacia arriba.

—La bóveda y los arcos de crucería son preciosos, todos en piedra, ¿y qué? —preguntó Tote.

—Ahora la veis así, con la piedra a la vista, pero cuando se construyó la Lonja el techo estaba policromado. ¿Sabéis cómo estaba pintado?

Seguían mirando la bóveda.

—No lo sé, está claro que no queda ningún rastro de aquello —dijo Tote.

—Aunque ahora no lo parezca, en 1498, el maestro Martí Guirbes la pintó de azul con sus estrellas incluidas, queriendo simular la bóveda celeste. En el siglo XIX se decidió eliminar cualquier rastro de pintura, y así la vemos hoy en día, pero no era su aspecto original.

—¡Bajo las estrellas! ¡Esa era la otra parte del mensaje! —exclamó Carlota, emocionada. Todo empezaba a cobrar sentido.

—Exacto. Cuando unes las dos partes del mensaje, te está indicando que el tesoro se encuentra en la «lujuria de seda», es decir, en la Lonja, y más concretamente «bajo las estrellas», es decir, justo debajo de dónde nos encontramos ahora mismo, en la Sala de Contratación.

—Bravo Abraham, tú también has descifrado el mensaje completo —dijo Tania.

—No era difícil, ¿verdad?

—No. Precisamente por eso hemos venido esta noche con este georradar portátil, pero, de momento, no hemos localizado nada —dijo Tania, señalando una especie de brazo metálico con una pantalla en color—. Tenemos que continuar buscando.

—¡De eso nada! —dijo con voz autoritaria Tote— ¿Qué pretendéis hacer si el trasto ese detecta algo escondido? ¿Agujerear la sala principal de un monumento declarado Patrimonio de la Humanidad? ¿Creéis que lo voy a permitir? ¿Acaso os olvidáis de mi trabajo? ¡Por favor, que soy comisaria de Policía! Informaremos a las autoridades competentes y que ellas procedan como consideren más conveniente, pero no vamos a romper nada.

—Pero si no lo localizamos se perderá para siempre —dijo Tania—. Ahora, después de cinco siglos, por fin sabemos dónde está oculto. Es nuestra obligación sacarlo a la luz.

—¿Has mirado el suelo de la Sala de Contratación? Es una auténtica obra de arte. ¿Ni siquiera tú comprendes que no podemos romperlo? —dijo Tote, algo enfadada. La discusión le parecía estúpida.

—Lo que hay debajo es más importante que el suelo, por muy bonito que sea —insistió Tania.

Tranquila, que el tesoro no se perderá. Si es cierto que se encuentra debajo de la Sala de Contratación de la Lonja, expertos arqueólogos lo encontrarán y lo extraerán, sin causar daños a esta maravilla de suelo —concluyó la comisaria Rivera—. No va a hacer falta romper nada para sacar a la luz ese supuesto tesoro cultural judío.

Tania estaba desesperada y no lo disimulaba.

—No lo entendéis, ¿verdad? —dijo.

71 24 DE JUNIO DE 1391

Gabriel se había quedado boquiabierto cuando comprendió a qué se refería Jucef. Tenía razón. Tan solo existía una explicación posible que pudiera justificar la apertura de una puerta secreta de acceso a esta misteriosa biblioteca para el Gran Consejo.

—El árbol que debemos preservar está escondido aquí dentro ¡Es su nuevo emplazamiento!

—Muy bien, Gabriel. Has deducido lo mismo que yo.

Miraron a su alrededor.

—Como teoría está bien, tiene sentido con todos los detalles que conocemos, pero aquí no hay ningún lugar donde ocultarlo —dijo Gabriel—. ¿Lo has pensado?

Jucef parecía divertido.

—¿Y para qué habría que ocultarlo? —dijo, con una sonrisa enigmática en el rostro.

—¿Qué dices? Los armarios en las paredes laterales no son tan grandes y están llenos de libros, cabe poco más —dijo Gabriel, sin comprender la pregunta de su amigo.

—Exacto, llenos de libros, tú lo has dicho.

—Explícate mejor que no te entiendo.

¿Cuál es el mejor sitio para esconder un árbol?

—¿Qué quieres decir?

—Quiero decir que el mejor sitio para esconder árboles es un bosque, al igual que el mejor sitio para esconder libros es una biblioteca. ¿No lo entiendes?

Gabriel se levantó de la silla.

—¡Claro! ¡Ahora sí! ¿Crees que el árbol del conocimiento de nuestro pueblo se encuentra camuflado entre estos libros?

—Eso es exactamente lo que pienso. Además, me parece un escondite muy inteligente, ¿no crees?

Gabriel se quedó pensativo.

—Es brillante. Si el árbol del conocimiento está plasmado en manuscritos antiguos, desde luego es una gran idea. Aquí podrían pasar desapercibidos, no haría falta ocultarlos.

—Vamos a rebuscar entre los armarios. Necesito tu ayuda, porque yo no soy capaz de distinguir un manuscrito vulgar de uno interesante, ya sabes que no me gustan demasiado los libros —reconoció Jucef.

Gabriel observó con más detenimiento la biblioteca. Había un total de seis armarios, distribuidos entre sus cuatro paredes. El que tenían delante ahora mismo es el que ocultaba el acceso a la puerta secreta, dos más en cada pared lateral y el último junto a la puerta de entrada.

—Empecemos por los armarios de esta pared y vayamos dando la vuelta hasta completar todos.

Comenzaron por los dos más pequeños. Habría unos treinta o cuarenta manuscritos en cada armario. Gabriel los hojeó uno a uno, por ver si descubría alguno que le llamara especialmente la atención.

Nada.

Tampoco en el armario que estaba junto a la entrada. Descartaron el que ocultaba la puerta secreta, porque ya lo habían inspeccionado y no había nada extraño.

—Nos quedan los dos más grandes, pero, de momento, no veo nada fuera de lo normal. Todos son libros conocidos o vulgares.

Gabriel abrió el primero. Era demasiado voluminoso para poder acceder a todos los manuscritos con comodidad, así que se encaramó y, como pudo, entró. Empezó a hojear todos los libros. Seguía sin aparecer nada extraordinario. Lo que, en principio, parecía una brillante idea de Jucef, empezaba a quedarse sin opciones prácticas.

—Ya solo nos queda este —dijo Gabriel, señalando el último armario que faltaba por revisar.

Entró de un salto. De repente, el suelo del armario venció y Gabriel se cayó con estrépito.

Jucef se acercó de inmediato hasta su amigo, al oír el estruendo.

—¿Qué te ha pasado? ¿Estás bien?

—Sí, no te preocupes. Se ha doblado una tabla de madera del suelo del armario, con la mala suerte que he metido un pie dentro. Estoy bien, no me he hecho daño, aunque el espacio parece reducido, se me ha quedado el pie encajado y no puedo sacarlo. ¿Me puedes ayudar?

—Claro, ahora entro para echarte una mano. No te preocupes que te saco en un momento.

Jucef se metió en el armario. Se agachó para sujetarle de la pierna con el objeto de intentar tirar de ella y sacarle el pie atrapado. No lo consiguió. Movió un poco la tabla que se había doblado. De repente, vio algo extraño.

—Escucha Gabriel, aquí hay algo que no es normal.

—¿Qué pasa?

—El pie se te ha metido por debajo de nivel del suelo, por eso nos está costando tanto sacarlo.

—¿Por debajo del nivel del suelo? Me estás asustando. ¿Eso qué quiere decir?

—Ahora mismo lo averiguaremos.

Jucef empezó a quitar el resto de tablas que formaban parte de la base del armario. Le llevo un par de minutos, ya que estaban ancladas con mucha fuerza.

Cuando, por fin, concluyó la laboriosa faena, la cara de Jucef era de absoluto asombro. No comprendía lo que estaba viendo, pero era muy extraño.

—Ya puedes sacar el pie, pero con cuidado. Mira lo que hay debajo de ti, o, mejor dicho, lo que no hay.

Gabriel extrajo el pie, al mismo tiempo que giraba la vista hacia donde le indicaba Jucef. Se quedó boquiabierto.

—¿Qué se supone que es eso? No se ve nada debajo de mis pies.

—Tú lo has dicho. No se ve nada porque no hay nada.

—Y eso ¿qué quiere decir?

—Que tan solo hay una manera de averiguarlo. Voy a coger la lamparilla con la llama, para intentar iluminar el fondo del armario.

Jucef salió del interior del armario, tomó entre sus manos la *ner tamid* y alumbró el suelo, donde antes estaban las tablas de madera que acababa de retirar.

Cuando se iluminó la parte inferior, Gabriel salió de un salto del armario, espantado.

—¿Qué es eso? —exclamó asustado—. Casi me caigo ahí dentro.

Tenían ante sus ojos una especie de túnel subterráneo, con unas pequeñas escaleras esculpidas en la piedra. El armario estaba situado encima y lo ocultaba en su totalidad. El hueco era estrecho, pero cabía perfectamente una persona no excesivamente gruesa.

—Esto sí que no me lo esperaba —dijo Jucef.

—¿Y quién lo podía esperar? Otro pasadizo secreto, lo único es que este va directamente hacia abajo. Da algo de miedo. Más bien, da mucho miedo.

—¿Miedo? ¡*Gallina*! Vamos a entrar, a ver adónde nos lleva —dijo Jucef, mientras accedía al armario y se disponía a bajar las escaleras. Lo hizo con tanta velocidad que desapareció de la vista de su amigo.

Gabriel no se quería quedar solo bajo ningún concepto, así que siguió a Jucef hacia el centro de la tierra. La pendiente era bastante pronunciada, aunque los peldaños de la escalera ayudaban bastante. La llama que llevaba Jucef alumbraba lo justo para no darse con la cabeza en los laterales del túnel.

Llegaron al final. Estaban en una especie de estancia subterránea bastante amplia.

—No sabía que la sinagoga tuviera una cripta —dijo Gabriel, mientras miraba a su alrededor.

—Ni tú ni nadie —dijo Jucef, que estaba estupefacto, con los ojos abiertos como platos—. Las sinagogas no tienen criptas. Las únicas construcciones subterráneas son los baños, por aprovechar las corrientes de agua naturales, y aquí no veo ninguna de esas. Lo que veo es otra cosa muy diferente.

Gabriel centró más la vista y comprendió el motivo del asombro de Jucef. Su cara de desconcierto rivalizaba con la de su amigo.

—¿Esto qué significa? —preguntó, muy sorprendido.

Jucef estaba conmovido con lo que tenían delante. No le podía apartar su mirada. Se dirigió a su amigo, con mucha solemnidad.

—Estamos ante el árbol judío, trasladado rama a rama durante más de treinta años, desde todas las aljamas de los reinos de Castilla y Aragón. —dijo—. Me atrevo a decir que muy poca gente ha podido observar lo que nosotros estamos viendo ahora mismo. Somos unos auténticos privilegiados.

Gabriel estaba completamente desconcertado.

—¿Privilegiados? ¡Pero esto no puede ser! ¡Es imposible!

72 EN LA ACTUALIDAD, MIÉRCOLES 23 DE MAYO POR LA NOCHE

Tania Rives estaba desesperada. La negativa de la comisaria Rivera de permitirles buscar y extraer el gran árbol judío de su emplazamiento, oculto durante cinco siglos, la tenía completamente alterada.

—¡Pero es un gran tesoro! Podríamos ser todos muy ricos, simplemente con el porcentaje que legalmente nos correspondería por haberlo encontrado —dijo Tania—. Nos lo merecemos, después de todos los esfuerzos que hemos hecho hasta llegar aquí.

Todos se quedaron mirándola, sin comprender lo que quería decir.

—Es un tesoro cultural, podría haber libros antiguos y esas cosas, pero... —empezó a decir Carlota.

—¿Tesoro cultural? —la interrumpió Tania, riéndose— ¿Quién os ha contado semejante patraña?

—¿Qué quieres decir? —preguntó Carlota, extrañada.

—Quiero decir que no existe tal tesoro cultural. Supongo que Abraham Lunel os habrá contado el cuento de que los judíos aprendieron los idiomas de los pueblos que los dominaron, que copiaron muchos libros y que absorbieron grandes conocimientos. ¡Por favor, seamos serios! ¿Qué podrían valer unos cuantos libros copiados, cuando se conservan la inmensa mayoría de los originales? ¿Qué conocimientos podrían tener los judíos hace seis siglos que no hayan sido superados hoy en día?

—¿Qué quieres decir? —preguntó Rebeca, sin comprender nada.

—Desde siempre he tenido muy claro que el adjetivo «cultural» no fue más que otra medida de seguridad que se inventó el número uno, es decir, la fámilia del conde, para ocultar su verdadera naturaleza.

—¿Y cuál es esa naturaleza, según tu opinión? —preguntó Carlota, con curiosidad.

—No es una opinión ni una conjetura. Está muy claro ¿Cuál era la principal actividad de los judíos de la época?

—Mercaderes, artesanos y prestamistas —respondió de inmediato Rebeca.

—¡Exacto! Eran sobre todo prestamistas. Los judíos eran un pueblo rico, incluso proporcionaban dinero a los reyes cristianos y financiaban sus grandes campañas. ¿Sabéis gracias a quién se descubrió América?

—¡Claro, vaya pregunta! Fue gracias al marino genovés Cristóbal Colón —dijo Rebeca.

—No me refería al profesional que comandaba las tres carabelas, me refería a quién financió semejante aventura, que, en su día, parecía una auténtica locura.

—¿A los Reyes Católicos? —preguntó Carlota.

—Isabel de Castilla y Fernando de Aragón no tenían el dinero suficiente para hacer frente al elevado coste de esa expedición. Cuando Colón les expuso sus planes para descubrir un nuevo mundo, los Reyes Católicos, en un principio, los rechazaron por falta de fondos. Incluso el marino hizo el amago de dirigirse a la Corte Real francesa para exponerles su viaje, visto que no le hacían caso en España.

—Pero Cristóbal Colón sí que partió hacia América bajo su auspicio —insistió Carlota.

—Sí, pero no gracias al dinero de los Reyes Católicos. Repito la pregunta, ¿sabéis quién financió su campaña?

Rebeca sí que lo sabía, pero se quedó callada. Tania continuó con su explicación.

—Fue un judío valenciano, Luis de Santángel. Puso de su propio patrimonio más de un millón de maravedíes, que era una autentica fortuna en aquella época, imposible de reunir, incluso para los mismísimos reyes. Además, los prestó sin intereses. Él fue el que, en realidad, convenció a los Reyes Católicos con su dinero, no Cristóbal Colón.

—¿Así que el continente americano se descubrió gracias al dinero de un judío? —Carlota estaba fascinada—. Eso no lo estudié en el colegio, o, por lo menos, no lo recuerdo.

—¿A qué es asombroso? —preguntó Tania.

—Sí que lo es, pero ¿adónde quieres ir a llegar con estas historias?

—Ya tenemos claro que los judíos eran un pueblo muy rico, incluso más que los propios reyes. Bueno, pues toda esa inmensa fortuna, de repente, se desvaneció. Casi de un día para otro.

—Y eso, ¿cómo lo sabes? —preguntó algo sorprendida Rebeca.

—Llevo muchos años documentándome, soy investigadora y he visitado los principales archivos de España. A partir de finales del siglo XIV se aprecia un notable descenso en el volumen de los préstamos documentados notarialmente por judíos. Posteriormente les prohibieron ejercer esa actividad, aunque algunos lo continuaron haciendo, sobre todo los conversos, hasta que se produjo la expulsión decretada por los Reyes Católicos en 1492. Quedaos con esta fecha, porque es clave. En ese momento afloró toda su fortuna, porque se vieron obligados a vender todas sus propiedades y se cancelaron o liquidaron sus préstamos. Además, conocemos con detalle lo que se llevaron en su salida forzosa de España, porque se conservan en los archivos, los detallados manifiestos de carga. Los he estudiado —Tania hablaba con mucha seguridad, se notaba que dominaba el tema—. Tened en cuenta también que les prohibieron llevarse oro y plata, tan solo letras de cambio de escaso valor. Si sumas todo ello, incluso con las riquezas de los conversos, apenas supone una pequeña fracción de la fortuna que se le suponía al pueblo judío. ¿Dónde está el resto? Se evaporó, nadie parece saberlo.

—¿Quieres decir que el tesoro no es cultural, sino se trata de una fortuna oculta? —preguntó Carlota, incrédula.

—¡Pues claro! ¿Creéis que, en plena Edad Media, los judíos iban a organizar una operación de la envergadura como la del Gran Consejo, simplemente para guardar libros copiados y otro saber de procedencia árabe, que conocemos perfectamente por sus fuentes originales? Eso no tiene ningún sentido ni se lo cree nadie.

Abraham Lunel no pudo permanecer callado, e intervino.

—Ya hemos discutido mucho de este tema, Tania. Sabes que yo sí creo que se trata de un gran tesoro cultural. Esa inmensa riqueza económica del pueblo judío en los siglos XIV y XV a la que te refieres, es una pura leyenda sin fundamento. Lo que ocurre es que los documentos que mejor se han conservado y han llegado hasta nuestros días son los protocolos notariales, y en ellos se formalizaban los préstamos. Por ello, mucha gente como tú, si se limita al estudio de esa documentación, puede llegar a la errónea conclusión de que la actividad principal de los judíos consistía en prestar dinero. Es cierto que era una de ellas, pero ni mucho menos la más importante. Los judíos eran mercaderes, comerciantes y grandes profesionales que, junto con los conversos, llegaron a dominar el negocio textil en aquellos años. De ahí el nombre del edificio dónde estamos ahora mismo, la Lonja de la Seda.

—¡Venga, Abraham! Quizá engañes a estas personas, pero a mí no —dijo muy seria Tania—. Piensas lo mismo que yo, si no, no estarías aquí ahora mismo.

Tote se cansó de la absurda discusión.

—¡Basta ya! Salgamos al patio a sentarnos y a hablar muy seriamente.

Abandonaron la Sala de Contratación y salieron por una puerta al Patio de los Naranjos. Se trataba de un jardín al aire libre que está dentro del recinto de la Lonja, que recibe su nombre por los árboles que hay plantados. En un extremo del patio hay una escalera de piedra, por la que se accede al piso principal del pabellón del Consulado del Mar, donde antiguamente celebraban sus reuniones los jueces y cónsules de comercio. En el centro del patio hay una fuente y a su alrededor, unos bancos de piedra. Precisamente en estos bancos se sentaron todos.

Tote se giró hacia Tania Rives.

—Ahora espero que nos des muchas explicaciones, entre ellas, como podías estar en posesión de propiedades de una persona que acababa de fallecer. Hay dos agentes de Policía en la puerta de la Lonja esperando mis instrucciones. No tengo más que llamarlos y te detendrán de inmediato —dijo muy seria Tote.

73 24 DE JUNIO DE 1391

Gabriel y Jucef estaban sentados en la cripta secreta de la Sinagoga Mayor, pasmados, mirando lo que tenían enfrente de ellos. No reaccionaban. Estuvieron un par de minutos así, en completo silencio. No salían de su asombro. Gabriel pensó que la cripta era hermosa, aunque estaba decorada con elementos ajenos a su cultura. Tampoco parecía árabe. Tenía planta rectangular, con una bóveda de cañón de medio punto, rematada por un pequeño ábside con dos columnas. Los muros no eran rectos. Supuso que su construcción habría tenido lugar varios siglos antes de levantarse la sinagoga y había permanecido oculta desde entonces. A pesar de ello, la sobria y serena belleza de la cripta no conseguía distraerle de lo que tenía enfrente de sus ojos.

—Esto no puede ser el árbol judío —dijo al fin Gabriel.

—Y tanto que puede ser.

—¡Por favor, Jucef! Tú eres miembro del Gran Consejo y, para mi desgracia, yo lo seré muy pronto. ¿Te habían contado algo de todo esto?

—Nada.

—Entonces, ¿cómo puedes estar seguro de lo que dices?

—Me lo dice mi instinto.

—¿Tu instinto? ¿En qué te basas?

—En que no me gustan los libros.

—¡No me tomes el pelo!

—Te aseguro que no lo hago.

Jucef se levantó.

—Escucha, Gabriel, ahora tenemos que salir de aquí. No le podemos contar a nadie lo que hemos descubierto. Y cuando digo a nadie, me refiero también a los demás miembros del

Gran Consejo. Por alguna razón que desconocemos, nos han ocultado la verdad, nos han engañado. Aunque ahora nos parezca extraño, supongo que en algún momento lo comprenderemos.

«¿Lo comprenderemos?», pensaba Gabriel.

«Lo dudo muchísimo».

74 EN LA ACTUALIDAD, MIÉRCOLES 23 DE MAYO POR LA NOCHE

Tania Rives se asustó por las palabras de la comisaria Rivera, que había amenazado con detenerla.

—¡Oiga! Yo no tengo absolutamente nada que ver con la muerte de la condesa de Dalmau —dijo a modo de defensa Tania.

—Pues ya nos estás explicando todos los hechos desde el principio —dijo muy seria Tote—, y, por tu bien, espero que sean convincentes.

—¿Desde el principio? Pues debemos remontarnos diez años atrás, la última vez que el señor conde convocó una reunión del Gran Consejo. Ese día llegué a su palacio un poco antes de la hora, porque quería intentar convencerle de que su obligación era encontrar a la undécima puerta y reconstruir al completo el Gran Consejo de los diez. Entré en su despacho y lo vi con unos extraños dibujos. Estaba claro que no me esperaba tan pronto. Se sorprendió, y en cuanto me vio, los guardó de forma apresurada en un sobre, depositándolos en una caja fuerte que escondía detrás de un cuadro. En el sobre había escrito un nombre. Supuse que era la identidad de la undécima puerta, pero, en ese momento, no lo pude leer.

Después de una pequeña pausa, continuo su relato.

—Discutimos y el conde me dijo que no pensaba reconstruir el Gran Consejo, que todo estaba controlado y en orden. Que no había necesidad de hacer nada. En ese momento miró la caja fuerte. Me enfadé mucho, porque tenía el convencimiento de que disponía de toda la información y no la quería compartir. Esa fue la última vez que vi al conde con vida. Tres años después falleció en un accidente de caza y heredó el número uno, el *Keter*, la raíz del Gran Consejo, su mujer, la condesa de Dalmau.

Abraham Lunel corroboró la versión de Tania Rives.

—Yo mismo fui testigo de esa escena de la discusión, la vi a través de la ventana. Estaba llegando al palacio, en ese momento, para la reunión —confirmó el profesor.

—Y después de la muerte del conde, ¿la condesa se fue a Lisboa? —preguntó Carlota.

—Exactamente. A pesar de que se supone que el conde la inició, ella jamás quiso saber nada del Gran Consejo. Entonces comencé mis investigaciones, que ya os he contado hace un momento, y llegué al convencimiento de que el tesoro, en realidad, era una gran fortuna. También recibí cierta información de una fuente anónima.

—¿Una fuente anónima? —interrumpió la comisaria.

—Sí, hace dos años alguien se puso en contacto conmigo y me estuvo facilitando información. Me confirmó mis sospechas, el conde tenía en su poder el mensaje completo que debía conducir al tesoro. Pero les juro que no sé quién es la fuente, jamás se identificó, por si me lo van a preguntar.

—Adelante, sigue con el relato —ordenó Tote.

—Después de recibir esa información, decidí, con la ayuda de mi marido Mario, fingir mi propia muerte para poder espiar a la condesa e investigar con total libertad. Lo que nos pilló por sorpresa fue su regreso a Valencia, no la esperábamos. Nos enteramos el segundo día y le hicimos una visita en su palacio de la calle Caballeros.

—¿La visteis antes de morir? —preguntó Carlota.

—Sí, claro. Aunque a regañadientes, nos abrió la puerta de forma voluntaria y nos permitió acceder al interior del palacio. No fue un acto violento, ni mucho menos. Me vuelvo a anticipar a su pregunta.

—¿Y qué os contó? —preguntó Tote.

—Nos dijo que no quería saber nada del Gran Consejo ni de supuestos tesoros. Que eso eran chaladuras de su difunto marido y que lo único que deseaba era volver a Lisboa cuánto antes. Mientras yo hablaba con ella, mi marido hizo un molde de la llave del palacio, que tenía puesta en la cerradura de la puerta. La condesa nos despachó con rapidez, pero esa noche, con la copia de la llave, volvimos al palacio.

—¿Estáis reconociendo que allanasteis su domicilio la misma noche que falleció? —preguntó Tote—. Eso ya es un delito.

—Entramos en el palacio, sí, pero nosotros no tuvimos nada que ver con su muerte. Cuando llegamos al despacho del conde, nos encontramos con la condesa en el suelo. Mario le tomó el pulso. Ya estaba muerta, no pudimos hacer nada por ella. Había dos cajas fuertes abiertas. Una estaba vacía. En la otra, la que estaba detrás del cuadro, había dos sobres. Uno estaba en blanco y sin nada en su interior. El otro era el mismo sobre que ya había visto hacía diez años, con dibujos. Los cogimos.

—Ahora estáis reconociendo un robo. Ya lleváis, al menos, dos delitos —dijo Tote.

—¡Eso no era un robo! Esos documentos no le pertenecían al conde ni a la condesa, eran del Gran Consejo, y yo era tan miembro como ellos. También eran míos —protestó Tania con vehemencia.

—¿Y la gargantilla con el diamante rojo? —preguntó Tote—. Supongo que os la llevasteis, porque no ha aparecido por ninguna parte.

Tania se quedó callada durante unos segundos, con una extraña sonrisa en su rostro.

«¿La están acusando de un delito y sonríe? ¿Dónde está la gracia?», pensó extrañada Rebeca.

—Es normal que no apareciera, pero nosotros no tenemos nada que ver con eso —contestó Tania, poniéndose seria otra vez—. Aunque no deja de ser curioso.

—¿Normal? ¿Curioso? Menuda manera de definir un robo —dijo Tote, enfadada.

—Escuche, señora comisaria. Míreme a los ojos. Yo no soy una ladrona y todavía menos una asesina. Ni tiene ni tendrá jamás ninguna prueba contra mí. Le estoy contando toda la verdad de forma voluntaria, comprenda que ya no tengo nada que ocultar. He sido descubierta. Me podrá acusar de entrar a hurtadillas en el palacio de la condesa o en la Lonja, pero de nada más. No soy rica, pero tengo el dinero suficiente para vivir hasta mi muerte. No soy una delincuente, y si piensa así, se equivoca conmigo. Me parece que estoy siendo sincera y colaborando con usted.

Hizo una pequeña pausa. Estaba claro que se había ofendido por la insinuación de que podría haber robado algo.

—De todas maneras, lo más importante de mi relato es lo que viene a continuación —dijo Tania.

—¿Qué es? —preguntó Tote, con curiosidad.

—Pues lo bueno es que ahora sí que pude leer el nombre y conocer la identidad de la undécima puerta —dijo mirando directamente a Rebeca.

Rebeca permanecía callada frente a las acusaciones que Tania estaba formulando contra ella. Carlota estaba extrañada. Conocía a su amiga y su actitud no le parecía normal.

Tania continuó con su narración.

—Abrimos el sobre y nos encontramos con dos dibujos. No teníamos ni idea qué significaban. Teníamos que tomar una decisión con mucha rapidez porque pronto encontrarían el cadáver de la condesa. Así que se nos ocurrió llevar el sobre con los dibujos a la persona que figuraba como destinataria del mismo, a ti —dijo Tania, señalando a Rebeca—. Metimos los dos dibujos en el otro sobre, en el que estaba en blanco, y te los llevé al periódico dónde trabajas.

—¿Por eso me visitasteis en *La Crónica* aquella mañana?

—¡Claro! Abrí el armario, me puse un vestido de la condesa, me maquillé como ella misma solía hacer, me coloqué el sombrero más exagerado que encontré y me fui hacia tu periódico.

—Según recuerdo, cuando llegaste a la redacción, no preguntaste por Rebeca Mercader, ¿verdad?

—No, claro que no. Pregunté por el nombre que había escrito en el sobre, la gran Atenea.

—Y dices que ese sobre lo viste por primera vez en el palacio del conde hace diez años, ¿no? —continuó preguntando Rebeca.

—Sí, os lo acabo de contar. ¿No escucháis lo que te digo?

—Pues resulta que hace diez años yo tenía tan solo once años de edad. ¡Por favor!, era una niña que hacía menos de tres años que había perdido a sus padres. Aún jugaba con muñecas, no tenía ni idea que iba a estudiar Historia, ni sabía que siete años más tarde me pondría a trabajar en *La Crónica*, y mucho menos sabía que adoptaría el seudónimo de la gran Atenea, para firmar mis artículos.

Todos se quedaron callados, incluida Tania.

—¡No entiendes que esa gran Atenea del sobre del conde era imposible que fuera yo! —dijo Rebeca, claramente enfadada—. Además, tu misma te diste cuenta. Recuerdo perfectamente que, en cuanto me viste en el periódico, le dijiste al director Fornell que era demasiado joven para ser la gran Atenea.

—Es cierto, me pareciste muy joven. Esperaba encontrar a alguien mayor que tú.

—Entonces, ¿aún mantienes tu acusación de que yo soy la undécima puerta?

Tania Rives hizo una pequeña pausa antes de contestar.

—Cuando vimos la inscripción del sobre, hicimos una rápida búsqueda por internet. La única gran Atenea que encontré fuiste tú, no hay nadie más que responda a ese nombre o seudónimo, ya no solo en Valencia, sino en toda España. Lo siento Rebeca, no creo en las casualidades.

—Pero cuando el conde escribió ese sobre, yo no era la gran Atenea ni tenía la más remota idea que fuera a serlo alguna vez. Ya te he dicho que tenía tan solo once años. Hasta los dieciocho no empecé a trabajar en *La Crónica*. Ese seudónimo debía corresponder con alguien que lo utilizara antes que yo. Te repito, a ver si te entra en la cabeza, que en esas fechas yo no era La gran Atenea ni tenía idea que iba a utilizarlo algún día. Además, te recuerdo que *internet* no ha existido toda la vida. Probablemente, la persona que utilizara ese seudónimo, por las fechas y la edad del señor conde, lo haría antes de que las redes existieran. ¿No se te ha ocurrido pensarlo?

Tania se quedó mirando fijamente a Rebeca.

—No, la verdad es que no lo había hecho. Pero ahora que sacas el tema de *La Crónica*, ¿no te has planteado nunca tu situación? ¿No te parece extraño que una joven, recién iniciados sus estudios de Historia, encuentre trabajo en un periódico? ¿Sabes la cantidad de personas con el grado de periodismo terminado que están en el paro? ¿Sabes cuántos de ellos, con mucha mejor cualificación profesional que tú, estarían dispuestos a trabajar como becarios? —preguntó Tania—. Y llegas tú y, de repente, te contratan con un sueldo más que aceptable y a continuación adoptas el seudónimo de la gran Atenea para tus artículos. Reconoce que es todo muy, muy extraño. Ya he dicho que me cuesta creer en las casualidades.

Rebeca se quedó pensativa. La verdad es que nunca se había planteado la reflexión que acababa de hacer Tania. ¿Quién le consiguió el trabajo en el periódico? ¿Se le ocurrió a ella el seudónimo de la gran Atenea? ¿Se lo sugirió alguien?

De repente, se hizo la luz en su mente y lo comprendió todo. Se quedó mirando a su tía. Las piezas encajaban.

Estaba espantada. «¡No podía ser!»

Una vez más le vino a la mente la frase del profesor Lunel «nada es lo que parece».

Desde luego.

Ahora mismo, Rebeca estaba muy asustada.

75 2 DE JULIO DE 1391

Había llegado el día que jamás esperaban que llegase.

Las últimas puertas debían abandonar la ciudad hoy mismo. El plan inicial se había adelantado, ya que la revuelta antijudía se había extendido con rapidez por todo el reino de Castilla. Las hazañas de Ferrand Martínez y de sus matadores de judíos eran de público conocimiento en los dos reinos.

Las noticias habían llegado a todos los rincones, no se hablaba de otra cosa, y la revuelta amenazaba con expandirse a la corona de Aragón, a pesar de las aparentes medidas de seguridad adoptadas por el rey, entre ellas, la colocación de un cadalso en los portales de acceso a las juderías, como medida disuasoria. Pretendía enviar el mensaje subliminal de que nadie se atreviera a asaltarlas, ya que sería ahorcado. Pero guardias armados, muy pocos o ninguno.

Las juderías del sur del reino habían sido asaltadas, y la mayoría de sus miembros aniquilados o convertidos a la fuerza al cristianismo. Tenían conocimiento de matanzas en Úbeda, Jaén, Andújar, Baeza, incluso la todopoderosa judería de Toledo, con sus diez grandes sinagogas, había sido arrasada. Las noticias hablaban de que habían utilizado las muelas de un antiguo molino para desmembrar a los judíos que se negaron a convertirse al cristianismo. Tiñeron de rojo el río Tajo. Fue espantoso. El pánico se había apoderado de toda la población judía.

En consecuencia, hoy era el día que debían dejar atrás sus hogares los que aún no lo habían hecho. Iba a ser muy duro para Gabriel. Se quedaba solo en la vida. Sus padres no abandonarían la judería, pensaban morir en ella, si se llegaba a producir el temido asalto.

Gabriel y Jucef quedaron en la plaza de la carnicería. Se dieron un gran abrazo, y estuvieron así al menos un minuto.

Quizá ya no se vieran más, ya dependía del destino y de los acontecimientos. Ahora, ambos eran miembros del Gran Consejo, pero no sabían cuándo se volverían a reunir, ni siquiera si ocurriría alguna vez.

Era desgarrador.

—Cuídate mucho, Jucef. Espero que a tu madre y a ti os vaya muy bien en Zaragoza —dijo Gabriel.

—Lo mismo te digo, seguro que te acoplas muy bien en Morvedre, con tus tíos —dijo Jucef.

—A mis tíos no los conozco de nada. Por lo menos tú te vas con tu madre, yo me quedo solo en la vida —dijo Gabriel, que ya no pudo contener las lágrimas.

—No lo hagamos más largo, *gallina*. Seguro que nos volvemos a ver —dijo Jucef, intentando en vano animar a un desconsolado Gabriel—. Y recuerda, no se te ocurra contarle a nadie lo que descubrimos en la cripta secreta de la Sinagoga Mayor.

—Aunque no lo entiendo, no te preocupes, no lo haré.

Con gran dolor en sus corazones, al final se separaron. Gabriel se fue hacia su casa y abrió la puerta. Se encontró en la cocina a sus padres y a los abuelos de Samuel. Los cuatro se iban a quedar en Valencia, ninguno pensaba huir. Cuando lo vieron entrar, se fundieron en un gran abrazo. Nadie decía nada, no era necesario.

Gabriel ya había desistido de intentar convencer a sus padres para que abandonaran la judería con él y se fueran a Morvedre. Todas sus tentativas habían sido infructuosas. Lo tenían decidido, y bien decidido. Gabriel no entendía por qué querían morir y dejarlo solo ante la vida, tan joven. Siempre le contestaban que había cosas que no comprendía, que hacían un gran sacrificio por él y por el árbol. Jamás los entendió, pero no los podía obligar a la fuerza a salir de la aljama. Muy a su pesar, ya lo había asumido.

Los cuatro repasaron con Gabriel el plan de huida de la judería y lo que tenía que hacer a su llegada a Morvedre. Llevaba poco equipaje. Aunque el desplazamiento era corto, iba a hacer el viaje solo y no querían problemas ni contratiempos de ningún tipo.

—Recuerda hacer caso a tu tío Jacob Abenzaram —le recalcó su madre Mayionam—. Es muy importante que sigas todas sus instrucciones. Ya conocerás cuál es su papel en todo el plan.

—Aunque sea mi tío, no lo he visto jamás. Me va a costar mucho adaptarme a la vida sin vosotros —dijo Gabriel, con lágrimas en los ojos.

—No estarás solo, Jacob siempre cuidará de ti —dijo Isaac, el abuelo de Samuel—. Tiene encomendada esa misión.

—¿Qué misión?

Los cuatro se quedaron mirando a Gabriel. Tomó la palabra Mayionam.

—Hay algo que no sabes y que debes conocer —empezó a decir, haciendo una pequeña pausa—. Jacob Abenzaram, tu tío, es el actual número uno del Gran Consejo. Él sabe quién eres.

—¿Por eso decías que ya conocería su papel en el plan? —preguntó Gabriel.

—Sí, y ahora tú también sabes quién es él. Por eso elegimos para tu refugio la aljama de Morvedre, allí estarás seguro —dijo Isaac—. Es una persona influyente en nuestra comunidad, incluso mantiene buenas relaciones con los cristianos. Te dará una buena vida y una buena educación.

«Por encima de las comodidades, prefiero mil veces estar con vosotros», pensó Gabriel.

Quiso decirlo en voz alta, pero no le salían las palabras. Estaban todos mirándose en completo silencio, ya no tenían nada más que decirse. Después de todas las explicaciones, había llegado el temido momento de la despedida. Gabriel sabía que no era un «hasta luego», jamás se volverían a ver. Aquello era muy duro, demasiado para él.

Mientras abandonaba Valencia, Gabriel pensó que dejaba atrás toda su vida. A pesar de todos los problemas, había tenido una infancia feliz. Ahora debía empezar desde cero. No había consuelo posible para su inmenso dolor. Se quedaba sin padres y sin amigos. Era como si volviera a nacer, pero con doce años y una pena inmensa en su corazón.

«¿Qué va a ser de mí?».

76 EN LA ACTUALIDAD, MIÉRCOLES 23 DE MAYO POR LA NOCHE

Rebeca se había quedado absorta en sus pensamientos, sin darse cuenta que todas las miradas estaban posadas sobre ella.

—¡Rebeca! Estás blanca, ¿te encuentras bien? —dijo Tote,

—Sí, sí, disculpadme —contestó.

Se recompuso lo mejor que pudo.

—Tania, puedes hacer todas las elucubraciones que quieras, pero yo no soy la undécima puerta. Yo no soy esa gran Atenea que escribió el conde en el sobre. Te aseguro que mis preocupaciones, con once años, eran otras muy distintas.

—La explicación que nos ha dado Rebeca es contundente —dijo Carlota—¿Cómo iba a saber el conde, cuando Rebeca tenía tan solo once años, que a los dieciocho iba a conseguir un empleo en un periódico, y que iba a elegir el seudónimo de la gran Atenea para escribir sus artículos históricos? ¡Si con esa edad ni siquiera sabría quién era la diosa Atenea! Además, que sepamos, el conde no tenía la capacidad de ver el futuro.

Rebeca agradeció, con una mirada de complicidad, la ayuda que le había prestado su amiga.

Abraham Lunel tomó la palabra. Estaba mirando hacia los muros del patio.

—¿Sabéis? Es curioso que estemos aquí sentados, en el Patio de los Naranjos, discutiendo acerca del número once, mientras estamos rodeados por gárgolas esculpidas por el propio Johan Corbera. La undécima puerta nos observa —dijo, con cierta solemnidad.

«¿La undécima puerta nos observa?», pensó nerviosa Rebeca. Aún se puso más tensa. A pesar de que no quería creerlo, era la única explicación posible. Intentó quitarse ese pensamiento de la mente. Miró a su alrededor, al Patio de los Naranjos, dónde estaban sentados. La verdad es que era un pequeño jardín muy curioso, todo decorado alrededor de la fuente que tenían justo enfrente.

«¿La fuente?»

Rebeca se levantó del banco de un salto, con una expresión de sorpresa en su rostro.

—¡La fuente! —dijo, casi gritando.

—¡Rebeca, por favor! ¡Qué susto nos has dado! —dijo Tote.

—¿Qué te pasa? —preguntó Carlota, al verla con esa cara desencajada.

—¡Johan Corbera nos observa! —acertó a articular Rebeca,

—Sí, eso acabo de decir, en concreto sus gárgolas —comentó el profesor Lunel.

—¡Mirad la fuente! —dijo Rebeca, mientras la señalaba como enloquecida.

—Sí, es preciosa. Es una recreación neogótica de la original, que era del escultor Anhoni Johan —dijo el profesor Lunel, haciendo gala una vez más de su erudición.

—¡Me refiero a su forma! ¿No os dais cuenta? —continuó Rebeca, con los ojos casi fuera de sus órbitas.

Carlota descubrió lo que quería decir Rebeca. La fuente tenía la forma de una estrella de ocho puntas.

—Johan Corbera nos observa delante de una fuente que es una estrella —dijo, levantando la voz.

Todos la miraban sin terminar de comprender a qué se refería.

—¿Pero no os dais cuenta? El texto en la gargantilla del conde no ponía «bajo las estrellas», en realidad ponía «bajo la estrella», ¡en singular! —dijo Rebeca, muy alterada.

Carlota también se levantó del banco dónde estaba sentada.

—¡El mensaje no se refería a las estrellas del techo policromado de la Sala de Contratación, sino a esta fuente que tenemos ahora mismo delante! ¿Lo entendéis ahora? —preguntó, muy excitada.

Tania Rives pegó un salto y se levantó también del banco de piedra.

—¿Es posible?

—¡No solo es posible, sino que es muy probable! —dijo Carlota, con rotundidad.

Mario, el marido de Tania Rives, sacó de inmediato el georradar portátil de su funda y se puso a sondear el suelo alrededor de la fuente del Patio de los Naranjos. Todos se habían quedado sin palabras. Estaban como hipnotizados mirando la pantalla del aparato, esperando algún resultado. Mario estaba rodeando la fuente en círculo. La pantalla no mostraba nada. Cuando estaba a punto de completarlo, dio un grito.

—¡Aquí aparece algo! ¡Mirad!

Todos se abalanzaron a observar la pantalla del georradar más de cerca. El supuesto objeto estaba a poca profundidad, prácticamente tocando la fuente en forma de estrella.

Mario sacó una pala plegable de su mochila. Con la ayuda de todos, apartaron la losa de piedra que tapaba el suelo de tierra. Empezó a cavar, junto a la fuente del Patio de los

Naranjos. Apenas pasados diez minutos, se tropezó con un objeto bastante voluminoso.

Todos estaban excitados.

—Venga, ¡qué esperáis para ayudarme! —gritó Mario, con la emoción a flor de piel.

—Desenterraron con las manos la parte superior. Tenían enfrente de sus ojos un arcón de madera, de un tamaño considerable. Estaba bastante deteriorado.

—Parece viejo de verdad, no sabría decir la antigüedad exacta, pero desde luego varios siglos seguro —dijo excitado Abraham Lunel.

Estaba cerrado por un candado, completamente oxidado.

—No hace falta ni que saquemos el arcón, parece que pesa bastante. Dale un golpe a ese candado con la pala, con lo deteriorado que está, seguro de que se rompe —dijo Tania a su marido.

Así lo hizo Mario. Le atizó un golpe seco y el candado se partió en varios trozos. De inmediato abrió la parte superior del arcón, dejando al descubierto su contenido.

La cara de asombro de todos los presentes era mayúscula.

77 9 DE JULIO DE 1391

Samuel, ahora conocido por su nombre cristiano de Johan Corbera, oyó un fuerte alboroto en la calle. Acababa de terminar de comer, así que salió de su casa para ver qué ocurría. Vio una muchedumbre de unas cincuenta personas, que portaban un pendón azul con una cruz blanca cosida y varias cruces confeccionadas con cañas. Gritaban con un tono de voz muy violento.

Samuel decidió seguirlos a una distancia prudencial. Como no sabía qué pretendían, mejor no juntarse con ellos, pensó. Continuó así durante unos minutos.

Estaba intrigado, no comprendía el sentido de aquella marcha, así que decidió acercarse un poco más, para poder escuchar los gritos que salían de la masa enfurecida. Se quedó espantado con lo que oyó.

«Muyren los dits juheus o's facen cristians», mueran los judíos o se hagan cristianos. También gritaban algo así como que venía el «arcediano de Sevilla».

Cayó en la cuenta de que se dirigían hacia la puerta noroeste de la judería, hacia el portal de la Figuera. Aquello no pintaba nada bien, además no veía a ninguna autoridad de la ciudad intentar detener a aquella muchedumbre enloquecida, cuyas intenciones parecían muy agresivas.

Samuel se fijó en las personas que marchaban portando las cruces. Junto con algunos de aspecto claramente humilde, también reconoció la figura de algún cristiano noble, artesanos, incluso escuderos del mismísimo duque de Montblanch, el infante don Martín, que era hermano del rey Juan I de Aragón. Sabía que se encontraba en Valencia preparando su expedición militar a Sicilia.

Samuel se asustó de verdad. Aquello no era una turba espontánea, parecía perfectamente organizada y preparada, hasta se podría decir que marchaban ordenados por clases sociales.

Llegaron profiriendo alaridos hasta el mismísimo portal de la Figuera. Los judíos no se lo esperaban y no habían cerrado las puertas. Samuel vio como una pequeña parte de la muchedumbre, unas diez personas, consiguieron entrar en la judería. En ese momento, los judíos parecieron percatarse de las intenciones de la turba y, con gran precipitación, bajaron las rejas de madera que cerraban el portal, con tan mala suerte que pillaron los dedos a un muchacho que portaba una gran cruz, seccionándole las cinco falanges de una mano.

Aquello pareció enfurecer más a la gente. Para su espanto, Samuel vio que, a su lado, en la plaza de la Figuera, antes del portal del mismo nombre que daba acceso a la judería, se encontraba una mesa, para que los marineros se alistaran en la armada que el rey y su hermano preparaban para la campaña militar de Sicilia.

«Vaya coincidencia más desafortunada», pensó Samuel.

Los marineros, que estaban haciendo cola delante de la mesa, se unieron a la muchedumbre y se lanzaron contra la reja del portal. Intentaban romperla. Proferían gritos contra los judíos, diciendo que habían matado a las diez personas que habían conseguido entrar y que se habían quedado atrapadas dentro de la judería, después del cierre de la puerta.

Observó que, entre el gentío, también había algunos capellanes y miembros de la Iglesia. Aquello no pintaba nada bien. Ahora ya serían más de cien personas las que estaban intentando entrar en la judería, con un ánimo violento muy claro.

De repente, escuchó el sonido de unos caballos. Vio como llegaba a la plaza el infante don Martín, hermano del rey, acompañado de las autoridades de la ciudad y de unos guardias. Se puso a hablar con la muchedumbre. Samuel entendió que intentaba disolver la protesta. La turba enfurecida no cejaba en su empeño, a pesar de las palabras del duque de Montblanch.

Oyó como el infante se dirigía a los judíos y les pedía que abrieran las puertas, para que todos pudieran comprobar que las diez personas que habían entrado se encontraban en perfecto estado. Les dijo que él mismo respondía por su seguridad y que iba a colocar a guardias armados en cada uno de los portales de la judería, para evitar más disturbios.

La multitud no parecía muy convencida, pero el duque se abrió paso a bastonazos hasta llegar a las puertas del mismo portal de la Figuera. Samuel no pudo escuchar la conversación, pero dedujo que los judíos no tenían ninguna intención de abrir las puertas, porque las reforzaron con unas cadenas y candados. Seguramente, y con toda la razón, temían por su integridad física. Ellos también conocían las matanzas y la destrucción de las aljamas que se estaba produciendo por toda la península.

La muchedumbre enfureció y se lanzaron contra el Valladar Viejo, cuyo arco cruzaba por debajo de la muralla. Se encontraron con una reja, e intentaron levantarla. En cuanto los judíos advirtieron el ataque, acudieron a defenderlo. Se formó una trifulca muy violenta. Los cristianos no consiguieron acceder a la judería y, en la refriega, murió un marinero. La turba paseó en volandas, por toda la plaza, el cadáver del cristiano. Todos parecían exaltados, desde luego los ánimos estaban al rojo vivo.

Samuel observó que el gentío había aumentado, ya habría bastante más de doscientas personas. La muchedumbre, medio enloquecida, lanzó el cadáver a los pies del infante don Martín. En ese momento, para su completo asombro, todas las autoridades, incluyendo el infante, abandonaron el lugar de imprevisto. Samuel supuso que quizá temieran por su integridad física, dado el cariz que estaban tomando los acontecimientos. La multitud embravecida interpretó aquel gesto del hermano del rey como que se desentendía de los judíos y les daba carta blanca. Lejos de dispersarse, se lanzaron con más saña contra las rejas del portal de la Figuera,

Los peores temores de Samuel se hicieron realidad. Entre todos consiguieron levantar un poco la reja y, por debajo de ella, empezaron a entrar en la judería. Al instante, ya desde dentro, abrieron por completo la puerta.

«¿Dónde estaba el infante? ¿Dónde estaban las autoridades de la ciudad que debían proteger a los judíos?» No había ni rastro de ellos, pensó Samuel, con cara de pánico.

Samuel no sabía qué hacer y al final decidió entrar en la judería, junto con la masa. Lo que vio poco o nada tenía que ver con la religión. Aquello era un puro asalto y pillaje. Sabían bien lo que hacían. Entraban en todas las casas, rompían los armarios, cajas y escritorios en busca de dinero y objetos de valor. Robaban hasta los colchones. Vio incluso algún noble cristiano llevarse documentos. Samuel supuso que serían los papeles acreditativos de algún préstamo, y lo que quería el noble era hacerlos desaparecer. Una vez las casas habían sido saqueadas, aparecían capellanes con unas cruces, para que los judíos se convirtieran allí mismo al cristianismo. Samuel observó que la mayoría aceptaban, porque si no hacían, los mataban en el mismo momento.

Los judíos no se esperaban la extrema violencia del ataque, y la mayoría se limitaron a encerrarse en sus casas y en las sinagogas, pensando que estarían más seguros.

Cuando pasó por delante de la casa de la familia Abarim, que tenían mucha relación con su abuelo, vio cómo su amigo Nadiar sacaba la ballesta que habían construido juntos, e intentaba defender a su familia. No lo consiguió y fue abatido a cuchilladas. Vio como la muchedumbre se disponía a violar a su sobrina Lisa, la esposa de Isaac Lobin.

Aquello era horrible, pero no podía hacer nada. Decidió marchar a toda velocidad hacia la casa de sus abuelos. De camino vio al duque de Montblanch, el infante Martin, con algunos guardias armados, pero no estaban repeliendo el asalto con sus armas, simplemente estaban gritando a la muchedumbre. Con palabras no iban a detener a aquellos salvajes enloquecidos, pensó Samuel. Tampoco los vio demasiado preocupados ante las aberraciones que estaban sucediendo delante de sus propios ojos, robos, violaciones y muertes.

Llegó a la casa de sus abuelos y pudo ver como se los llevaban. Isaac, al ser rabino de Valencia, era una figura muy reconocida en la aljama y parece que no deseaban matarle en el asalto, querían hacerlo preso. Escuchó gritos en la casa contigua, la de los padres de Gabriel. Vio como sacaban a rastras a Isach. Entró como pudo en la vivienda. Vio a Mayionam, el número siete del Gran Consejo. Tenía una gran mancha de sangre en el pecho. Puso cara muy seria cuando lo reconoció.

—¡Samuel! ¿Qué haces aquí?

—He visto una multitud de gente entrando en la judería y los he seguido. Es aterrador, hay muertos por todas partes.

—Por eso debes irte cuanto antes, aquí corres serio peligro.

—Estás herida, ¿te puedo ayudar?

—No te preocupes por mí. El plan de *Las doce puertas* se ha culminado con éxito. Todos han partido de la ciudad a tiempo y han llegado a sus respectivos destinos. Mi misión ha terminado y moriré hoy, en paz, como estaba previsto.

Samuel no sabía qué hacer. Mayionam le miró a los ojos, con cara de dolor.

—¡Vete ya! —le gritó, con un gesto de dolor en su rostro—. ¡Qué no te vean!

Samuel salió corriendo de la casa, dejando a la madre de Gabriel herida de muerte. Estaba completamente espantado. Aquello no tenía aspecto de terminar con rapidez, porque ninguna autoridad de la ciudad, ni civil ni religiosa, estaba haciendo nada por detener el robo y la matanza. En realidad, estaban participando de ella, la mayoría por acción y el infante Martín y sus guardias por omisión.

«¿Dónde estaba fray Vicente Ferrer?» Samuel llevaba días sin verlo. «¿No decía que no iba a haber violencia?» No pudo evitar sentir un profundo asco.

«Lo peor es que tengo que volver mañana. Después de lo que está ocurriendo hoy, ¿qué es lo que me voy a encontrar? No puedo flaquear, tengo que cumplir con mi deber como undécima puerta», se dijo Samuel, intentando darse ánimos, completamente en vano.

Estaba siendo testigo de la completa destrucción del lugar donde se había criado. Estaban aniquilando a su pueblo, y lo peor es que a nadie parecía importarle absolutamente nada.

«Indiferencia ante la crueldad», eso era lo que resumía lo que estaba observando.

«No le importamos a nadie».

Samuel estaba destrozado.

78 EN LA ACTUALIDAD, MIÉRCOLES 23 DE MAYO POR LA NOCHE

Estaban todos alrededor del arcón de madera que había aparecido enterrado al lado de la fuente, en el Patio de los Naranjos de la Lonja de Valencia.

Todos tenían cara de estupefacción.

Tania Rives y su marido Mario estaban sentados en el suelo, sin reaccionar. Estaban impresionados.

—¿Cómo puede ser? —dijo el profesor Lunel, que no podía creer lo que estaba viendo—. Esto no es lo que nos esperábamos.

—Desde luego, es algo insólito —dijo Rebeca, también sorprendida.

No podían dejar de mirar el interior del arcón, como hipnotizados.

—¡Está vacío! —reaccionó Carlota— No hay nada de nada.

—Está claro que alguien se nos ha adelantado —dijo Tania, pensando en el conde de Ruzafa—. Alguien descifró los mensajes antes que nosotros y se llevó el botín. ¡Maldita nobleza!

—No necesariamente. Si el tesoro estuvo enterrado aquí desde hace más de cinco siglos, es perfectamente posible que cualquiera lo descubriera de forma accidental. Ha debido pasar mucho tiempo desde que fue escondido —dijo Rebeca.

—Se ha perdido para siempre —dijo Carlota.

—Supongo que es así. Ya no sabremos jamás la naturaleza del árbol —dijo el profesor, que aún estaba conmocionado.

—Es el final —dijo Tania, con las manos en cara—. Tantos años y tantos esfuerzos para encontrar un arcón vacío. El trabajo de toda una vida se ha esfumado en apenas unos minutos. Adiós a todas las esperanzas.

—Y adiós al Gran Consejo también. Ya no tiene ningún sentido su existencia, después de más de seis siglos desde su fundación —dijo Abraham Lunel—. Es un triste final.

—Desde luego —acertó a decir Mario, que aún estaba sentado en el suelo sin reaccionar.

—Tampoco tiene ningún sentido buscar lo que no existe —dijo Tania.

Tania, Mario y Abraham parecían los más afectados por el descubrimiento. Tote estaba hablando por teléfono. Carlota y Rebeca aprovecharon y se apartaron del grupo para charlar entre ellas.

Carlota parecía desilusionada.

—Parece que todo se ha acabado, me da mucha pena.

—Sí, es una lástima que el tesoro se haya perdido —le contestó Rebeca, afligida.

—No es por el tesoro, eso me da igual.

—¡Ah! ¿no? ¿Entonces por qué es? —preguntó Rebeca con curiosidad.

—Porque me lo estaba pasando verdaderamente bien. Estaba disfrutando con todo este asunto y ahora, de repente, se ha terminado. Es una lástima.

Rebeca se quedó mirándola, con una sonrisa enigmática en su rostro.

—Por eso no te preocupes, aún no se ha acabado —dijo, con un tomo misterioso.

—¡Qué me dices! —respondió sorprendida Carlota.

—Aún falta algo muy interesante por revelar.

—¿No me irás a decir que eres tú la undécima puerta de verdad?

—¡No, idiota! ¡Eso no! —dijo sonriendo Rebeca. —Además, no levantes la voz, ¡solo falta que te oigan los demás y volvamos a tener un lío!

—Entonces, ¡cuéntame! Aunque sea en susurros.

—No seas impaciente. Tania Rives me ha hecho pensar y creo que tenía razón con algo de lo que nos ha dicho. Mañana por la mañana haré unas pequeñas comprobaciones y, por la tarde, convocaré una reunión extraordinaria del *Speaker's Club* en mi casa.

—¿En tu casa? ¡Caramba, qué misteriosa te has puesto! Me gusta que aún no se haya acabado este asunto. Me estaba divirtiendo.

79 10 DE JULIO 1391

Samuel no pudo dormir en toda la noche. Cuando cerraba los ojos veía la cara de su amigo Nadiar Abarim caer muerto por las cuchilladas de los asaltantes a la judería. Veía la cara de Mayionam, la madre de su amigo Gabriel, herida, apremiándole para que la abandonara y así poder morir en paz. Veía la cara de horror de Lisa antes de ser violada. En definitiva, veía la cara de la monstruosidad inhumana.

«¿Adónde nos conduce el odio?», se preguntaba. «Los animales son más nobles que nosotros». Estaba abatido de verdad.

Intentó centrarse, lo último que deseaba era regresar a la judería, pero debía hacerlo. Tenía una misión muy importante que cumplir como undécima puerta. No lo iba a negar, tenía miedo, en realidad tenía pavor. Los tumultos aún no habían terminado y no era seguro adentrarse en lo que quedara de la judería.

Es verdad, sentía temor, pero era más poderoso el sentimiento de rabia. Seguía pensando en fray Vicente Ferrer. «¿Dónde estaba ayer cuándo lo necesitábamos?», pensó encolerizado. Sabía que, cuando lo volviera a ver, iba a estallar contra él. Nada debió haber ocurrido así.

Se dispuso a partir hacia la judería. Valoró entrar por el portal de Caballeros, en lugar de utilizar el portal de la Figuera, que fue por dónde se inició ayer el asalto, a pesar de que toda esa zona estaba medio en obras por la ampliación de la judería.

«Ironía del destino», pensó Samuel. Los cristianos habían decidido ampliar y clausurar la judería hacía apenas un año y, ahora, con el trabajo todavía por concluir, la habían destruido por completo.

Traspasó el portal. El espectáculo que se encontró era desolador. Aún no había terminado el pillaje, aunque después de un día completo de asalto ya debía quedar poco por robar. Seguía sin haber ni rastro de las autoridades de la ciudad.

Avanzó por la calle principal en dirección a la Sinagoga Mayor. Las casas, en su mayoría, estaban destrozadas y vacías. Algunas estaban quemadas. La gente había huido, muchos se habían refugiado en templos cristianos como *La Seu* o San Juan del Hospital, muy cercanos a la judería, esperando tomar la comunión y abrazar el cristianismo, para evitar su segura muerte.

Llegó a la carnicería de Isach Figues, el padre de su amigo Jucef. Apenas quedaba nada de ella, había sido incendiada. Se acercó a su antigua casa. Estaba completamente destrozada, al igual que la casa de Isach Gabriel y de Mayionam. No había ni rastro de ellos.

Volvió sobre sus pasos y entró en el patio de la Sinagoga Mayor, lo traspasó, y se dirigió hacia la biblioteca. Habían abierto todos los armarios y arrojado los libros sagrados al suelo. Se fijó en lo que le interesaba, estaba en completo orden. Respiró tranquilo. Salió de la biblioteca y entró en la sala principal. Se encontró con unos capellanes de la Iglesia católica, examinando los rollos de la *Torah*, que estaban dentro del armario dónde se solían guardar. Parecía que estuvieran buscando objetos de valor.

«Poco van a encontrar en la sinagoga», pensó Samuel, ya que era muy sencilla y pobre.

Ahora tenía que concentrarse, iba a comenzar el teatro.

«¡Arriba el telón!»

Se acercó al pupitre de lectura, y se puso a mirar hacia el suelo. Pronto descubrió lo que buscaba. Pensó en sus amigos Gabriel y Jucef. Aunque les había parecido muy extraño, habían cumplido su encargo con eficiencia.

«¡Vamos allá!», se dijo, mientras empezaba a caminar haciéndose el despistado.

De repente, Samuel se trastabilló y cayó con estrépito. Ante el estruendo, los capellanes levantaron la vista de los rollos de la *Torah*, y se dirigieron de inmediato hacia el lugar dónde se había dado de bruces contra el suelo. Samuel aún no se había levantado.

—¿Qué te ha pasado? ¿Estás bien?

—Sí, gracias. Me he tropezado con este bulto —dijo, señalando un punto en el suelo de la Sinagoga.

Todos se quedaron mirándolo. Samuel empezó a desenterrarlo con las manos, sin levantarse siquiera del suelo.

—¿Esto qué es? —pregunto Samuel, con absoluta inocencia, señalando la sorprendente figura que apenas asomaba entre la tierra.

Los capellanes le ayudaron a acabar de desenterrar ese extraño objeto, que estaba debajo del pupitre de lectura, justo en el centro del salón central de la sinagoga. Cuando terminaron, su sorpresa fue mayúscula.

—¡Es una imagen de San Cristóbal! —gritaron— ¡Es un milagro!

—¿Ustedes creen? —preguntó Samuel, con la máxima ingenuidad que supo fingir.

—¡Pues claro! ¿Qué otra cosa puede ser? ¡Acaba de aparecer un santo católico en el suelo de una sinagoga judía! —dijo un capellán, alzando la vista hacia el cielo, mientras se arrodillaba y se santiguaba con un arrebato de fervor.

—¡Es una señal! —dijo otro de los capellanes—. San Cristóbal nos quiere decir que este terreno es sagrado. Debemos llevar la figura al obispo y contarle nuestro hallazgo de inmediato.

—¡San Cristóbal ha guiado nuestros pasos!

Se levantaron a toda prisa, recogieron la figura del santo y salieron corriendo de la sinagoga, conmovidos de verdad por el descubrimiento.

Samuel no pudo evitar sonreír.

«¡Abajo el telón!»

Misión cumplida, pensó Samuel. Había sido más fácil de lo que había previsto. Ahora a esperar las consecuencias del teatrillo.

Confiaba en que todo fuera según lo había planeado el Gran Consejo.

80 EN LA ACTUALIDAD, JUEVES 24 DE MAYO POR LA MAÑANA

Rebeca y Tote llegaron a su casa pasadas las cuatro de la madrugada, después de su aventura nocturna en la Lonja. Estaban agotadas, había sido una noche de emociones intensas. Se acostaron de inmediato, nada más llegar a casa.

Rebeca se despertó y miró la hora en el móvil, que estaba encima de la mesita. Las diez y media. Era tarde, aunque, en realidad, había dormido poco más de seis horas. No era suficiente, pero no tenía más remedio que levantarse.

Salió a la cocina. No había nadie. Su tía se había levantado más pronto que ella para ir a trabajar. Ella también debía acudir a *La Crónica*, aunque antes tenía una misión que completar.

«Operación trastero», se dijo, para tratar de animarse y terminarse de despertar.

Hacía muchos años que todos los propietarios de la finca reconvirtieron una de las inmensas viviendas de los porteros en trasteros, para todos los vecinos, dividiéndola en estancias, al margen del pequeño trastero que tenían junto a su plaza de garaje subterránea. Cada uno tenía la suya. El de su tía estaba la final del pasillo. Rebeca había entrado muy pocas veces. Su tía guardaba allí todo tipo de cosas inservibles o estropeadas, pero también muchos recuerdos de juventud. Esos eran los que le interesaban a Rebeca. Tenía que localizar algo que recordaba haber visto hace algún tiempo.

Se bebió su vaso de leche fresca de todas las mañanas y se dispuso a buscar las llaves del trastero. Recordaba que su tía las guardaba en un cajón de un mueble en el salón. Empezó a registrar como una loca. Al final, las llaves aparecieron en el fondo de uno de ellos. Aún iba en pijama, así que se vistió y subió hasta los trasteros, que estaban en la planta alta del edificio.

Llegó al número once, que era el de su tía. Abrió la puerta. El espectáculo era desalentador. Los trastos habían conseguido colonizar todo el espacio y quedaban muy pocos resquicios para poder maniobrar. La miraban como diciendo «no se te ocurrirá entrar, ¿verdad?». Pero tenía que hacerlo.

«Se me ha olvidado coger un casco de espeleología», pensó, entre divertida y asustada.

Quitó las tres bicicletas que estaban en la parte izquierda y logró hacerse un hueco. Vio a lo lejos el arcón que buscaba y, poco a poco, consiguió llegar hasta él. Como pudo, levantó su tapa y estuvo revolviendo en su interior. De repente apareció lo que buscaba. Lo recordaba perfectamente. ¡Allí estaba! No había ninguna duda.

Lo estuvo mirando como si tuviera un pequeño tesoro en sus manos. Se recreó un rato. Ahora ya tenía todas las respuestas a sus preguntas. El círculo se había completado.

Cerró el trastero y se llevó con ella lo que había ido a buscar. Se fue al periódico lo más rápido que pudo. Llegó muy tarde, pero, por lo menos, hizo acto de presencia. Estuvo un par de horas haciendo como si trabajara. Habló un rato con su compañera Tere, aunque su mente estaba muy alejada y no le prestó demasiada atención.

A las dos del mediodía volvió hacia su casa. Entró en la cocina. En la mesa estaban sentadas su tía y Joana.

—Hola, Joana, ¿qué tal el viaje?

—Pesado. Mira que me gusta dar conferencias, pero cada vez me apetece menos dormir fuera de casa.

—¿Te ha contado mi tía la aventura de anoche?

—Ahora estaba con ello. Además, para un día que no estoy, resulta que ocurre lo más importante, ¡qué fastidio!

—Esta tarde he convocado una reunión del *Speaker's Club* aquí, en casa. Espero que no os importe. Quiero que estés presente tú también, tía, como invitada especial —dijo Rebeca, dirigiéndose hacia Tote.

—¿Yo? Nunca he asistido a ninguna reunión de vuestro club. Me hará ilusión, aunque supongo que no entenderé nada.

«En esta reunión seguro que lo entiendes todo», pensó.

Rebeca se preparó un *sándwich* de pavo y queso chédar, y se sentó en la mesa con Tote y Joana. Estaba cansada de la noche anterior, quería comer algo rápido y tumbarse en la cama a descansar un poco. Debía estar despejada para la reunión de esta tarde.

Sin duda, iba a ser muy interesante.

Mucho más que eso.

81 11 DE JULIO DE 1391

Johan Corbera, antes conocido como Samuel, estaba muy enfadado.

—¡Su Dios y usted mismo nos ha engañado! ¡Dijo que nadie moriría!

—¡No nombres a Dios en vano Johan! Es un grave pecado.

Samuel se quedó mirando a Vicente Ferrer. El fraile estaba apenado y parecía sincero, pero lo importante es que había faltado a su promesa. Desde el principio quedó claro que no habría violencia, que los judíos que quisieran convertirse al cristianismo podrían permanecer en la judería, y que los que se negaran, la abandonarían en paz. Pero eso no es lo que había ocurrido, ni mucho menos.

—¿Y matar, asesinar y violar a gente inocente no son también pecados mortales? ¿O como son judíos no cuentan?

—No digas eso, Johan. A ojos de Dios, todas las personas somos iguales.

—Entonces, ¿dónde estaba que no nos ha ayudado?

Fray Vicente Ferrer no sabía qué responder. No se esperaba un asalto tan violento a la judería.

—Escucha, Johan, sabes que viajo mucho y llevaba dos semanas fuera de la ciudad. Todo esto me ha pillado por sorpresa. Ya conoces que yo predico contra la violencia.

—Eso me dice, pero mire lo que ha pasado. Una verdadera tragedia. Vi morir a amigos con mis propios ojos.

—¿Acaso no me crees? Mira, llevo conmigo mi libro de sermones y te puedo demostrar lo que dije en el último.

Fray Vicente Ferrer extrajo de su jubón un pequeño manuscrito, buscó un capítulo concreto y empezó a leer.

«Les apostols, qui conquerien lo mon, no portaven llança. Que los christians no deuen matar a los jueus».

Hizo una pequeña pausa mientras le entregaba el libro a Samuel, señalándole un párrafo en concreto.

—Ahí lo tienes escrito. Los apóstoles que conquistaron el mundo no lo hicieron por medio de la violencia. No hay que matar al que no piensa como tú, hay que convencerlo para que abrace la fe verdadera.

Samuel lo leyó y levanto la vista hacia el fraile.

—¿Y de qué han servido sus sermones? Sus amados cristianos no le han hecho ni caso y se han comportado como verdaderos animales. ¡Qué digo! Los animales son más compasivos que esos salvajes enloquecidos.

—Las cosas se descontrolaron. Nada tenía que haber sucedido así.

—¡Pero pasó! Yo mismo fui testigo de la matanza. No olvide que había miembros de su Iglesia entre los asaltantes.

—Los capellanes no participaron del ataque, estaban intentando salvar vidas convirtiendo al cristianismo a la gente sobre el terreno. Así la turba violenta los dejaba con vida y no los mataban. Era una misión de Dios.

—¿Una misión de Dios? —Samuel se calentó ante la expresión del fraile—. ¿También las muertes y las violaciones eran una misión de Dios? En lugar de dedicarse a las conversiones, podían haber intentado detener la tragedia. No vi ni a uno solo de esos capellanes levantar la voz.

—Por lo que me han contado, los hubieran matado igualmente. Seguían instrucciones del obispo. Sabes, porque fuiste testigo, que muchos judíos se refugiaron en templos católicos, y, allí dentro, nadie murió.

—¡Por favor, fray Vicente! El asalto duró un día entero, ante la pasividad general. Nadie hizo nada por detenerlo, ni el infante don Martín, ni las autoridades de la ciudad, ni mucho menos la Iglesia. Empezó el domingo y acabó bien entrado el lunes. Murieron más de doscientos judíos, contra apenas diez cristianos. La judería ya no existe, está arrasada y desierta. ¿A eso lo llama una misión de Dios? Está claro que no tenemos el mismo concepto divino.

—Ya te he dicho que nada tenía que haber ocurrido así. Le dije a tu abuelo, en infinidad de ocasiones, que estaba tardando demasiado en tomar la decisión, y que la situación se podría volver peligrosa, como así ha pasado, para desgracia de todos.

Samuel recordó las dos visitas que hizo el fraile a su casa y que él espió a escondidas. Era cierto lo que decía Vicente Ferrer, ahora lo entendía mejor. Siguió hablando.

—Tu abuelo se comprometió a abrazar la fe católica y facilitar las conversiones de su pueblo. Si lo hubiera hecho cuando le dije, es muy posible que nada de todo esto hubiese ocurrido. Esperó demasiado, y la chispa de Sevilla acabó incendiando muchas juderías, desgraciadamente también la de Valencia.

Samuel conocía el motivo de la demora. El Gran Consejo había puesto en marcha el plan de *Las doce puertas*. Necesitaban tiempo para asegurar el árbol y abandonar la ciudad.

Vicente Ferrer continuó su explicación.

—Sabes que no apruebo la violencia, pero me han dicho que la muchedumbre estaba verdaderamente trastornada. Aunque no lo veas así, si no llega a ser por la intervención de los capellanes de la Iglesia, la matanza hubiera sido mucho mayor, como en Sevilla o en Toledo. Sus conversiones en la propia judería, durante el asalto, salvaron muchas vidas. Incluso así lo ha reconocido en sus informes el propio hermano del rey, el infante don Martín.

—¡Ese cobarde! —Samuel se indignó cuando escuchó su nombre—. Fui testigo de sus actos. Intentó dispersar a las masas con palabras, en lugar de utilizar a sus guardias. De repente desapareció, y entonces fue cuando se produjo el asalto. En medio de la matanza, lo pude ver a lomos de su elegante caballo. Parecía en éxtasis. No estaba haciendo nada por impedir la carnicería, así que no me hable de ese traidor a los judíos. Es tan culpable como los mismos asaltantes.

—Eso no es lo que él dice.

—Pues miente, yo estaba allí y lo vi. No hizo absolutamente nada.

—Afirma que el asalto se produjo por vagabundos, galeotes y pobres, en definitiva, gente extraña del *poble menut*.

—Sigue mintiendo. Vi a nobles, artesanos, padres de familia e incluso escuderos del propio infante encabezar el asalto. A la fuerza los tuvo que reconocer y no hizo nada por detenerlos. Después, es cierto que el tumulto fue aprovechado por otras personas del *poble menut*, pero no fueron los instigadores, ni mucho menos los organizadores. Supongo que don Martín tendrá que justificarse ante su hermano, el rey, y sobre todo ante su mujer, la reina Violante, que tenía bajo su protección a la aljama de Valencia. No lo va a tener nada fácil, porque se robó, se violó a mujeres y se mató a judíos delante de él y su deslumbrante caballo, durante un día completo, y no fue capaz de detenerlo. Lo peor es que ni siquiera lo intentó.

—He hablado en persona con el infante don Martín, e insiste en que le avisaron del tumulto cuando estaba comiendo, y que acudió de inmediato con los jurados de la ciudad y su guardia. Que oyó gritos dentro de la judería, pero pensaba que eran de los propios judíos. Dice que cuando se dio cuenta, ya se había producido el asalto. Que entró de inmediato con sus guardias, pero fueron recibidos con un alud de piedras, por ello tuvieron que retirarse.

La cara de Samuel reflejaba un profundo odio. Intentó calmarse y parecer lo más racional posible.

—Escuche, fray Vicente, usted es una persona muy viajada. ¿Cree que unas piedras echarían hacía atrás al mismísimo hermano del rey, acompañado por su guardia personal completamente armada? Reconózcalo, eso no se lo cree nadie, ni usted mismo.

El fraile se quedó pensativo unos segundos, con cara muy seria.

—Sí, la verdad es que suena un tanto extraño, pero no podemos dudar de la palabra del futuro rey de Aragón y hermano del actual rey.

—No podrá dudar usted, yo sí.

—¡Johan! Debo protegerte, se lo prometí a tu abuelo. No debes decir esas cosas, ni siquiera en privado.

Samuel se estremeció al oír nombrar a su abuelo.

—¿Cómo están mis abuelos? Entre el tumulto, vi que se los llevaban presos.

—Están en las mazmorras de la ciudad. A tu abuelo Isaac lo han condenado a muerte. Lo quemarán vivo en la Rambla.

Samuel se tapó la cara con sus manos. Sabía que las cosas no iban a ser fáciles, pero los acontecimientos le estaban superando.

—¿No puede hacer nada por ellos? —preguntó angustiado Samuel.

—Claro que puedo. En cuanto Isaac se convierta al cristianismo, me encargaré de que la pena se deje sin efecto y de que ambos sean liberados. Es lo que estaba previsto, pero tu abuelo es muy tozudo y todavía no ha dado su brazo a torcer. Lo pueden ajusticiar en cualquier momento.

—No quiero que mis abuelos mueran. Quizá yo pueda ayudar. ¿Podríamos visitarlo en las mazmorras?

—Supongo que sí, pero tendría que ser ahora mismo. Como te acabo de decir, el verdugo podría ejecutar la sentencia en las próximas horas —contestó preocupado fray Vicente Ferrer. —¿Crees que podrías convencerlo?

«Eso espero», pensó Samuel, desesperado.

82 EN LA ACTUALIDAD, JUEVES 24 DE MAYO POR LA TARDE

Rebeca se despertó a las seis y media, y se fue al salón para preparar la mesa.

—Hoy no creo que falte nadie a la reunión —dijo, en voz alta.

Contó mentalmente los asistentes. Charly, Fede, Bonet, Xavier, Almu, Carmen, Bonet, Carlota, Abraham, Joana, Tote y yo misma. Es curioso, seis mujeres y seis hombres, en total doce personas. «Como las doce puertas», pensó divertida. Ironías del destino.

A las siete menos diez empezó a llegar la gente. Un cuarto de hora más tarde ya estaban todos en el salón de su casa.

«¡Caramba! ¡Sí que hay expectación, y no es para menos!», pensó Rebeca.

Cuando vieron a Abraham Lunel, todos se llevaron una gran alegría.

—¡Te creíamos criando malvas, bandido! —dijo Charly.

—¡Qué susto nos diste! —dijo Almu.

—Aquí ya no se respeta ni la muerte, esto parece un *apocalipsis zombi* —dijo Fede, intentando quitar hierro al asunto.

Abraham Lunel pidió disculpas a todos los presentes y se justificó como pudo, diciendo que fue algo necesario.

—Anda, sentaos a la mesa mientras sirvo la cerveza. Aunque no estemos en el *pub* Kilkenny's, no deja de ser una reunión oficial del *Speaker's Club*.

—¡Esa es mi Rebeca! —dijo Charly con una sonrisa.

Todos estaban expectantes. No era la primera vez, ni mucho menos, que quedaban en otro lugar diferente del *pub*, pero sí era la primera vez que celebraban una reunión oficial del club fuera de él.

—Os preguntaréis por qué os he citado aquí, en mi casa —empezó hablando Rebeca. —No penséis nada extraño. Ayer Abraham, Carlota, mi tía y yo estuvimos de expedición nocturna, y no llegamos a casa hasta las cuatro de la madrugada. Es una simple cuestión de comodidad —mintió lo mejor que pudo.

—¿Qué pasó ayer? —preguntó interesada Carmen.

Rebeca les relató todos los hechos. La reaparición de Abraham, el encuentro con Tania Rives, lo que significaban los mensajes secretos y la aparición del arcón en el Patio de los Naranjos de la Lonja.

—¿Vacío? ¡Vaya chasco! ¿Veis como la nobleza no es de fiar? Lo roban todo, hasta lo viejo —dijo Xavier, aprovechando para colar su cuña republicana y antisistema.

—Sí, la verdad es que nadie nos esperábamos que las cosas acabaran así —dijo Abraham—. Fue un decepcionante y triste final a toda una aventura iniciada más de seis siglos atrás.

Rebeca interrumpió al profesor Lunel y soltó la bomba.

«Allá va», pensó.

—Se equivoca profesor. Realmente, este no es el final.

Todos se quedaron mirando a Rebeca pasmados, sin comprender qué quería decir.

—¡No me digas que ese no era el arcón del Gran Consejo! —dijo Carmen, emocionada.

—No, no. Sí que lo debía ser, sin ninguna duda todas las pistas nos condujeron a él. No me refiero a eso. Quiero decir que quedan algunos flecos sueltos que no encajan en la historia que conocemos.

—Anda, empieza a explicarte ya —dijo Charly—, que no te comprendo, para variar.

Rebeca inició su explicación.

—Con este tema, desde el principio tuve una extraña sensación. Me daba la impresión de que éramos simples marionetas en un teatro, y que alguien nos movía los hilos sin que nosotros nos diéramos cuenta. ¿Vosotros no habéis tenido esa sensación? No sé, han pasado cosas muy extrañas a nuestro alrededor, y casi las dábamos por normales.

—No te entiendo, Rebeca —dijo Fede.

—Yo sí que sé lo que quiere decir. He tenido la misma sensación —dijo Carlota, muy seria.

—Este último mes ha sido de vértigo, pero tengamos la calma suficiente para ver las cosas con cierta perspectiva. Analicemos los hechos desde el principio —Rebeca hizo una pequeña pausa para mirar a todos—. Tania Rives acude a visitarme al periódico entregándome los dibujos que había encontrado en la caja fuerte del conde, donde escondía los secretos del Gran Consejo. ¿Por qué? Porque piensa que yo soy la undécima puerta, ya que en el sobre aparecía escrito el nombre de la gran Atenea.

—Pero esa no podías ser tú. Cuando lo escribió el conde tenías apenas once años, era imposible que pudiera saber que tú adoptarías ese seudónimo, siete años más tarde —dijo Charly.

—Sí, eso lo sabemos nosotros ahora, pero Tania Rives, en su momento, no. Pensad que no me conocía personalmente ni sabía mi edad, pero sigamos con el relato. Tania cambia los dibujos de sobre para que yo no vea la inscripción de la gran Atenea, y utiliza el otro sobre, que estaba en blanco, que también encontró dentro de la caja fuerte.

—¿Adónde quieres ir a parar? —preguntó Fede.

Carlota estaba callada, pero Rebeca se dio cuenta de que tenía esos ojos brillantes, característicos de su mente a pleno rendimiento. Cuando la veía así, no podía evitar que le diera cierto miedo.

—En realidad, a varios sitios. Pero vayamos al primero. ¿No os dais cuenta de que, dentro de esa caja fuerte, el conde guardaba toda la información secreta del Gran Consejo? Ahí tenía depositadas las dos partes del mensaje que conducían al árbol secreto. Estaba la gargantilla con el texto grabado, que correspondía a su mitad del mensaje. Pero también estaba ese sobre, supuestamente en blanco, que en realidad contenía la segunda mitad del mensaje. Esta segunda mitad del mensaje, en teoría, no debía estar en posesión del conde, sino de la undécima puerta, que era quién lo debía custodiar.

—¿Y por qué lo tenía el conde en su caja fuerte? —preguntó Xavier.

Carlota salió de su ensimismamiento y contestó.

—Solo hay una posible respuesta. Era cierto que el conde conocía quién era el número once. No solo lo conocía, sino que se había puesto en contacto con él para pedirle su mitad del mensaje, supongo que con el pretexto de reconstruir el Gran Consejo, aunque nunca lo hiciera ni, por lo visto, tuviera ninguna intención.

—Muy bien, Carlota. ¡Pues claro! Tania Rives siempre tuvo razón. El conde poseía toda la información guardada en esa caja fuerte y no tenía ninguna intención de compartirla con nadie. La quería para él y sus descendientes.

Todos estaban en completo silencio. Rebeca continuó con la explicación.

—Y cuando digo toda la información, no me refiero tan solo al mensaje completo, que una vez descifrado, conduciría al famoso árbol judío, sino que también escribió el nombre de la undécima puerta.

—¿La gran Atenea? Pero ya habíamos convenido que no podías ser tú por la edad —preguntó Charly.

—Porque no soy yo. La persona cuyo seudónimo se corresponde con la gran Atenea es otra, y está sentada, ahora mismo, en esta mesa.

El silencio se podía cortar.

Todos tenían ojos de búho, mirándose entre ellos.

83 11 DE JULIO DE 1391

Fray Vicente Ferrer y Samuel, ahora conocido como Johan Corbera, partieron de inmediato hacia las mazmorras de la ciudad. En cualquier momento podrían quemar vivo a Isaac Ben Sheshet Perfet, rabino de Valencia y abuelo de Samuel.

Fray Vicente Ferrer llevaba consigo una cruz y una biblia. Les dijo a los guardias que iba a realizar la conversión del rabino encarcelado. Le franquearon el paso de inmediato y un guardia los acompañó hasta la celda.

Cuando los vio llegar, Isaac se levantó y se dirigió a su nieto, emocionado.

—¡Hola, Samuel! ¡Creía que ya no te volvería a ver!

—Hola, abuelo. ¿Cómo estás?

Se cogieron de las manos.

—¿Y la judería? ¿Y nuestro pueblo?

—La judería ha sido arrasada. Han muerto unas doscientas personas, el resto se ha convertido al cristianismo o directamente han huido. No queda casi nadie, las casas están destrozadas, muchas de ellas incluso han sido quemadas. En definitiva, la aljama ya no existe.

—¿Y la Sinagoga Mayor?

Nada más oir nombrar a la sinagoga, intervino en la conversación fray Vicente Ferrer.

—Escuchad, no todo fue malo. Durante el asalto, hay personas que vieron a San Cristóbal, entre ellos el propio hermano del rey, el infante don Martín. Además, apareció una figura del santo enterrada en el centro de la Sinagoga Mayor. La encontraron unos capellanes ayer mismo. Es un auténtico milagro. El obispo ha decidido consagrar la sinagoga como templo en honor de San Cristóbal. No se va a destruir como las demás, se preservará y se santificará.

Isaac y Samuel intercambiaron una mirada de complicidad.

—Disculpe, fray Vicente, pero me gustaría hablar a solas con mi abuelo. Será tan solo un momento.

—Claro, pero no os demoréis mucho. En cualquier instante puede venir el verdugo para ejecutar la sentencia de muerte y ya no podré detenerlo —dijo el fraile dominico, mientras se alejaba un poco.

Una vez solos, empezó a hablar Isaac.

—¡El plan ha funcionado! Nuestro pequeño *teatrillo* con la figura del santo ha engañado a los cristianos. La sinagoga se conservará y con ella nuestro árbol —dijo, con un profundo alivio.

—*Las doce puertas* también han sido un éxito. Todos salieron a tiempo y todos llegaron a sus destinos, sin ningún contratiempo. Me lo dijo Mayionam antes de morir.

—Entonces, mi labor ha terminado, ya puedo descansar en paz —dijo Isaac.

—Abuelo, aún te quedan muchos años de vida y sabes que eres un referente para nuestro pueblo judío. No debes permitir que te quemen los cristianos. Si te conviertes a su religión, fray Vicente Ferrer pedirá que dejen sin efecto la pena de muerte.

—No quiero abjurar del judaísmo.

—No debes hacerlo, en realidad. Haz como yo, siempre seguiré los preceptos de nuestra religión, en secreto, aunque ahora sea un cristiano viejo llamado Johan Corbera. Sigo siendo, con mucho orgullo, Samuel Perfet. Si yo he podido hacerlo, tú también puedes.

Isaac estaba sumido en sus pensamientos.

—Piensa en la abuela, correrá la misma suerte que tú, seréis quemados vivos en La Rambla, para disfrute de los criminales que asaltaron la judería. Conviértete al cristianismo, ya se lo habías dicho a Vicente Ferrer. No se sorprenderá, de hecho, lo está esperando.

—¿Y qué será de nosotros?

—En cuanto se presente la ocasión, debéis abandonar la ciudad. Ese era el plan que teníamos previsto, si todo salía bien, y así ha sido. El árbol y *las doce puertas* están a salvo.

—¿Y adónde iríamos con nuestra edad? Ya he empezado varias vidas desde cero. Me hago mayor y cada vez es más difícil.

—Dicen que hay una importante comunidad judía floreciendo en el norte de África. Allí podrías continuar tu labor con total seguridad. No olvides ni por un momento quién eres. Te acogerán con los brazos abiertos en cualquier lugar.

Isaac se quedó pensativo durante un instante, mirando fijamente a Samuel.

—¿Quién soy yo? Ahora mismo, desde luego, no me cabe ninguna duda de quién eres tú, hijo de tu padre, Rabbi Isaac.

—Y nieto tuyo también, recuérdalo.

Isaac se alejó de Samuel y caminó en círculo alrededor del pequeño cubículo dónde estaba confinado. Era una decisión importante. Pensó en su mujer y las pocas reticencias que le quedaban, se esfumaron en un instante.

—Entonces, ¿estás de acuerdo?

—Llama a Vicente Ferrer. Terminemos este asunto de una vez.

El fraile acudió con la cruz y la biblia. En ese momento, Isaac Ben Sheshet Perfet, rabino de Valencia, se convirtió al catolicismo, adoptando el nombre cristiano de Jaume de Valencia, de la orden de predicadores.

Fray Vicente Ferrer no podía ocultar su satisfacción. Sin duda era una gran victoria personal. Cogió de la mano a Samuel.

—Ahora debemos irnos con rapidez. Tengo que comunicarle al infante don Martín la conversión de Isaac para que le conmute la pena de muerte. Aunque creáis que os he fallado por la violencia en la judería, soy una persona sincera y de palabra.

Samuel y su abuelo se despidieron. Aunque sabían que jamás se volverían a ver, tenían una gran sonrisa de satisfacción en su rostro. Habían cumplido con su deber, con lo que se esperaba de ellos, con creces.

No había sido nada fácil, pero lo habían conseguido.

Todo un pueblo los observaba.

84 EN LA ACTUALIDAD, JUEVES 24 DE MAYO POR LA TARDE

Rebeca acababa de soltar una bomba. ¿La persona cuyo seudónimo se correspondía con la gran Atenea estaba sentada en la mesa?

—¡Por Dios Rebeca! ¿Qué estás diciendo? —reaccionó Almu.

—¿Quién es? —preguntó Charly, directamente.

—Volvamos varios pasos hacia atrás. Cuando Tania Rives me entrega los dibujos de la condesa en ese sobre en blanco, no se pregunta por qué iba a guardar el señor conde un sobre en blanco en esa caja fuerte, dónde solo había objetos relacionados con el Gran Consejo. Es decir, en ese momento, Tania Rives desconocía que en ese sobre se ocultaba la segunda mitad del mensaje secreto. Evidentemente, si lo hubiera sabido jamás me lo hubiera dado. Sin embargo, pocos días después, la propia Tania ya conoce todo el mensaje, incluyendo el de la gargantilla. ¿Cómo había sido posible?

—Porque alguien se lo contaría, supongo —dijo Almu.

—Pero resulta que los únicos que conocíamos los dos mensajes estamos sentados en esta mesa —dijo muy seria Rebeca, mirando a su alrededor.

Todas las miradas se dirigieron hacia el profesor Lunel.

—Yo no fui, a mí no me miréis —exclamó indignado Abraham.

Rebeca le defendió.

—El profesor tiene razón, él no fue. Su sorpresa cuando descubrió que Tania Rives estaba viva fue totalmente real, incluso llegó hasta el extremo de fingir su propia muerte para poder espiarla. Su comportamiento y sus acciones no son compatibles con colaborar con ella. Además, los que estuvimos anoche en la Lonja pudimos observar cómo Tania se sorprendía y enfadaba con el profesor cuando descubrió nuestra presencia. No lo esperaba, en realidad no se esperaba a ninguno de nosotros.

—¿Entonces? —preguntó Fede.

—Entonces otra persona de esta mesa se lo dijo —contestó Rebeca.

—¡Dinos quién, por favor! —suplicó Almu—. No nos hagas sufrir más.

—Paciencia, primero tenéis que comprender la situación. Hacer un ejercicio de imaginación e introspección. La undécima puerta entrega su mitad del mensaje a la primera puerta, al señor conde, esperando que con su otra mitad reconstruya el Gran Consejo. Observa que pasa el tiempo y no ocurre nada. Supongo que no le sentaría demasiado bien —dijo Rebeca—. Es de suponer que se hubiera sentido engañada.

—Desde luego, estaría muy enfadada con el conde por no cumplir con su palabra —dijo Fede

—¿Y quién estaría más predispuesta a colaborar con Tania Rives? —preguntó Rebeca.

—Es obvio, la undécima puerta —contestó Carlota.

—¡Claro! Entre ellos podrían reconstruir el gran mensaje y localizar el árbol. Es decir, podrían hacer el trabajo que el conde no quiso hacer nunca.

—¡Rebeca, nos tienes en ascuas! —dijo Almu, que estaba muy nerviosa.

—Ya termino. Ayer por la noche, estando sentados en el Patio de los Naranjos de la Lonja, Tania Rives estaba convencida de que yo era la undécima puerta e hizo una reflexión que me dio mucho que pensar. Le pareció extraño que, con tan solo dieciocho años, hubiera encontrado trabajo en un periódico, y justo eligiera el seudónimo de la gran Atenea. Dijo que había buscado por internet, y que tan solo le había aparecido mi nombre, que no había nadie más que utilizara ese seudónimo, aparte de mí, en toda España. Que era demasiada casualidad.

Rebeca hizo una pequeña pausa para beber. Todas las miradas estaban posadas en ella.

—En realidad, Tania había buscado en el lugar equivocado. Hace cuarenta años no existía internet, pero afortunadamente sí que existen los arcones con recuerdos de la infancia.

—¿Adónde quieres llegar? —preguntó Fede.

—Alguien me consiguió el trabajo en el periódico, y esa misma persona me sugirió el seudónimo de la gran Atenea, porque resulta que la llamaban así cuando ella era pequeña. Esta mañana he estado rebuscando en un arcón que está guardado en el trastero de esta misma finca. Resulta que he encontrado algo que recordaba haber visto hace unos cuantos años.

Rebeca sacó una libreta de ejercicios de caligrafía bastante antigua y la puso en el centro de la mesa. La abrió por la primera página.

—Mirad el nombre de su propietario. ¿Qué es lo que pone?

—¡La gran Atenea! —leyó Charly, con gran sorpresa.

Estaban hipnotizados mirando la libreta. De repente, Rebeca se volvió hacia su tía.

—Siempre has cuidado de mí, me has tratado como una auténtica reina.

Todos se giraron a mirar a Tote, absolutamente pasmados.

85 11 DE NOVIEMBRE DE 1508

Isaac Ben Sheshet Perfet, con su nombre cristiano de Jaume de Valencia, ingresó en la orden de predicadores, también conocidos como dominicos. En cuanto se le presentó la ocasión, huyó al norte de África, como tenía previsto desde su falsa conversión. Fue nombrado gran rabino de Argel y continuó siendo un referente para el judaísmo hasta su fallecimiento, en 1408. Hoy en día se le venera como uno de los grandes, incluso con peregrinajes a su tumba, en cada aniversario de su muerte.

Samuel continuó su vida cristiana con la identidad de Johan Corbera. Se casó y tuvo tres hijos. Su primogénito, Pere Corbera, le dio dos nietos. El mayor de sus nietos se llamó como él, Johan Corbera. Existía una costumbre muy arraigada entre el pueblo judío, que consistía en llamar al nieto primogénito igual que su abuelo, en signo de respeto generacional.

Antes de fallecer, Samuel inició a su nieto Johan y le trasmitió todos los conocimientos. Así, se convirtió en la segunda undécima puerta. A pesar de los tiempos difíciles que le había tocado vivir, Samuel había cumplido con su responsabilidad. Murió en paz, con la conciencia del deber cumplido. Su nieto continuaría con su labor.

Ya habían pasado cien años del asalto y la destrucción de más de sesenta aljamas de Castilla y Aragón, que supusieron la muerte de decenas de miles de judíos, pero la persecución continuaba con idéntica saña. El 31 de marzo de 1492, Isabel I de Castilla y Fernando II de Aragón, conocidos posteriormente como los Reyes Católicos, ordenaron la expulsión de los judíos de ambos reinos, y les dieron un plazo de cuatro meses para abandonarlos, en realidad hasta el 10 de agosto de 1492.

La Inquisición acechaba a los judíos, por ello, el Gran Consejo se reunió en el mes de marzo de 1500 y decidieron cambiar el emplazamiento del árbol milenario del saber judío. Seguía oculto en la cripta secreta en la antigua Sinagoga Mayor, que, después del asalto a la judería de 1391, se había trasformado en la Iglesia católica de San Cristóbal, gracias a las hábiles maniobras del Gran Consejo de la primera época, enterrando una imagen del santo. Posteriormente, en 1409, se fundó el Monasterio del mismo nombre. Las monjas que lo habitaban estaban haciendo obras de adecuación, y entre los miembros del Gran Consejo cundió el temor que, por accidente, pudieran descubrir la cripta oculta. Decidieron encomendar su traslado a la puerta número once, y que eligiera un emplazamiento más seguro para el árbol.

Blanca March, más conocida como Blanquina, era el actual número uno del Gran Consejo, una muchacha de tan solo veintisiete años de edad, pero con una determinación fuera de lugar. Era judía, aunque se había convertido al cristianismo en 1491 de forma ficticia, después de haber sido hostigada por la Inquisición.

Tal y como habían establecido, Blanquina se puso en contacto con Johan Corbera, nieto de Samuel y número once.

Johan Corbera había recibido el encargo en el mes de marzo del año 1500. La labor que le habían encomendado no era nada sencilla. Su oficio era maestro cantero, o sea, arquitecto, y su misión era conseguir dirigir las reformas de la Iglesia de San Cristóbal. Tuvo que utilizar todas sus influencias, como miembro de la Iglesia católica, y aun así solo lo logró después de algunos años.

Había dado el primer paso, ahora debía dar los demás, volver a hacer practicable el pasadizo secreto, acceder a la cripta y extraer el árbol, todo ello sin que nadie sospechara de sus actividades clandestinas. Al final pudo concluir el encargo, pero le costó nada más y nada menos que ocho años. Desde luego no le había sido fácil.

Cuando extrajo el árbol, antes de ocultarlo en su nueva ubicación, intentó contactar con Blanquina March, pero no conseguía localizarla. El Gran Consejo parecía que había desaparecido por completo, no encontró ni rastro de ellos. Era algo insólito. Se preocupó y decidió acudir a casa del número uno a buscarle, ya que sabía dónde vivía, en la calle Taberna del Gall, en la parroquia de San Martín.

Blanquina March era una persona muy conocida en la ciudad. Su marido era un mercader acomodado y ella era descendiente del gran poeta Ausiàs March, que había fallecido hacía casi medio siglo. Una hermana del propio Ausiàs March estuvo casada brevemente con Joanot Martorell, autor de la célebre novela de caballería *Tirant lo Blanch*, así que también habían sido, aunque lejanos, familiares políticos. Su familia era de rancio abolengo, estaba muy relacionada socialmente y pertenecían a la incipiente burguesía de la ciudad.

Johan Corbera era consciente de que estaba quebrantando una importante norma. En su condición de puerta número once, sabía que jamás debía acudir al domicilio particular de un miembro del Gran Consejo, y aún menos siendo una persona tan conocida en la ciudad, pero estaba desesperado y no sabía qué hacer.

Su sorpresa fue mayúscula cuando descubrió el motivo de no poder localizar a Blanquina March. Había fallecido en Llosa de Ranes, un pueblo cercano a Xàtiva, hacía apenas dos meses, con tan solo treinta y cuatro años de edad, víctima de la *pestilencia*, también conocida como peste negra. Fue su propio hijo quién se lo comunicó. Johan notó que estaba destrozado porque, según le dijo, «siempre había sentido una gran pasión por su madre».

Con profundo dolor le informó que, dos semanas antes de fallecer, le había iniciado en todos los conocimientos y, en consecuencia, se había convertido en el nuevo número uno del Gran Consejo. Aún no había convocado ninguno, ya que se había producido un serio incidente en la última reunión del año 1500, pero estaba al tanto de toda la información.

Johan se preocupó por la naturaleza de aquel serio incidente, pero a pesar de las reiteradas e insistentes preguntas, el número uno no le quiso contar absolutamente nada acerca lo que ocurrió en aquella reunión. Por su tono debió de tratarse de algo muy grave. El número once se quedó intranquilo, no sabía si podría tener algo que ver con la aparente desaparición del Gran Consejo.

«Ya me acabaré enterando», pensó.

Johan hizo amistad con el muchacho. Tenía dieciséis años, pero vio en sus ojos la misma llama que había visto en su madre. Con su edad ya tenía una buena formación, no en vano era alumno del Estudi General, fundado en 1502 y que años después se convertiría en la Universidad de Valencia. Le contó que su familia practicaba el judaísmo en una sinagoga clandestina. Por culpa de ella, su familia había sufrido el azote, con una especial inquina, del Tribunal del Santo Oficio de la Inquisición, que había sido instaurado en Valencia en el año 1482.

Le relató con horror como, tres años antes de que naciera, habían ajusticiado a dos tíos, y poco después a su abuelo materno. Además, recientemente, habían quemado vivo a su primo hermano. También le contó con espanto cómo su propia madre, Blanquina, tuvo que declarar dos veces ante el Tribunal, la primera con tan solo catorce años de edad, incluso antes de desposarse. Por todo ello, su padre, para protegerlo de la saña antijudía de la Inquisición, le había prohibido que asistiera a los oficios religiosos en la sinagoga, orden que siempre cumplió a rajatabla.

Por su parte, Johan Corbera también había progresado en la vida. Hacía tres años había sido nombrado *pedrapiquer* o maestro cantero de la Lonja de Valencia, y ostentaba una posición social más que decente. También era miembro de la Iglesia católica, con importantes contactos muy bien relacionados.

Entre el hijo de Blanquina y él mismo, ocultaron el árbol del saber judío milenario. El nuevo emplazamiento era obvio. Dado el trabajo de Johan en la Lonja, estaba más que claro. No tuvieron ninguna duda.

86 EN LA ACTUALIDAD, JUEVES 24 DE MAYO POR LA TARDE

La expectación en la reunión del *Speaker's Club* era máxima. Todos estaban pendientes de las palabras de Rebeca.

—Nunca me ha faltado de nada, tía —continuó—. Sabes que te estoy muy agradecida por ello, pero…

Las caras de asombro de todos los presentes en la reunión eran para enmarcarlas.

—…pero nunca quisiste que trabajara en *La Crónica*. Siempre me dijiste que me centrara en mis estudios y que no me preocupara por el dinero.

Ahora las caras de todos pasaron del asombro al desconcierto. Rebeca se giró hacia la otra parte de la mesa y continuó hablando.

—Fuiste tú, Joana, la que me conseguiste el trabajo en el periódico y la que me sugeriste el seudónimo de la gran Atenea. La libreta que acabo de enseñar es tuya, la he encontrado en el arcón que guardas en el trastero, con tus recuerdos de la infancia.

La reunión parecía un partido de tenis. Ahora todos giraron su cabeza hacia el otro extremo de la mesa, dónde estaba sentada Joana. No salían de su asombro.

Se quedaron esperando que Joana se defendiera, pero permaneció callada durante unos interminables segundos.

Nadie se atrevía a hablar, estaban demasiados confundidos. Al final, Joana se decidió a tomar la palabra. Tenía la cara desencajada, estaba visiblemente afectada.

—Rebeca tiene razón, para qué lo voy a negar. Yo soy la undécima puerta. Después de los acontecimientos de ayer por la noche, supongo que ya nada importa. No tiene sentido seguir guardando el secreto.

—¿Qué dices? —exclamó Almu, boquiabierta.

—Es verdad todo lo que ha contado Rebeca. Mi familia es la undécima puerta desde hace más de cinco siglos —reconoció Joana—. El conde contactó conmigo hace once años, y me dijo que quería reconstruir el Gran Consejo. Me pidió mi parte del mensaje. Era el procedimiento establecido que me habían enseñado, así que no dudé en entregárselo. Luego no sucedió nada, el conde incumplió su palabra. Empecé a vigilarlo de manera discreta, y así descubrí al profesor Lunel y a Tania Rives como integrantes del Gran Consejo. Después se produjo el fallecimiento del conde y confié en que su mujer, la condesa de Dalmau, hiciera la labor que su marido no había querido realizar.

Joana hizo una pequeña pausa para beber.

—Mi espera fue en vano, la condesa se fue a Lisboa y se desentendió de todo lo relativo al Gran Consejo. Hace dos años me cansé de esperar, y decidí informar a Tania Rives, de forma anónima, de todo lo que había ocurrido. Parece que, a la vista de lo que le conté, decidió fingir su propia muerte para poder vigilar con más libertad a la condesa. El resto ya os lo podéis imaginar, la mantuve informada de todos los avances que íbamos haciendo, también de forma anónima. No me identifiqué en ningún momento como la undécima puerta. Ni ella ni nadie lo debía de saber. Lo que jamás me pude imaginar es que el conde cometería la oceánica estupidez de escribir mi apodo familiar en un sobre y guardarlo en su caja fuerte. ¡Qué idiota! No obstante, a pesar de semejante imprudencia, si no llega a ser por la memoria de Rebeca, tampoco se hubiera conocido mi identidad secreta.

La sorpresa de todos los presentes por la confesión de Joana era mayúscula. La miraban con cara de incredulidad. Parecía muy cansada. Continuó hablando.

—Pero, como decía antes, ya nada importa. El saber milenario, o el tesoro según Tania Rives, ha desaparecido para siempre. Ya no tiene sentido la existencia del Gran Consejo ni su reconstrucción. Ni siquiera yo misma tengo ningún sentido. Todo se ha acabado para siempre.

Joana estaba completamente abatida.

Se formó un buen revuelo en la mesa cuando terminó su relato. Todos querían hacerle preguntas.

—Me vais a disculpar, me duele bastante la cabeza. Me voy a retirar a mi habitación —dijo Joana, mientras se levantaba de la mesa.

Epílogo EN LA ACTUALIDAD, JUEVES 24 DE MAYO POR LA NOCHE

Se levantó de la mesa y se fue a su habitación. Le dolía la cabeza de verdad. Se tumbó en la cama y se puso a pensar acerca de los acontecimientos que habían sucedido en las últimas semanas. Ahora, que ya había pasado todo, estaba más relajada. Había acumulado demasiada tensión, guardando su secreto de la undécima puerta. No había sido nada fácil simular no saber nada. Tener que fingir constantemente acaba agotando a cualquiera, y ella ya estaba muy cansada. A pesar de todo, no podría evitar sentirse mal. Las cosas no tenían que haber sucedido así.

Tote entró en la habitación.

—¿Cómo estás? —preguntó, preocupada.

—No te lo voy a ocultar, la verdad es que estoy mal. El plan trascurría según lo previsto, pero lo que jamás podía prever era la extrema imbecilidad del conde. Que escribiera mi apodo familiar en un sobre me pilló completamente fuera de juego. ¡Imagínate mi sorpresa cuando me enteré! ¡Qué idiota inconsciente! —dijo visiblemente enojada.

—Me puedo imaginar tu sorpresa y tu enfado también.

—Tuve que improvisar de inmediato, pero todo se torció.

—Lo sé —dijo Tote, disgustada.

—¿Cómo está Joana?

—Ahora vengo de hablar con ella, también le duele la cabeza. No está nada bien.

Rebeca puso un gesto de profundo pesar.

—Ya lo supongo. Ella sabía cuál era su función como puerta número doce, como mi protectora, como guardiana de la undécima puerta. A pesar de que conocía que su sacrificio era necesario para que el secreto continuara oculto, no le habrá resultado nada sencillo —dijo Rebeca. Su voz reflejaba una profunda tristeza.

—Ella era consciente de su responsabilidad como número doce. Había sido entrenada desde que era joven para velar por ti, pero no deja de ser duro.

Rebeca asintió y continuó su reflexión.

—Manipular el sobre en blanco para que contuviera el supuesto mensaje de «lujuria de seda» fue una idea precipitada, pero funcionó. Sabía que Bonet, Carlota o Abraham acabarían descifrando una clave tan sencilla. La suma del mensaje de la gargantilla, que es auténtico, y del mensaje del sobre, que me lo inventé yo, nos acabaría conduciendo a la Lonja y nos alejaría del verdadero lugar dónde se encuentra oculto el árbol judío.

—Enterrar ese falso arcón en el Patio de los Naranjos para que Tania Rives lo encontrara fue toda una audacia, aunque tengo una pregunta. Al final, ¿el tesoro está oculto en otra parte de la Lonja?

—Lo dudo muchísimo. No creo que mi antepasado Johan Corbera fuera tan torpe de enterrarlo justo en el mismo lugar donde trabajaba como maestro cantero. Hubiera sido demasiado obvio.

—¿Pero sabes dónde está escondido?

—No, no lo sé. Mi madre, que era tu hermana, me inició en los conocimientos judíos con tan solo seis años. Ya sabes que fui una niña muy precoz, con cuatro años ya leía perfectamente, y con cinco, era capaz de resolver operaciones matemáticas complejas. Con ocho hablaba tantos idiomas y dialectos como ella. En realidad, mi cociente intelectual es incluso superior al de Carlota, por eso mis padres me llamaban cariñosamente la gran Atenea, porque era su pequeña diosa de la sabiduría —se explicó Rebeca—. Pero el repentino fallecimiento de mi madre hizo que no me trasmitiera su mitad del mensaje como undécima puerta, o, por lo menos, no he sido capaz de localizarlo hasta ahora, y te aseguro que lo he buscado por todas partes.

Rebeca se quedó callada, pensativa. De repente continuó hablando.

—Hay cosas que desconozco, por ejemplo, por qué no aparece la gargantilla del señor conde, o por qué me espían en el periódico. Luego hay otras que conozco y que me inquietan, como, por ejemplo, el miembro oculto del Gran Consejo que participa en las reuniones del *Speaker's Club*.

—¡No me digas que conoces la identidad de otro miembro! —dijo asombrada Tote.

—Sí, descubrí hace tiempo a la séptima puerta, pero jamás he dicho nada, y nada sospecha de mí. Luego está Carlota. Ha sido extremadamente difícil manipularla, y aún no tengo claro si lo he conseguido. Es otra gran Atenea, su mente es tan brillante como la mía. Tengo una sensación muy extraña con ella y mis instintos no se suelen equivocar. Algo ocurrirá en el futuro con ella — dijo Rebeca, algo inquieta—. Y ya para colmo, estos últimos días he observado un comportamiento insólito en otra persona que no me esperaba. No sé si debo de preocuparme.

Tote decidió relajar un tanto la conversación. Veía a su sobrina muy preocupada.

—Por cierto, ¿de dónde sacaste ese cuaderno de caligrafía de Joana, con el nombre escrito de la gran Atenea?

—Esa fue la parte más fácil de todo el teatro. Joana me dijo dónde guardaba sus recuerdos de la infancia. Busqué esa libreta de caligrafía, y ella misma escribió la gran Atenea en la primera página. Joana se encargó del resto, con su falsa confesión. La verdad es que fue muy realista, tiene madera de actriz. Espero que haya convencido a todos.

—Ya sabes que, en la familia, todos sabíamos que la gran Atenea eras tú, Rebeca.

—¡Claro! pero para mi desgracia, tú eres el único miembro vivo que queda de esa familia, tía Tote. No tengo a nadie más. Por ello, ahora debes asumir una responsabilidad nueva, debes aceptar el papel vacante de la puerta número doce, de mi protectora.

Tote se quedó un momento callada, pensando en las palabras que acababa de pronunciar su sobrina.

—Supongo que es mi deber, ahora que todo ha acabado.

—En eso te equivocas. No ha acabado nada.

En realidad, ahora empezaba todo.

Epílogo 6 DE MARZO DE 1509

Johan Corbera, por fin, pudo concluir el trabajo que le habían encomendado hacía ocho años. Junto con el hijo de Blanquina March, el nuevo número uno del Gran Consejo, habían decidido el emplazamiento del árbol judío milenario.

Johan Corbera era el maestro cantero de la Lonja de Valencia. El emplazamiento era obvio. Estaba claro, en cualquier lugar menos en la Lonja. No eran estúpidos y sabían que, si descubrían su identidad secreta, ese sería el primer lugar en que lo buscarían, así que lo descartaron desde el principio. Había sido elegido maestro de obras de la ciudad, por lo que tenían acceso a multitud de emplazamientos posibles. Entre los dos encontraron un magnífico escondite. Era un lugar que, a ninguna persona, se le hubiera ocurrido buscar. Crearon el mensaje que conduciría a su localización y el número uno se quedó encargado de distribuir una décima parte del mismo entre los diez miembros del Gran Consejo. Crearon otro mensaje y lo dividieron entre dos, una parte para Johan, y otra parte para el número uno.

Durante los últimos meses, los dos habían hecho una gran amistad. Se habían visto con bastante frecuencia. Johan disfrutaba escuchando a aquel muchacho, que, con tan solo dieciséis años, tenía ideas muy novedosas para los tiempos que corrían. En él veía la chispa de un hombre adelantado a su tiempo.

Hoy habían quedado para celebrar su decimoséptimo cumpleaños. Se desplazaron hasta Alzira, lugar dónde su madre, Blanquina, yacía enterrada. Luis le profesaba una especial veneración. Ya habían estado allí hacía unos meses. Las zarzas salvajes habían terminado por colonizar el espacio y apenas les dejaban acceder al enterramiento, enredándose entre sus tobillos. Precisamente en ese sitio, delante de la tumba de su madre, Luis le dio a Johan la peor de las noticias. En otoño abandonaría Valencia. El Tribunal del Santo Oficio de la Inquisición seguía persiguiendo a su familia con verdadera saña, incluso a sus mentores. Su maestro en la universidad, Antoni Tristany, estaba encausado y con toda probabilidad iba a acabar quemado en la hoguera, a causa de sus raíces judías. Su padre se había asustado y pensó que estaría más seguro terminando sus estudios en París, en la Sorbona.

Johan se lo tomó muy mal, le había cogido un cariño especial a aquel muchacho. Se despidieron, con la esperanza de reunirse lo más pronto posible. Luis Vives, número uno del Gran Consejo, precursor del Humanismo, hombre del renacimiento y uno de los grandes pensadores del siglo XVI, murió en la ciudad de Brujas, en el año 1540, y, muy a su pesar, jamás regresó a su ciudad natal, Valencia.

Fin del libro 2

Nada es lo que parece

Ahora empieza la aventura de verdad. Nada es lo que parece.

Continúa en el libro 3

Todo está muy oscuro

Después de los dos primeros libros de la serie, ¡ahora la trama se vuelve todavía más interesante y misteriosa!

CLUB VIP

Si has leído alguna de mis novelas, creo que ya me conoces un poco. **Siempre va a haber sorpresas y gordas.**
Si quieres estar informado de ellas y no perderte ninguna, te recomiendo apuntarte a mi club, llamado, cómo no, **Speaker's Club**.

Es gratuito y tan solo tiene ventajas: regalos de novelas y lectores de ebooks, descuentos especiales, tener acceso exclusivo a mis nuevas novelas, leer sus primeros capítulos antes de ser publicados, etc.

Lo puedes hacer a través de mi web y no comparto tu email con nadie:

www.vicenteraga.com/club

REDES SOCIALES

Sígueme para estar al tanto de mis novedades

Facebook

www.facebook.com/vicente.raga.author

Instagram

www.instagram.com/vicente.raga.author

Twitter

www.twitter.com/vicent_raga

BookBub

www.bookbub.com/authors/vicente-raga

Goodreads

www.goodreads.com/vicenteraga

Web del autor

www.vicenteraga.com

COLECCIÓN DE NOVELAS «LAS DOCE PUERTAS» Y BILOGÍA «MIRA A TU ALREDEDOR»

Todas las novelas pueden ser adquiridas en los siguientes idiomas y formatos en ***Amazon y librerías tradicionales***

ESPAÑOL

Formato eBook
Formato papel tapa blanda
Formato tapa dura (edición para coleccionistas)
Audiolibro

ENGLISH

eBook
Paperback
Hardcover (Collector's Edition)
Audiobook (coming soon)

Las doce puertas (Libro 1)
The Twelve Doors (Book 1)

Nada es lo que parece (Libro 2)
Nothing Is What It Seems (Book 2)

Todo está muy oscuro (Libro 3)
Everything Is So Dark (Book 3)

Lo que crees es mentira (Libro 4)
All You Beleive Is a Lie (Book 4)

La sonrisa incierta (Parte V)
The Uncertain Smile (Part V)

Rebeca debe morir (Libro 6)
Rebecca Must Die (Book 6)

Espera lo inesperado (Libro 7)
Expect the Unexpected (Book 7)

El enigma final (Libro 8)
The Final Mystery (Book 8)

BILOGÍA / DUOLOGY «MIRA A TU ALREDEDOR» "LOOK AROUND YOU"

(Forman parte de «Las doce puertas»)

Mira a tu alrededor (Libro 9)
Look Around You (Book 9)

La reina del mar (Libro 10)
The Queen of the Sea (Book 10)
Fin de la serie «Las doce puertas»
End of «The Twelve Doors» series

SERIE DE NOVELAS «ÁNGELES»

Formato eBook
Formato papel tapa blanda
Formato tapa dura (edición para coleccionistas)
Audiolibro

El misterio de nadie (Libro 1)

El faraón perdido (Libro 2)

Las puertas del cielo (Libro 3)

Para vivir hay que morir (Libro 4)

CONTINUARÁ...

TRILOGÍA EN UN SOLO VOLUMEN DE VICENTE RAGA «JAQUE A NAPOLEÓN»

"CHECKMATE NAPOLEÓN"

Jaque a Napoleón, la trilogía: apertura, medio juego y final

ESPAÑOL
Formato eBook
Formato papel tapa blanda
Audiolibro
INGLÉS
eBook
Paperback
Audiobook (coming soon

New book 10/2/25

Printed in Great Britain
by Amazon

50910402R00187